오이디푸스왕 외

오이디푸스왕 외

Οἰδίπους τύραννος

소포클레스 비극 장시은 옮김

OIDIPOUS TYRANNOS, OIDIPOUS EPI KOLONOI, ANTIGONE
by SOPHOKLES (B.C. 430~B.C. 420?, B.C. 401, B.C. 441?)

오이디푸스왕

등장인물

오이디푸스 테바이의 왕

사제

크레온 오이디푸스의 처남

코로스 테바이의 노인들

테이레시아스 눈먼 예언자

이오카스테 오이디푸스의 아내

사자 코린토스에서 온 사자

하인 라이오스의 하인

전령

오이디푸스

오 자녀들이여, 오래된 카드모스[1]의 새 자손들이여,
무슨 이유로 탄원자의 나뭇가지[2]를 들고서
이 자리에 앉아 있는 것인가?
온 도시가 향 연기와 함께
파이안[3]을 부르는 소리와 비탄으로 가득하구나.   5
자식들이여, 나는 전령들에게서, 다른 이들에게서
전해 듣는 것을 옳다고 여기지 않아 직접 여기에 왔소.
모두에게 알려진 나 오이디푸스가 말이오.
오 노인장, 그대가 이들을 대변하기에 적합한 자이니,
말해 보시오, 그대들은 뭣 때문에 여기 앉은 것이오?   10

1 카드모스는 테바이의 건립자로, 테바이는 그의 이름으로 불리기도 한다. 테바이는 보이오티아 남쪽 넓고 비옥한 지역의 성문이 일곱 개 달린 큰 성벽을 가진 강력한 도시였다. 이하 모든 주는 옮긴이의 주이다.
2 올리브나 월계수의 가지에 양털을 감아 두른 것으로, 탄원자들은 이 가지를 들고 간청하는 대상이나 신전의 제단 앞으로 나아갔다.
3 치료의 신인 아폴론의 별칭이다. 아폴론신을 찬양하는 노래도 같은 이름을 갖고 있다.

두려워서인가, 바라는 것이 있어서인가? 무엇이든
돕고자 하오. 이런 탄원자들을 긍휼히 여기지 않는다면
무정한 자일 테니 말이오.

사제

내 나라를 지배하시는 오이디푸스여,
우리가 그대의 제단 앞에 어떠한 나이로 앉아 있는지   15
그대는 보고 계십니다. 어떤 이들은 아직 멀리 날아갈
힘이 없고, 어떤 이들은 나이와 함께 무거워졌지요.
저는 제우스의 사제이며 이들은 젊은이들 가운데서
뽑힌 자들입니다. 다른 무리는 탄원자의 가지를 들고
광장에, 그리고 팔라스의 두 신전 앞,[4] 이스메노스의   20
예언하는 재[5] 곁에 앉아 있습니다. 그대가 직접 보시듯
이 도시가 이미 너무나 요동치고
심연으로부터, 피의 파도로부터
머리를 들어 올릴 수 없기 때문입니다.
이 도시에서는 대지의 열매 맺는 이삭도 죽어 가고   25
풀을 뜯는 소 떼도 죽어 가며, 여자들도
아이를 낳지 못하고 있습니다. 불을 가져다주시는 신,
적대적인 역병이 이 도시를 덮쳐 몰아가니
그로 인해 카드모스의 집은 비어 가고, 검은 하데스[6]는

---

4 테바이는 스토로피아강을 중심으로 두 지역으로 나뉘어 있었다. 그래서 광장
과 아테나이 신전도 두 개였을 것이다.
5 이스메노스는 테바이에 있는 강의 이름으로, 강변에 아폴론신의 제단이 있었
다. 이스메노스의 아폴론 신전에서는 희생제를 지내고, 그 남은 재로 신탁을 주었다.
6 지하 세계 및 지하 세계의 왕.

탄식과 울음으로 가득합니다.[7]

나와 여기 이 아이들이 당신의 화롯가에 앉아 있는 것은

당신을 신들과 같게 여겨서가 아니라,

인생의 역경에서나 신들과의 관계에서나

당신을 인간들 중 으뜸으로 판단하기 때문입니다.

당신은 카드모스의 도시에 오셔서 저 잔혹한

가수에게 우리가 바치던 공물을 없애 주셨고,[8]

그것도 우리에게서 더 많은 것을 알게 되거나

배운 것이 아니라 신들의 도움으로 우리의 삶을

바로 세우셨다고 이야기되고 여겨지니 말입니다.

그러니 지금, 모두에게 가장 강하신 오이디푸스여,

우리 모두 탄원하오니,

신의 음성을 들어서든 인간으로부터 알아내든

우리를 위한 어떤 방도를 찾아 주소서.

경험 많은 이들이 숙고의 결과들을 한데 모으는 것이

가장 효과적임을 저는 알고 있습니다.

자, 필멸의 인간들 가운데 가장 뛰어난 분이시여, 도시를
바로 세워 주소서.

자, 명성을 지키소서. 그대가 전에 보여 주셨던 열의로 인해

이 땅은 이제 그대를 구원자로 부르고 있으니.

당신의 통치에 의해 우리가 바로 섰다가

나중에 넘어졌노라고 결코 기억하지 않게 하소서.

이 도시를 견고하게 세워 주소서.

---

7 지하 세계가 혼백의 울부짖음으로 가득하다는 말.

8 〈잔혹한 가수〉는 스핑크스이다. 스핑크스는 자신이 낸 수수께끼를 풀지 못하는 사람들을 죽였는데, 오이디푸스가 그 수수께끼를 풀어서 테바이를 구원했다.

그대는 이전에 상서로운 전조로서 행운을

가져다주셨으니, 지금도 그때와 같은 분이 되어 주소서.

지금 지배하고 계시듯 이 땅을 다스리실 것이라면

빈 도시보다 사람들로 가득한 도시를 지배하는 편이 더 나 55

으실 것이니.

성벽이든 배든 사람들이 그 안에 함께 거하지 않는다면

아무 소용이 없을 테니 말입니다.⁹

오이디푸스

오 가여운 자녀들이여, 내가 알고 모르지 않는 것들을

바라며 나아왔구려. 잘 알고 있소.

그대 모두가 병들어 있음을. 하지만 병들었다 하더라도 60

당신들 중 누구도 나만큼 병들어 있지는 않을 것이오.

당신들의 고통은 각각 한 사람에게만 해당되고

다른 사람들과는 상관없지만, 나의 영혼은

도시와 나 자신, 그리고 그대 모두를 위해 똑같이 신음하

고 있으니 말이오.

그러니 그대들은 잠에 빠진 나를 깨운 것이 아니오. 65

오히려 내가 많은 눈물들을 흘리며 많은 생각의 길들을

헤매며 다녔다는 것을 알아주기 바라오.

나는 잘 살펴서 유일한 치료책¹⁰을 찾아내었고

그것을 실행했소. 메노이케우스의 아들 크레온,

내 처남인 그를 피토¹¹에 있는 70

9 학자들은 56~57행의 문장이 후대에 가필된 것으로 보고 있다.

10 오이디푸스는 유일한 치료책을 찾아내는 의사의 이미지를 보여 주지만, 곧 그 자신이 역병의 원인임이 드러난다.

14

포이보스[12]의 집으로 보냈소. 무엇을 행하고,
무슨 말을 해야 이 도시를 지킬 수 있을지 알아보도록.
그런데 시간이 흐르며 그가 무엇을 하는지
하루하루가 걱정스럽소. 그가 적절한 시간을 넘어
필요 이상으로 오래 떠나 있기 때문이오.   75
그가 도착했을 때 신께서 밝히시는 모든 것들을
내가 행하지 않는다면 나는 악한 사람일 것이오.

사제

아니 제대로 말씀하셨습니다. 지금 막 이들이
크레온이 다가오고 있다는 신호를 제게 보냈습니다.

오이디푸스

오 아폴론왕[13]이시여, 그의 표정이 밝은 것처럼
구원의 행운을 그가 가지고 오는 것이길!   80

사제

그래 보입니다, 기쁜 소식인가 봅니다. 아니라면 머리에
열매가 많이 달린 월계관을 두른 채 오지는 않을 테니까요.

---

11 델포이의 다른 이름. 이곳에는 치료와 예언의 신인 아폴론의 신전이 있었다.
원래 이 지역을 차지하고 있던 거대한 뱀 피토의 이름에 따라붙은 이름이다.
12 아폴론.
13 그리스어로 anax의 번역어이다. 이 단어는 왕뿐만 아니라 신과 예언자, 고귀
한 사람을 칭할 때도 사용된다.

오이디푸스

듣기에 적당한 거리에 있으니 우리는 곧 알게 될 섯이오.
왕이여, 나의 처남이여, 메노이케우스의 아들이여   85
그대는 우리에게 신의 어떤 말씀을 가지고 왔소?

(크레온이 들어온다.)

크레온

좋은 말씀입니다. 저는 견디기 힘든 일조차 제대로
끝나는 상황이 된다면 모든 게 행운이라고 말하겠습니다.

오이디푸스

그 말씀은 어떤 내용이오? 지금 그대 말에
나는 자신만만해하지도 미리 두려워하지도 않겠소.   90

크레온

이 이야기를 가까이에 있는 이들이 들어도 괜찮다면,
전 말할 준비가 되어 있습니다. 그게 아니라면 안으로 들
어가시지요.

오이디푸스

모두가 듣게 말하시오. 나는 이들을 위해 견디고 있소.
고통을, 내 목숨에 대해서보다 더 많이.

크레온

제가 신에게서 들은 바를 말씀드리겠습니다.   95

왕이신 포이보스께서 분명하게 우리에게 명하셨습니다.
이 땅에서 길러진 오염[14]을 이 나라에서 몰아내고,
치유될 수 없는 것을 기르지 말라고.

오이디푸스

어떤 정화[15]로 말이오? 이 재앙의 본성은 무엇이오?

크레온

추방하거나, 살인을 살인으로 다시 해소하라 하셨습니다.   100
이 피가 도시에 폭풍을 몰고 온 것이라고요.

오이디푸스

신께서는 어떤 이의 어떤 운명을 드러내시는 것이오?

크레온

왕이여, 당신이 이 땅에 오시기 전 우리에게는
이 땅을 다스리는 자로 라이오스[16]가 계셨습니다.

오이디푸스

내 들어 알고 있소. 그를 본 적은 없으나.   105

---

14 오염miasma. 그리스인들은 살해된 사람의 피가 살해자뿐 아니라 그 땅까지
오염시킨다고 생각했다.
15 정화katharmos. 살해된 사람의 피로 인한 오염은 정화 의식을 통해서만 씻
겨진다.
16 처음으로 라이오스의 이름이 언급된다.

크레온

그분은 살해당했습니다. 신은 지금 그를 살해한 게
누구든 손으로 보복하라고 분명히 명하시는 것입니다.

오이디푸스

그들은 이 땅 어디에 있는가? 이 오래된 원인의
추적하기 어려운 자취를 어디서 찾아낼 수 있다는 말인가?

크레온

신은 〈이 땅에서〉라고 확언하셨습니다. 찾는 것은   110
잡을 수 있으나, 신경 쓰지 않는 것은 달아나는 법입니다.

오이디푸스

라이오스가 살해된 것은 집에서였소, 들판에서였소,
아니면 이방 땅에서였소?

크레온

신탁을 구하러 간다고 말씀하셨으나
떠난 뒤 다시는 집으로 돌아오지 않으셨습니다.   115

오이디푸스

어떤 전령이나 동행자도 이를 보지 못했다는 것인가?
그로부터 알아낸 바를 이용할 수 있을 텐데.

크레온

한 명 말고는 다 죽었습니다. 그조차 두려움에 도망쳤고,

18

자신이 본 한 가지 외에는 분명하게 말하지 못했습니다.

오이디푸스

그게 무엇인가? 하나가 많은 것을 알려 줄 수 있을 테니 말   120
이오.
우리가 희망의 작은 씨앗이라도 잡을 수 있다면.

크레온

도적들이 그들과 마주쳤고, 하나의 힘이 아니라
많은 손으로 그를 죽였다고 했습니다.[17]

오이디푸스

이곳 사람이 은전으로 그런 짓을 하도록 꾄 게 아니라면,
그 도적[18]이 어찌 감히 그런 짓에 뛰어들 수 있었겠는가?   125

크레온

그리 여겨졌지요. 하지만 라이오스께서 운명하신 뒤
재난에 도움이 되는 이가 아무도 나타나지 않았습니다.

오이디푸스

지배자가 그렇게 스러졌는데도 어떤 불행이
이 일을 조사하는 발[19]을 막았다는 것이오?

---

17 이 사건의 유일한 증인은 이후 등장하게 될 라이오스의 옛 하인이다.
18 크레온은 계속 라이오스의 살해자가 〈복수〉의 사람들이라고 말하지만, 오이
디푸스는 〈단수〉를 사용하고 있다.
19 이 작품에는 오이디푸스의 이름에 들어 있는 〈발〉과 관련한 표현이 자주 나

크레온

수수께끼를 노래하는 스핑크스가 우리로 하여금   130
불확실한 것[20]은 내버려 두고 발 앞의 것들을 살펴보도록 만
들었습니다.

오이디푸스

하지만, 처음부터 다시 내가 밝히겠소.
포이보스께서 매우 적절하게, 또한 당신도 적절하게
죽은 이를 위해 관심을 보여 줬으니 말이오.
그러니 나 역시 정당한 동맹자로서 신과 함께   135
이 땅을 위해 응징하는 것을 여러분은 보게 될 것이오.
나는 먼 친지[21]를 위해서가 아니라 나 자신을 위해
직접 이 오염을 흩어 버릴 것이오.
누구든 그를 죽인 자라면 그러한 손으로
나도 해치려 할 테니.   140
나는 그를 도움으로써 나 자신을 이롭게 할 것이오.[22]
자녀들이여, 그대들은 탄원자의 가지들을 들고서
어서 바닥에서 일어나시오.
그리고 누구든 가서 카드모스의 백성들을 이곳에 모이도
록 해주시오.

온다. 오이디푸스는 〈부풀어 오르다oideo〉와 〈발pous〉이 결합한 단어이다. 〈알
다oida〉와 〈발pous〉로 분석할 수도 있다.
   20 라이오스 살해.
   21 라이오스가 자기 아내의 전남편이기 때문에, 그는 직접 본 적은 없어도 라이
오스와 자신이 관계가 있다고 말하고 있다.
   22 오이디푸스는 선왕을 살해한 자들이라면 자신에 대한 위협이 될 수도 있을
것이라 추론하고 있다.

내가 무엇이든 행할 것이니. 우리는 신의 도움으로   145
행운을 누리거나 파멸할 것이오.

(오이디푸스가 퇴장한다.)

사제

자녀들이여, 일어납시다. 우리가 이곳으로 온 것은
이분이 선포하신 이 일들 때문이었소.
신탁을 보내신 포이보스께서
구원자이자 질병을 막아 주는 분이시기를!   150

(사제와 탄원자들이 떠나고 테바이의 원로들로 구성된 코
로스가 입장하며 노래한다.)

코로스 좌 1[23]

달콤하게 말씀하시는 제우스의 신탁이여, 황금 많은
피토에서 빛나는 테바이로 어떤 소식이 온 것입니까?
저는 경외심으로 엎드려 있고, 겁먹은 마음은 두려움에 떨
고 있습니다.

23 등장가parodos. 합창단이 입장하면서 부르는 노래로, 찬가 형식으로 되어
있다. 코로스는 원문에서는 스트로페strope와 안티스트로페antistrope, 그리고 에
포데epode로 되어 있다. 스트로페와 안티스트로페는 각기 짝을 이루며, 같은 운율
로 되어 있다. 에포데는 코로스를 마무리한다. 이 번역에서는 천병희의 제안에 따
르는 서양 고전학계의 전통에 따라 스트로페는 좌로, 안티스트로페는 우로, 에포데
는 종가로 옮겼다.

〈이에〉[24] 외침을 받으시는 델로스의 파이안[25]이시여!
저에게서 무엇을 이루려 하십니까?
새로운 어떤 일을? 아니면 돌고 도는 시간에 다시금 찾아
오는 일을?   155
제게 말씀하소서, 오 황금빛 희망의 따님이여, 불멸의 신
탁이여.

코로스 우 1

그대를 먼저 부릅니다, 제우스의 따님, 불멸하시는 아테나여.
그리고 땅을 차지하신 그의 자매 아르테미스,   160
아고라에 둘러싸인 명성 높은 보좌에 앉으신[26] 분을.
그리고 멀리 쏘는 포이보스[27]를, 아아.
죽음을 막아 주는 삼중의 신들[28]로 나에게 나타나소서.
만약 당신들이 언젠가 도시에 덮친 재앙들에 맞서
재난의 불꽃을 밖으로 몰아낸 적 있으셨다면   165
지금도 와주소서.

코로스 좌 2

아 슬프도다, 헤아릴 수 없는 재난을
나는 겪고 있구나. 온 백성이

24 아폴론을 부르는 외침.
25 델로스는 아폴론의 탄생지로 알려져 있으며, 파이안은 아폴론신의 치유자
특성을 지칭하는 별명이다.
26 테바이의 광장에 아르테미스 여신의 보좌가 있었던 것으로 보인다. 동시에
코로스가 서서 노래하고 있는 극장의 원형 무대(오케스트라)를 가리킨다.
27 아폴론신의 별명이다.
28 아테나, 아르테미스, 아폴론.

병들어 있는데도, 이를 막아 줄   170
어떤 지혜의 창도 없구나. 저 영광스러운 땅의
소산도 자라나지 않고
여인들도 산고를 견디며 출산하지 못하는도다.
그대는 볼 수 있으리라.
여기저기에서 사람들이 날랜 날개 가진 새처럼   175
싸울 수 없는 불보다 더 맹렬히 일어나
서쪽 신[29]의 해안으로 가는 것을.

코로스 우 2

도시는 이들의 헤아릴 수 없는
죽음으로 파멸하는구나.
동정받지 못하는 자식들은 땅 위에서
죽음에 이끌린 채   180
애통해하는 이 없이 누워 있고,
아내들과 백발의 어머니들도
여기저기 제단가에 앉아
고통에 찬 고난의
탄원자로서 신음하는구나.   185
파이안이 울린다, 신음에 찬
소리와 함께.
오 제우스의 황금의 딸이시여, 이들을 위해
아름다운 얼굴을 방어책으로 보내소서.

29 사자들을 다스리는 하데스의 영역이다. 고대 그리스인들은 해가 지는 서쪽
을 죽은 자들의 땅으로 생각했다.

코로스 좌 3

사나운 아레스,[30]   190

지금은 청동 방패도 없이

고함지르며 나를 불태우는 그가

등을 돌려 내 조국으로부터 속히 떠나기를.

순풍에 실려

암피트리테의 커다란 침실[31]로든

환대를 모르는 포구   195

트라케[32]의 파도로든.

만일 밤이 무언가를 남겨 두면

이를 완수하려 낮이 찾아오기 마련이니.

오 불을 나르는 번개의 힘을

다스리시는, 오 아버지 제우스시여,   200

그를 당신의 벼락 아래 파멸시키소서.

코로스 우 3

리키아[33]의 왕이시여,[34]

황금 실로 꼰 활시위에서 날아온

제압되지 않는 당신의 화살들을,

---

30 아레스Ares는 전쟁의 신이다. 여기서는 단지 전쟁이 아닌, 파괴와 역병을 초래하는 신으로 그려진다.

31 암피트리테Amphitrite는 바다의 신 포세이돈의 아내로, 〈암피트리테의 큰 침실〉은 대서양을 가리킨다.

32 트라케는 그리스 북쪽 지역이고, 트라케의 바다는 흑해를 가리킨다.

33 리키아는 소아시아의 중서부에 있는 산악 지대이다.

34 직역하면 〈리케이오스왕이시여〉가 된다. 〈리케이오스〉는 〈리키아〉의 형용사형으로 아폴론신의 별명이다.

우리 앞에 서서 돕는 그것들을 찬양하고 싶습니다.

아르테미스께서 리키아의 산들을 　　　　　　　　　205
두루 다니실 때[35]
가지고 다니며 불을 나르는
횃불의 빛을 부릅니다.
황금 머리띠를 매신
이 땅과 이름이 같으신 분 　　　　　　　　　　　210
〈에우오이〉 외치는 마이나데스[36]의 동료이신
포도줏빛 얼굴의 박코스[37]를 부릅니다.
신들 중 명예 없는 저 신[38]과 맞서도록
타오르는 소나무 횃불과 함께 다가와 달라고. 　　　215

오이디푸스

그대 탄원하는가. 그대가 탄원하는 바에 대해
내 말을 듣고 받아들여, 이 질병을 고치고자 한다면
그대는 이 재앙의 방벽과 경감을 얻게 될 것이오.
나는 이 이야기와도, 이 사건들과도 관련 없는 자로
이 말을 하는 것이오. 어떤 단서[39]도 얻지 못한다면 　　　220

35 아르테미스는 그녀의 형제 아폴론과 마찬가지로 〈리키아의 산〉에 다닌다고 이야기된다. 이것은 소아시아에서 이들이 숭배되었다는 사실과 연관이 있을 것이다.

36 디오니소스신을 추종하는 여신도들.

37 테바이의 원로들은 이 등장가에서 자신들을 역병에서 구원해 줄 신으로 디오니소스신을 부르고 있다. 디오니소스는 포도주와 극장의 수호신이다. 또한 그는 테바이 건립자 카드모스의 딸인 세멜레에게서 태어났기에 테바이와 큰 관련성이 있다.

38 아레스

39 오이디푸스는 자신이 테바이 태생이 아니었을 뿐만 아니라, 라이오스의 살

나 혼자서는 멀리 추적할 수가 없소.

나는 사건 이후에 이 도시에 시민으로 받아들여졌기 때문이오.[40]

모든 카드모스의 자손들에게 다음을 선포하겠소.

그대들 가운데 누구든지, 랍다코스의 아들 라이오스가

어떤 자에 의해 살해되었는지 아는 이가 있다면,   225

그가 아는 모든 것을 나에게 밝히라고 명하오.

만일 그가 두려워하고 있다면, 스스로 자신에 대해 밝혀

그 대가를 치를까 하는 두려움은 벗어 버리시오. 그는 추방만 당할 뿐

다른 어떤 불쾌한 일도 겪지 않을 테니 말이오.

또한 다른 지역에서 온 사람이 살인자라는 것을   230

아는 자가 있다면, 침묵하지 마시오. 그의 이득을

내가 채워 줄 것이며 은혜를 베풀 것이오.

반면 누구든 계속 침묵을 지키고, 친구를 두려워해서든

자신이 걱정되어서든 이 명령을 따르지 않는다면,

그때는 내가 어떻게 할지 들어야만 할 것이오.   235

그 살인자가 누구든, 내가 권력을 갖고

왕좌를 차지하고 있는 이 땅에서 그를 받아들이거나

그에게 말을 거는 일을 금하는 바요.

신들을 향한 기도나 제사에도 함께해서는 안 되고,

성수를 나눠 주어도 안 되오.   240

신이 내리신 피토의 신탁이 방금 나에게 밝히신 것처럼,

해 이후에 이곳에 도착했음을 강조하고 있다.

40 그의 정체에 대한 증거로도 볼 수 있다.

그는 우리를 오염시키는 자이니,

모든 사람은 그를 집에서 쫓아내시오.

나는 신과 고인에게

그러한 동맹자가 될 것이오.   245

그런 짓을 저지른 자는 악한 자이니,

혼자 숨어 있든, 여러 사람과 함께 있든,

비참하게 불운한 삶을 마치기를!

내가 알면서 그를 내 집안의 화롯가에 있게 한다면,   250

방금 저들에게 한 저주가 바로 나에게도 떨어지기를!

당신들에게 이 모든 것을 행하도록 명하오.

나 자신과 신과, 이렇게 신에게 버림받아

열매 맺지 못하고 황폐화된 이 땅을 위하여.

신께서 보내신 일이 아니라 하더라도,   255

부정한 일을 이렇게 내버려 두어서는 안 됐소.

고귀한 인물인 당신들의 왕이 죽었으니 말이오.

추적해야 했소이다. 하지만 이제 내가 다스리고 있고,

이전에 그가 가졌던 그 권력과 그의 침대,

씨 뿌릴 아내도 내가 갖게 되었소.   260

그분께 후손이 없는 불운이 없었더라면 한 어머니에게서

태어난 자식들로 인해 연결되었을 터인데,[41]

이제 운명이 그분의 머리를 덮쳤으니

그렇기에 마치 내 아버지의 일인 것처럼 이 일을 위해

나는 싸워 나갈 것이며, 그 살인자를 잡으러   265

---

41 라이오스와 이오카스테 사이에서 태어난 아이와 자신과 이오카스테 사이에서 태어난 아이들이 어머니가 같은 형제가 될 수 있었을 것이라는 의미.

찾아다니며 모든 노력을 기울일 것이오.

저 옛날 아게노르[42]의 아들인 오래전 카드모스, 그 아들 폴리도로스,[43]

그의 아들 랍다코스의 아들을 위해.[44]

나는 이를 하려 하지 않는 이들에 대해 신들께 기원하겠소.

그들에게 땅은 어떤 곡식도 내지 않고   270

여인들에게는 자식이 잉태되지 않고

지금과 같은, 아니 그보다 더한 재앙으로 패망하게 하시기를 말이오.

하지만 다른 카드모스의 백성들, 이 모든 일들을 기꺼이 따르고자 하는

이들에게는, 우리의 동맹자 되시는 디케[45]와 다른 모든

신들께서 늘 복을 주시며 함께하시기를 기원하오.   275

코로스

오 왕이시여, 그대가 나를 저주 아래 두셨으니 말씀드리겠습니다.

저는 죽이지도 않았고, 죽인 자를 가리킬 수도 없습니다.

그 문제와 관련해 그때 그 짓을 저지른 자가 누구인지

---

42 아게노르는 페니키아의 전설적인 왕으로 에우로파의 아버지이다. 그의 세 아들 중 한 명이 카드모스로, 제우스에게 납치당한 에우로파를 찾아 헤매다 테바이를 건립했다.

43 폴리도로스는 카드모스의 아들로 아레스와 아프로디테 사이에서 태어난 하르모니아와 결혼했다.

44 오이디푸스의 이 대사는 아이러니로 가득하다. 그가 언급하고 있는 아게노르로부터 이어지는 그 계보의 끝에 오이디푸스가 있음이 이후에 드러날 것이다.

45 정의의 신.

말하는 것은, 신탁을 보내신 포이보스께 속한 일입니다.

오이디푸스

옳은 말이오. 하지만 신이 원치 않으시는 일을 인간이   280
강요할 수는 없소.

코로스

그러면 두 번째로 좋아 보이는 것을 말씀드릴 수 있습니다.

오이디푸스

세 번째도 있다면 그것도 빼놓지 말고 말하시오.

코로스

테이레시아스왕께서 포이보스왕만큼 잘 보신다는 걸
알고 있습니다. 왕이여, 이 일을 조사하는 사람은   285
그분에게서 가장 확실하게 배울 수 있을 것입니다.

오이디푸스

그 일도 안 한 채 두지는 않았소.
크레온이 조언하여 두 번이나 그를 부르러 사람을 보냈으
니 말이오.
하지만 그가 오지 않아 이상하게 여기던 참이오.

코로스

나머지 이야기들은 모호하고 오래된 것들입니다.   290

오이디푸스

그게 무엇이오? 나는 모든 이야기를 검토하고 있소.

코로스

그는 길 가던 어떤 사람들에 의해 죽임을 당했다고 합니다.

오이디푸스

나도 들었소. 하지만 그 짓을 한 자는 아무도 보지 못했다고.

코로스

두려움을 조금이라도 지닌 자라면,
당신의 저주를 듣고서도 이곳에 남지는 못할 겁니다.   295

오이디푸스

그러한 짓을 하는 데 겁이 없다면, 말도 두려워하지 않을
것이오.

코로스

하지만 그에게 유죄를 선고할 수 있는 이가 있습니다.
사람들이 저기 신 같은 예언자를 이곳으로 모셔 오고 있으
니 말입니다.
인간들 중 유일하게 진리가 심겨져 있는 분이지요.

(테이레시아스가 소년에게 인도되어 등장한다.)

오이디푸스

오 테이레시아스여, 가르칠 수 있는 것이든 말할 수 없는   300
것이든,

하늘에 있는 것이든 땅 위에 있는 것이든, 모든 것들을 관
찰하는 이여,

이 나라가 어떤 병에 빠져 있는지 그대 눈으로 보지 못한
다 하더라도

그대는 알고 있소. 오 왕이여, 우리는 그대를

이 질병으로부터의 보호자로, 또 구원자로 찾아냈소.

전령에게서 뭔가 듣지 못하셨다면 말이지만,   305

포이보스께서 우리가 사람을 보냈을 때 답을 주시기를,

이 질병의 유일한 해결책은

라이오스를 죽인 자를 제대로 알아내 죽이거나

이 땅에서 추방해 내보내야 한다는 것이었소.

당신은 이제 새들이 내는 소리나, 그대가 지닌   310

다른 예언의 길이 있다면 그것도 아까워하지 말고

그대 자신과 이 도시를 보호하고 나를 지켜 주시오.

살해당한 이의 모든 오염으로부터 지켜 주시오.

우리는 그대에게 달려 있소. 자신이 지녔고 할 수 있는 것
들로 사람을 돕는 것이

모든 수고 가운데 가장 아름다운 일이 아니겠소?   315

테이레시아스

아, 현명함[46]이 유익이 되지 못하는 곳에서

---

46 〈현명함〉은 〈지식〉이나 〈지성〉으로도 번역될 수 있다.

현명한 것은 얼마나 무서운 일인가! 내 이것을 잘 알면서도
잊었으니. 이곳으로 오는 게 아니었는데.

오이디푸스

무슨 일이오? 어찌 그리 기운 없이 들어오시오?

테이레시아스

나를 집으로 보내 주시오. 그대가 내 말을 따르겠다면,   320
그대의 것은 그대가, 내 것은 내가 견디는 것이 쉬운 일일
것이오.

오이디푸스

예언을 주지 않겠다니, 그대의 말은 받아들일 수도 없으며,
그대를 키워 준 이 나라에 불충한 말이오.

테이레시아스

그대의 말[47]이 적절한 곳으로 향하고 있지 않다는 것을
알기 때문이오. 그러니 같은 일을 겪지 않으려 하오.   325

(테이레시아스가 돌아서서 가려고 한다.)

오이디푸스

신들의 이름으로 청하건대, 지혜를 가졌다면 돌아서지 마
시오.

47 〈생각〉으로 읽는 학자들도 있다.

여기 모두가 탄원자로서 그대 앞에 엎드려 있소.

테이레시아스

모두 지혜가 없기 때문이오.[48] 나는 결코 나의 불행을,
〈당신의 불행〉이라고 말하지 않으려고 하는 말이거니와,
드러내지 않을 것이오.

오이디푸스

무슨 말씀이오? 알면서 말하지 않겠다니, 당신은   330
우리를 배반하고 이 도시를 파멸시킬 작정이오?

테이레시아스

나 자신도 그대도 괴롭히지 않으려는 것이오. 왜 이것을
헛되이 논쟁하시오? 내게서 듣지도 못할 터인데.

오이디푸스

악인 중 악인이여! 그대는 바위의 본성조차
분노하게 할 것이오. 정말로 말하지 않고   335
그렇게 완강하게 고집을 부릴 것이오?

테이레시아스

내 기질을 꾸짖으면서, 그대와 함께 살고 있는
그대의 것[49]은 알아보지도 못한 채 나를 비난하다니.

---

48 〈너희 모두는 아무것도 모른다〉로 번역될 수도 있다.
49 오이디푸스의 아내이자 어머니인 이오카스테를 가리킨다.

오이디푸스

지금 당신이 이 도시를 모욕하면서 하는 말을 들으며
어느 누가 분노하지 않을 수 있겠소? 340

테이레시아스

내가 침묵으로 감추려 해도, 그것들은 스스로 찾아올 것
이오.

오이디푸스

올 것이라면 나에게 말해야 하지 않겠소.

테이레시아스

나는 더 이상 말하지 않겠소. 원한다면,
할 수 있는 한 격렬하게 분노할 테면 하시오.

오이디푸스

나도 화가 났으니, 생각하는 바를 345
남김 없이 말하겠소. 알아 두시오.
당신은 이 일을 공모하고 손으로 직접 죽이지만 않았지
실행하기까지 한 것일 테요. 앞을 볼 수 있는 자였다면
그 일을 당신 혼자 했다고 말했을 것이오.

테이레시아스

정말이오? 그러면 당신이 공표한 저 포고령을 스스로 따 350
르시오.
오늘부터 여기 이들에게도 나에게도 말을 걸지 마시오.

이 땅을 오염시킨 불경한 자가 바로 당신이니.

오이디푸스

뻔뻔하게도 그런 말을 내뱉다니.
그러고도 벌을 피할 수 있을 거라 생각하오?   355

테이레시아스

나는 이미 피했소. 진리를 확고하게 붙들고 있으니.

오이디푸스

누구에게 배워서? 당신의 기술에서 나온 것은 아닐 테니.

테이레시아스

당신에게서. 당신이 원치 않는 나를 말하도록 돌려세웠소.

오이디푸스

무슨 말이오? 다시 말해 보시오. 더 분명히 알 수 있게.

테이레시아스

아직도 알아듣지 못한 것이오? 아니면 말로 시험하는 것   360
이오?

오이디푸스

안다고 말할 수 있을 만큼은 아니오. 그러니 다시 말해 보
시오.

테이레시아스

당신이 바로 당신이 찾고자 하는, 그 범인임이 드러났다고 말하는 것이오.

오이디푸스

아니, 두 번이나 그런 재앙을 말하다니, 그대는 무사하지 못할 것이다.

테이레시아스

더 분노하도록 다른 것도 말해 드리지.

오이디푸스

하고 싶은 만큼 해보시오. 헛소리가 될 테니.   365

테이레시아스

당신은 가장 친밀한 이들과 수치스럽게 관계 맺으며
살고 있고, 어떠한 불행 속에 있는지를 보지 못하고 있소.

오이디푸스

그런 말을 계속 지껄이면서도 벌을 면할 수 있으리라 여기는가?

테이레시아스

진리에 어떤 힘이 있다면.

오이디푸스

그렇겠지, 당신을 제외하고는. 당신에게는 그것이 없소.   370
귀도, 정신도, 눈도 멀었기 때문이오.

테이레시아스

당신은 불쌍한 자요. 곧 여기 있는 모든 이들이 그대를
비난할, 그런 말로 나를 비난하고 있으니.

오이디푸스

당신은 긴 밤 속에서 살고 있소.
그러니 나든 다른 이든 누구든 빛을 보는 자에게 당신은   375
해를 끼칠 수 없을 것이오.

테이레시아스

당신은 나로 인해 쓰러질 운명이 아니오. 하지만 이 일들을
성취하고자 하시는 아폴론은 충분히 그럴 수 있소.

오이디푸스

이 짓을 꾸며 낸 자는 크레온인가, 당신인가?

테이레시아스

크레온은 당신에게 아무런 재앙도 아니오. 당신이 당신 자
신의 재앙이지.

오이디푸스

오 부요함이여, 왕권이여, 온갖 경쟁 가득한 인생에서   380

기술을 넘어서는 기술이여,
너희 곁에 얼마나 많은 시기심이 들러붙어 있는 것이냐!
구하지도 않았건만 나에게 이 나라가 선물로써
손에 쥐어 준 이 통치권 때문에
믿음직했던, 처음에는 내 친구였던 크레온이   385
몰래 기어 들어와 나를 쫓아내고자 갈망하여,
이득에는 눈 밝고 예언술에는 눈먼
계략을 꾸미는 마법사, 간교한 거지를 보낸 것이라면!
한번 말해 보시오, 당신은 어떤 일에
현명한 예언자라는 것이오?   390
저 노래하는 개[50]가 이곳에 있었을 때, 어찌
이 백성들을 해방시켜 줄 말을 해주지 않았던 것이오?
그 수수께끼를 푸는 일은 막 도착한 사람이 할 일이 아닌
예언이 필요한 일이었소. 하지만 당신은
새들에게서 얻은 것이든, 신들로부터 배운 것이든   395
예언의 지식을 보여 준 적이 없지. 그런데 내가 와서,
아무것도 모르는 이 오이디푸스가 그녀를 멈췄소.[51]
새들의 전조[52]로 배워서가 아닌, 내 지혜로 말이오.
당신은 크레온의 왕좌 곁에 붙어 있을 생각으로
그런 자를 쫓아내려 하고 있는 것이오.   400
당신도 이 일을 함께 꾸민 자도 오염을 몰아내고자 한 것을

---

50 스핑크스.
51 자신의 수수께끼 푸는 기술, 혹은 통치술이 테이레시아스의 예언술보다 뛰
어날 때도 있었음을 의미한다.
52 테이레시아스를 비롯한 예언자들은 새들이 날아가는 모습이나 그들의 소리
로 전조를 읽었다.

후회하게 될 것이오. 그대가 늙은이로 보이지만 않았더라도,

당신의 획책이 어떤 것인지 고통을 겪으며 배웠을 텐데.

코로스

제게는 저분의 말도 당신의 말도
분노에서 나온 것 같습니다, 오이디푸스여.   405
하지만 그런 것들이 아니라 어떻게 신탁을
가장 잘 풀 수 있을지를 살펴야 합니다.

테이레시아스

그대가 통치자라 하더라도, 반론을 제시할 기회는
동등하게 가져야 할 것이오. 나도 이 일에 권한이 있소.
당신이 아닌 록시아스[53]의 종으로 살고 있으니 말이오.   410
그러니 크레온을 후견인 삼아 그 밑에 등재되지는 않을 것
이오.[54]

나를 눈멀었다고 비난하니 하는 말이지만,
당신은 보면서도 보지 못하고 있소. 그대가 어떤 불행 속
에 있는지,

어디에 살며, 누구와 함께 거주하고 있는지를 말이오.

누구에게서 태어났는지 알기는 하는가? 당신은 자신이 저   415

---

53 아폴론.

54 기원전 5세기 아테나이에서, 아테나이에 거주하는 외국인들metoikoi은 법
적 후견인의 역할을 맡는 아테나이 시민의 보증하에 도시에 등록해야 했다. 여기서
테이레시아스는 자신이 온전한 시민의 권리를 지녔음을 밝히고 있다. 이 작품의 배
경은 기원전 13세기 이전의 테바이의 왕정이지만, 기원전 5세기 아테나이 민주정
의 제도를 반영하고 있다.

아래 있는 친족에게도

　땅 위에 있는 친족에게도 모두 적이라는 것을 눈치조차 못

채고 있소.

　당신의 어머니와 아버지의 양날의 저주가

　지금은 제대로 보지만 그때는 어둠 속에 있을 당신을

　언젠가 무서운 발로 이 땅에서 몰아낼 것이오.

　순조로운 항해 끝, 당신을 이 집, 항구 아닌 항구[55]로 　　　　420

　인도한 결혼 축가를 당신이 깨닫는 날,

　어느 항구에 당신의 비명이 닿지 않을 것이며,

　키타이론[56]의 어느 곳이 그것을 빠르게 되울리지 않을 것

인가?

　그대와 그대의 자식들을 같게 만들어 줄

　수많은 다른 재앙들도 파악하지 못한 채, 　　　　425

　크레온과 나의 입을 어디 한번 실컷 모욕해 보시오.

　필멸의 인간들 가운데 누구도 당신보다 더 불행하게

　갈려서 닳아 사라질 사람은 없을 터이니.

오이디푸스

그에게서 이런 말들을 듣고도 참아야 한다는 것인가?

파멸 속으로 꺼져 버려라. 어서, 당장 돌아서서 　　　　430

이 집에서 떠나가지 못할까?

55 집과 항구는 오이디푸스의 새 결혼으로 볼 수도 있고, 어머니의 자궁으로 볼
수도 있다.

56 아티케와 보이오티아의 경계 150킬로미터에 걸쳐진 테바이 남쪽의 산으로,
오이디푸스의 삶에서 중요한 장소로 드러날 것이다.

테이레시아스

당신이 부르지 않았더라면 오지 않았을 것이오.

오이디푸스

그런 아둔한 말을 할 줄은 몰랐소. 알았더라면 내 집으로
당신을 불러오지도 않았을 것이오.

테이레시아스

당신에게는 내가 그런 어리석은 본성을 가진 것처럼 보이   435
겠지만,
당신을 낳은 부모에게는 지혜 있는 사람이었소.

오이디푸스

누구를 말하오? 서시오, 대체 인간들 중 누가 나를 낳은 것
이오?

테이레시아스

오늘이 당신을 낳고 또 파멸시킬 것이오.

오이디푸스

모든 것을 수수께끼처럼 너무 모호하게 말하는구나.

테이레시아스

그런 걸 밝혀내는 데는 그대가 가장 뛰어나지 않은가?   440

오이디푸스

나의 위대함을 드러내 줄 그 일로 나를 조롱하다니.

테이레시아스

그 운명이 당신을 파멸시켰소.

오이디푸스

이 도시를 구했으니, 나에게는 상관없소.

테이레시아스

이제 가겠소. 애야, 나를 부축해 다오.

오이디푸스

데려가게 하시오. 당신은 옆에서 걸림돌이 되어   445
짜증이나 나게 하니, 떠나가면 더는 날 괴롭히지 않겠지.

테이레시아스

내 무엇 때문에 왔는지만 말하고서 떠나겠소.
당신의 얼굴은 두렵지 않소. 나를 파멸시킬 수 없으니.
당신에게 말해 두는데, 그 사람, 오래전부터 라이오스의
살해자임을 공표하겠다고
위협하며 찾는 그자가 바로 여기에 있소.   450
그는 명목상으로는 이방에서 온 거주자이나
훗날 태생부터 테바이인이었음이 밝혀질 것이며,
그 행운을 달갑게 여기지 않을 것이오.
그는 앞을 보는 자에서 보지 못하는 자가 되고,

부자 대신 거지가 되어 지팡이로 앞을 더듬으며 455
이국 땅을 향해 길을 가게 될 것이오.
또 그는 자신이 자식들의 형제이자 아버지이며
자신을 낳은 여인의 아들이자 남편이고,
자기 아버지와 함께 씨 뿌린 자이며, 살인자임이
자신과 함께 사는 모든 이들에게 드러나게 될 것이오. 460
안에 들어가 따져 보시오. 내 말이 거짓임을 잡아낸다면,
그때는 내가 예언에 대해 아무것도 모르는 자라고 말해도
좋소.

(테이레시아스가 소년의 손에 이끌려 퇴장하고, 오이디푸
스도 궁전으로 들어간다.)

코로스 좌 1[57]

누구인가? 신탁을 전하는
델포이의 바위[58]가 알고 있는,
말할 수 없는 것들 중에서도 말할 수 없는 465
끔찍한 짓을
피 묻은 손으로 실행한 자는.
때가 되었구나. 폭풍같이 빠른
말들보다 더 강하게
도주를 위해 발을 움직여야 할 때.
제우스에게서 태어나신 분[59]이

---

57 제1정립가.
58 아폴론의 신전이 있는 델포이는 파르나소스산 남쪽 기슭에 위치하고 있다.
59 아폴론.

불과 번개로 무장하고 달려드시고   470
무섭고 피할 길 없는 여신들[60]이
함께 뒤쫓고 있으니.

코로스 우 1

눈 덮인 파르나소스산의
막 들려온 목소리가,
드러나지 않은 그자를
온갖 수단으로 추격하라고   475
번쩍이며 비추셨기 때문이니.
야생의 숲 아래
동굴과 바위 사이로,
그자가 황소처럼 헤매고 다니기 때문이오.
비참한 발로 비참하게 쓸쓸히
대지의 배꼽[61]에서 나온 예언을   480
피해 다니면서. 그러나 그것은 언제나
살아서 그를 에워싸는구나.

코로스 좌 2

새들을 읽는 저 현명한 예언자는
무섭게, 무섭게 나를 뒤흔드는도다.
시인할 수도 부인할 수도 없게 만들면서.   485
무엇을 말해야 할지 모르겠구나.

60 복수의 여신들을 가리킨다.
61 그리스어로 옴팔로스omphalos. 그리스인들이 세상의 중심으로 여겼던 델포
이를 의미한다.

44

지금을 봐도 앞날을 봐도
희망을 가지고 날 수 없고,
랍다코스의 자손들에게든
폴리보스[62]의 아들에게든   490
무슨 싸움이 있었는지
나는 알지 못하니,
그것을 시험해
백성들에게 알려진
오이디푸스의 명성을   495
확인해 볼 수도 없고,
드러나지 않은 죽음에 대해
랍다코스의 자손을 돕는 자도 될 수도 없구나.[63]

코로스 우 2

제우스와 아폴론은 현명하시니
인간사를 알고 계시는도다.
그러나 인간에게서 난 예언자가
나보다 더 많은 것을 지니고 있다는 것은   500
옳은 판단일 수 없으리라.
인간은 지혜로
지혜를 앞설 수 있으나
그 말이 옳다는 것을 내가 보기 전에는   505
비난하는 소리에

---

62 코린토스의 왕으로 오이디푸스를 길렀다. 오이디푸스는 그를 아버지로 여기고 있다.
63 코로스는 오이디푸스가 라이오스왕을 공격할 이유가 없다고 여기고 있다.

결코 동의할 수 없노라.
날개 달린 소녀[64]가
눈앞에 나타나 보였을 때,
그는 시험에 의해 현명한 자,
도시의 즐거움임이 밝혀졌으니   510
내 마음에서 그는
결코 악행을 저질렀다며 비난받지 않으리라.

(크레온이 등장한다.)

크레온

시민 여러분, 오이디푸스왕께서
나에 대한 끔찍한 비난의 말을 하셨다는 것을 듣고서
견딜 수 없어 이곳에 나왔소.   515
지금과 같은 재난 속에서 그가 나에게서
말로든 행동으로든 해를 입었다고 여기신다면
나로선 이런 말을 견디면서
오래 살고 싶은 욕망이 없소.
그 말이 나에게 가져온 그 피해는   520
사소하지 않은 큰 것이오. 당신과 내 친구들로부터
도시 안에서 내가 악한 자라고 불린다면 말이오.

코로스

하지만 그 비난은 아마도 숙고해 판단한 것이 아닌

64 스핑크스

분노를 견디다 못해 나온 말일 것입니다.

크레온

그 말을 한 것은 맞지 않소? 그 예언자가 내 계획에   525
설득되어 거짓으로 그런 말을 했다고 말이오.

코로스

그렇게 말씀하시긴 했지만, 무슨 의도인지는 모르겠습니다.

크레온

제대로 된 눈으로, 제대로 된 생각으로
나에게 그런 혐의를 씌운 것인가?

코로스

모르겠습니다. 통치자의 일을 저는 알 수 없으니까요.   530
그분이 이제 직접 집 밖으로 나오시는군요.

(오이디푸스가 밖으로 나온다.)

오이디푸스

거기 자네, 어찌 이곳에 왔는가?
나를 살해하고 나의 통치권을 약탈하려는 것이
명백하거늘, 감히 내 집에 찾아올 만큼
뻔뻔한 얼굴을 지녔다니.   535
자, 그럼 신들 앞에서 말해 보시오. 그대는 내게서 어떤 비
겁함을,

어떤 어리석음을 보았기에 이런 짓을 꾸미려 한 것이오?
그게 아니라면, 속임수를 써서 기어 들어오면 그런 짓을
내가 모르거나, 알면서도 막지 못하리라 여겼던 것이오?
그대의 시도야말로 어리석은 일이 아니겠소?   540
부도 친구도 없이 통치권을 좇으려 하다니,
많은 추종자들과 재물로만 얻을 수 있는 그것을 말이오.

크레온

당신이 해야 할 바를 아십니까? 말씀하셨으면
이제 대답도 들으십시오. 그런 뒤 스스로 판단하십시오.

오이디푸스

그대는 말하는 것에 능숙하나, 나는 이해하는 데   545
미숙하오. 그대가 나에게 적으로, 위험한 자로 드러났으니.

크레온

그러면 제가 하는 이 말씀만 먼저 들어주십시오.

오이디푸스

그대가 악한 자가 아니라는 말만은 하지 마시오.

크레온

당신이 생각 없는 완고함을 재산으로 여기신다면,
올바르게 생각하는 것이 아닙니다.   550

오이디푸스

그대가 같은 집안 사람에게 나쁜 짓을 하고서도
벌 받지 않을 것이라 여긴다면, 그것은 올바로 생각하는
것이 아니오.

크레온

지당한 말씀입니다. 하지만 제게서
어떤 고통을 당하셨다는 것인지 저에게 알려 주십시오.

오이디푸스

저 존경받는다는 예언자에게 어떤 사람을 보내도록   555
그대는 나를 설득했었소, 그렇지 않소?

크레온

지금도 그 생각은 여전히 변함없습니다.

오이디푸스

얼마나 오랫동안 라이오스께서…….

크레온

무슨 일을 했다는 말씀이십니까? 이해하지 못하겠습니다.

오이디푸스

치명적인 폭력에 의해 사라져 계신 것이오?   560

크레온

옛날의 긴 시간을 헤아려야 할 것입니다.

오이디푸스

그때도 저 예언자가 그 기술에 종사하고 있었소?

크레온

지금과 똑같이 현명하고 똑같이 존경받았습니다.

오이디푸스

그때 나에 대해 언급한 바가 있소?

크레온

적어도 제가 곁에 있을 때에는 안 하셨습니다.   565

오이디푸스

피살되신 분에 대해 탐문했을 것 아니오?

크레온

했습니다. 어찌 안 할 수가 있었겠습니까? 하지만 들은 바
가 없습니다.

오이디푸스

그 현자가 왜 그때는 그것을 말하지 않았소?

크레온

모르겠습니다. 생각하지 못한 일에 대해서는 침묵하고 싶습니다.

오이디푸스

이것만큼은 그대가 알고, 잘 생각해서 말할 수 있을 것이오. 570

크레온

그것이 무엇입니까? 알고 있는 것이라면 부인하지 않겠습니다.

오이디푸스

그가 그대와 공모하지 않았더라면, 라이오스의 파멸이
내 짓이었다고 이야기할 이유가 결코 없다는 것 말이오.

크레온

그가 그렇게 말씀하셨다면, 당신 자신이 아시겠지요.
당신이 저에게 하신 것처럼, 이제 저도 당신께 질문하는
것이 마땅할 것입니다. 575

오이디푸스

해보시오. 나는 결코 살인자로 밝혀지지 않을 것이오.

크레온

이건 어떻습니까? 저의 누이를 아내로 취하셨지요?

오이디푸스

묻는 바에 대해 부인하지 못하겠소.

크레온

그녀와 대등하게 이 땅을 나눠 다스리고 계시지요?

오이디푸스

그녀는 원하는 바를 모두 내게서 제공받고 있소.   580

크레온

제가 세 번째 지위로 그대 둘과 대등하지 않습니까?

오이디푸스

바로 거기서 그대가 악한 친구로 드러나는 것이오.

크레온

그렇지 않습니다. 당신도 저처럼 생각해 보신다면요.
이것을 먼저 살펴보십시오. 어떤 이가
동등한 권력을 가지고 있는데도 두려움 없이 잠들기보다   585
공포 속에서 통치권을 획득하고자 하겠습니까? [65]
저는 본성상, 왕 노릇 할 수 있는데
굳이 왕이 되고 싶은 열망이 없고,
다른 이들도 현명한 생각을 가지고 있다면 그럴 것입니다.

---

65 크레온의 말은 일반적으로 그리스 법정에서 자주 사용되던 〈그럴 법함eikos〉
에 호소하는 논증을 따르고 있다.

직접 다스린다면 많은 것들을 억지로 해야 하지만,   590
저는 지금 모든 것을 두려움 없이 당신에게서 얻고 있으니
까요.
그러니 어찌 고통 없는 통치와 권력보다
왕권을 갖는 것이 저에게 즐거울 수 있겠습니까?
이득을 주면서도 명예로운 것들 외에
다른 것들을 바랄 정도로 저는 미혹된 자가 아닙니다.   595
지금 모든 이들에게 인사받고, 지금 모두가 저를 반가이
맞아 주고,
지금 당신에게 요청할 것이 있는 이들이 저를 불러냅니다.
그들이 얻고자 하는 바가 모두 저에게 달렸기 때문이지요.
어떻게 제가 이것을 던져 버리고, 저것을 취하겠습니까.
제대로 생각하는 정신은 악할 수가 없는 법이지요.[66]   600
하지만 저는 본성상 그런 생각을 좋아하지도 않고
그런 짓을 하는 사람과 함께하는 것을 견디지도 못합니다.
피토로 가서 이것들에 대해 확인해 보십시오.
제가 당신에게 그 신탁을 제대로 전했는지도 알아보십시오.
그런 뒤에, 제가 예언자와 함께 무언가 꾸몄다는 것을   605
잡아내신다면, 저를 한 표가 아닌
저와 당신 두 사람의 표로 잡아서 죽이십시오.
하지만 확실하지 않은 판단으로 저를 고발하진 마십시오.
악한 자를 이유 없이 유익한 자로 여기는 것도 올바르지
않지만,

---

66 실제 소포클레스가 쓴 구절이 아니라, 후대에 사본의 여백에 쓰여 있던 구절
이 들어간 것으로 보는 학자들도 있다.

유익한 자를 악한 자로 여기는 것도 그렇습니다.　　　　　610
훌륭한 친구를 내던져 버리는 것은 자신에게서 가장
소중한 삶을 내던져 버리는 것과 같다고 말씀드립니다.
시간만이 정의로운 사람을 드러내 보여 주니
시간 안에서만 이것을 확인하게 될 것입니다.
하지만 악한 자는 단 하루면 알아보실 수 있습니다.　　　615

코로스

왕이시여, 넘어지지 않으려고 주의하는 저로서는
그가 제대로 말하는 것 같습니다. 빠르게 판단하는 자들은
안전하지 못하니 말입니다.

오이디푸스

누군가 몰래 계략을 세우며 빠르게 다가오고 있을 때면,
나도 이에 맞서 빠르게 계획을 세워야만 하오.
가만히 앉아 기다린다면, 그자의 일은　　　　　　　　620
실행되고, 나의 일은 빗나갈 것이오.

크레온

대체 원하는 것이 무엇입니까? 나를 이 땅에서 쫓아내시
려는 겁니까?

오이디푸스

천만에. 추방이 아니라 그대가 죽기를 바라고 있소.

크레온[67]

오이디푸스

시기하는 것이 어떤 결과를 가져오는지 보여 주고.

크레온

받아들이지도, 믿어 주지도 않으시겠다는 말씀이군요.   625

오이디푸스

크레온

당신이 제정신이 아닌 것을 잘 보고 있습니다.

오이디푸스

내 일에 대해서는 안 그렇소.

크레온

제 일에 대해서도 똑같이 그러셔야 합니다.

---

67 이 구절 이후 최소 2행 정도가 소실되었다. 몇 행이 소실되고, 각 행이 누구에게 배당되어야 하는지에 대해서는 학자들 간에 이견이 있다. 여기서는 〈한 줄씩 말하기stichomythia〉의 규칙과 도우R. D. Dawe의 제안에 따라 623행은 크레온에게, 626행은 오이디푸스에게 배당하였다.

오이디푸스

하지만 그대는 본성이 악한 자요.

크레온

당신이 아무것도 모른다면요?

오이디푸스

그래도 통치해야 하오.

크레온

잘못 통치하느니 안 해야 합니다.

오이디푸스

오, 도시여, 도시여!

크레온

저에게도 이 도시에 대한 몫이 있습니다. 당신에게만이 아니라.   630

코로스

왕들이시여, 그만하십시오. 마침 당신들을 위해
이오카스테께서 집에서 나오시는 게 보입니다.
지금 벌어진 다툼을 그분과 제대로 해결하십시오.

(이오카스테가 등장한다.)

이오카스테

이 딱한 사람들, 왜 이런 생각 없는 혀의 싸움을
벌이고 있습니까? 이 땅이 이토록 병들어 있는데   635
사사로운 분쟁을 일으키다니, 부끄럽지 않으십니까?
당신은 집으로 들어가세요. 크레온, 그대도 집으로 가세요.
별것 아닌 괴로움을 큰 것으로 키우지 마세요.

크레온

한 핏줄인 누님, 당신의 남편 오이디푸스가 무서운 위협을
가하고 있습니다.
나를 이 조국 땅에서 쫓아내든지 잡아 죽이든지,   640
이 두 가지 나쁜 일 중 하나를 선택해서 행하겠다고요.

오이디푸스

그렇소. 부인. 악한 재주로 나의 신체에
악한 짓을 하려던 그자를 내가 붙잡았기 때문이오.

크레온

그대가 나에게 뒤집어씌우는 그 어떤 짓이라도 했다면,
내가 이득도 없이 저주받아 파멸해 버리기를!   645

이오카스테

오 오이디푸스여, 신들의 이름으로 부탁하니, 그의 말을
믿어 주세요.
신들 앞에 한 그의 맹세를 존중해서라도,
나와 여기 당신 곁에 있는 사람들을 존중해서라도요.

애탄가[68] 좌 1

코로스

신중히 생각하시고, 기꺼이 따르소서.
왕이여, 탄원하나이다.   650

오이디푸스

그대는 내가 무엇을 양보하기를 바라는 것인가?

코로스

이전에도 어리석지 않았고, 지금도 맹세로 강력해진 그를
존중하소서.

오이디푸스

그대가 원하는 게 무엇인지 아시오?

코로스

알고 있습니다.

오이디푸스

무슨 생각인지 한번 말해 보시오.   655

애탄가 좌 2

코로스

맹세까지 한 친구를 불확실한 추측으로

---

68 애탄가amoibaion-kommos는 콤모스로 불리기도 하며, 등장인물과 코로스
가 대사를 주고받되 적어도 한쪽은 서정시 운율로 노래하는 부분이다.

비난 속에 불명예스럽게 내던져서는 안 됩니다.

오이디푸스

이제 잘 알아 두시오. 그대가 그것을 요구한다면,

이는 내가 파멸하거나 이 땅에서 추방될 것을 요구하는 것

이오.

코로스

신들 중에 가장 으뜸인 신   660

헬리오스[69]의 이름으로 맹세하건대 그렇지 않습니다.

그런 생각을 갖고 있다면,

신 없이, 친구도 없이

어떤 죽음으로든 내가 파멸하기를.

이 땅은 시들고,   665

오래된 재앙들에

그대로 인한 새로운 재앙이 더해지니

내 영혼이 불행으로 소진되어 갑니다.

오이디푸스

그는 가게 하시오. 만일 내가 완전히 죽거나

땅에서 불명예스럽게 강제로 떠나야만 한다면, 그것은   670

그의 입이 아닌 당신의 애처로운 입을 동정했기 때문이오.

하지만 이자는, 어디에 있든지 미움을 받을 것이오.

69 태양신.

크레온

당신은 저에게 양보하면서도 증오하시는 게 분명하군요.
분노가 한계를 넘어서니 두렵습니다. 그런 천성들은
자신에게 가장 큰 고통을 가져오는 법입니다.　　　　675

오이디푸스

나를 내버려 두고 그만 꺼져라.

크레온

갈 겁니다. 그대는 무지하지만,
저분들에게는 공정한 사람으로서.

(크레온이 퇴장한다.)

애탄가 우 1
코로스

여주인이시여, 왜 이분을 안으로 바로 모셔 가지 않고 지
체하십니까?

이오카스테

무슨 일이 일어났는지부터 알아야 하겠습니다.　　　　680

코로스

논쟁 중에 무지한 추측이 나왔는데, 정당하지 않은 말이
찌르는 법이지요.

이오카스테

두 사람 모두 그랬나요?

코로스

예, 그렇습니다.

이오카스테

무슨 말이었나요?

코로스

제게는 그것으로 충분합니다. 충분하고 말고요. 이 땅이
이미 고통 당하고 있으니,   685
  그것[70]을 멈춘 곳에 머물러 있게 하십시오.

오이디푸스

그대는 지각 있는 좋은 자이기는 하지만, 내 가슴을
  느슨하게 하고 무디게 하려다 이 지경에 이르렀다는 것을
아시오?

애탄가 우 2
코로스

왕이시여, 한 번만 말씀드린 게 아니지만,   690
  제가 당신에게서 등을 돌린다면
  정신이 나간 데다 생각이라고는 없는 자일 것입니다.

---

70 오이디푸스와 크레온의 논쟁.

당신은 저의 사랑하는 땅이 고통 속에 신음할 때
바람을 타고 제대로 세워지게 하셨으며   695
지금도 훌륭한 인도자로 드러나실 것이니 말입니다.

이오카스테

신들의 이름으로 청하오니, 왕이시여, 제게도 알려 주세요.
대체 무슨 일로 당신이 그런 분노를 갖게 되셨는지를요.

오이디푸스

말하겠소, 부인. 그대를 그 누구보다 존중하니 말입니다.
크레온 때문이오. 그가 나에게 그런 짓들을 꾸몄소.   700

이오카스테

말해 주세요. 분쟁의 책임을 분명하게 가려서 말씀해 주실
수 있다면요.

오이디푸스

내가 라이오스를 죽였다고 주장하고 있소.

이오카스테

알고 하는 말인가요? 아니면 누군가에게서 들어서?

오이디푸스

자신의 입을 완전히 해방시키려고   705
사악한 예언자를 나에게 보낸 것이오.

이오카스테

지금 말씀하신 문제에 대해서는 근심을 내려놓으시고
제 말을 들어 주세요. 필멸의 인간은 누구도
예언의 기술을 가질 수 없다는 것을 아셔야 해요.
당신에게 이에 대한 간단한 증거를 보여 드리지요.   710
언젠가 라이오스에게 신탁이 주어졌어요. 포이보스에게서
직접 들었다고
말할 수는 없고, 그를 모시는 이들을 통해 들었죠.
운명에 따르면 나와 그의 사이에서 아이가 태어나면,
그가 자식에 의해 죽게 되리라는 것이었어요.
그런데 소문에 따르면, 다른 나라의 강도들이   715
마차가 다니는 삼거리에서 라이오스를 죽였다고 해요.
아이는 태어난 지 사흘도 안 되어
그이가 그 두 발을 함께 묶고[71] 다른 이들의 손을 빌어
사람들이 다니지 않는 길에 내다 버리도록 했어요.
그리하여 아폴론은 아이가 아버지를 살해하고   720
라이오스가 아들의 손에 죽는다는, 그가 두려워했던
끔찍한 일이 일어나지 않게 해주셨지요.
예언이라는 것들은 이렇게 결정되는 거예요.
그러니 당신은 아무것도 두려워하지 마세요.
신께서 무언가 필요해서 찾으신다면, 스스로 쉽게 밝히실   725
테니까요.

---

71 그리스어 arthra(······) podoin(······) enzeuxas를 직역한 것이다. 제브Jebb를
비롯한 학자들은 이 구절을 〈발목을 뚫어 고정한 뒤〉로 번역하고 있다.

오이디푸스

여보, 방금 그 이야기를 듣고 나니
얼마나 영혼이 방황하고 마음이 요동치는지 모르겠소.

이오카스테

어떤 걱정 때문에 그토록 놀라시는 건가요?

오이디푸스

당신에게서 이렇게 들은 것 같군요. 라이오스가
마차가 다니는 삼거리 근처에서 살해되었다고.   730

이오카스테

그러한 말들이 떠돌았고 지금도 멈추지 않고 있어요.

오이디푸스

그러면 그 사건이 발생한 장소가 어디였소?

이오카스테

그 땅은 포키스라고 불리는 곳인데, 길이 갈라져 있어서
델포이와 다울리스로부터 온 길이 한곳에서 만나지요.[72]

오이디푸스

그 일이 벌어지고 나서 시간은 얼마나 흘렀소?   735

72 포키스는 테바이와 델포이 사이를 오가면 지나게 되는 곳으로 델포이에서부
터 25킬로미터가량 동쪽에 위치한 곳이다. 이 지점에서부터 북쪽을 향하는 계곡이
다울리스로, 동으로 향하는 곳은 보이오티아 평야를 향한다.

이오카스테

당신이 이 땅의 통치권을 차지하기 조금 전에
그 일이 도시에 전해졌어요.

오이디푸스

오 제우스여, 나에게 무슨 일을 하려 계획하신 것인가요?

이오카스테

오이디푸스여, 무엇이 당신 마음을 무겁게 하는 건가요?

오이디푸스

아직은 묻지 마시오. 라이오스가 어떤 사람이었는지   740
말해 보시오. 그가 얼마나 젊은 힘의 절정에 이르러 있었
는지도.

이오카스테

그는 컸어요.[73] 막 흰머리가 나기 시작했고,
외모는 당신과 많이 다르지 않았어요.

오이디푸스

아아, 불행하구나. 나는 방금 알지도 못한 채
나 자신을 끔찍한 저주에 내던진 것 같소.   745

---

73 사본에 따라 〈체격이 크다megas〉가 아닌, 〈피부가 검었다melas〉로 읽을 수
도 있다.

이오카스테

왜 그런 말을 하세요? 당신을 바라보니 불안해져요, 왕이여.

오이디푸스

그 예언자가 볼 수 있는 게 아닐까 두려운 마음이 드오.
그대가 하나만 더 말해 주면, 더 잘 보여 줄 수 있을 것 같소.

이오카스테

저도 두렵긴 하지만, 물으시는 걸 듣고 대답해 드릴게요.

오이디푸스

그는 적은 사람과 함께 길을 떠났소, 아니면   750
통치자답게 많은 수행원들을 이끌고 갔소?

이오카스테

모두 다섯이었어요. 그들 가운데는 전령이
있었고, 사륜마차 한 대가 라이오스를 이끌었죠.

오이디푸스

아아, 이제 이것들이 분명하구나. 그 이야기들을
당신에게 해준 사람이 누구였소, 부인?   755

이오카스테

어떤 하인이었어요. 그만 혼자 살아서 왔어요.

오이디푸스

그러면 그가 지금 여기 집 안에 있소?

이오카스테

아뇨, 없어요. 그는 그곳에서 돌아와서는 당신이
권력을 잡고 라이오스가 죽은 것을 보자
제 손을 잡고서 간청했지요.   760
자신을 가능한 한 이 도시로부터 멀리 벗어나
저 시골로, 가축들이 있는 목장으로 보내 달라고요.
그래서 전 그를 보내 줬어요. 그는 노예였지만
그보다 더 큰 호의를 받을 자격이 있는 사람이었거든요.

오이디푸스

어떻게든 그를 우리에게 빨리 돌아오게 할 수 있겠소?   765

이오카스테

가능하기는 한데, 왜 그것을 요구하시나요?

오이디푸스

여보, 내가 지나치게 많은 말을 하지 않았나 두렵소.
그래서 그를 보고자 하는 거요.

이오카스테

오기는 할 거예요. 하지만 왕이시여, 당신 안의
걱정이 무엇인지 저는 그것을 알 자격이 있어요.   770

오이디푸스

내가 이만큼의 예감에 도달한 터에, 그대가 모르게 하진
않겠소.

내가 이러한 운명을 지나가고 있는 와중에 그대보다
더 중요한 자와 이야기를 나눌 수는 없을 테니 말이오.
나의 아버지는 코린토스인 폴리보스이고,
어머니는 도리스인 메로페요. 나는 그곳의 시민들 중   775
가장 고귀한 자로 여겨졌소. 나에게 그러한 운명이
다가오기 전에는 말이오. 그것은 놀랄 만한 일이었지만
내가 열의를 보일 만한 일은 아니었소.
한 잔치에서 어떤 남자가 만취해서 술김에
내가 아버지에게서 난 자가 아니라고 했던 거요.   780
나는 마음이 무거웠으나 그날에는
간신히 억눌렀소. 하지만 다음 날 어머니와
아버지께 가서 캐물었소. 그러자 그분들은 참지 못하고
그 말을 퍼뜨린 자에게 벌을 내렸소.
나는 그분들에 대해서는 안심이 됐지만,   785
그 일은 늘 나를 찜찜하게 했는데, 그 생각이 자주 떠올랐
기 때문이오.

그래서 나는 어머니와 아버지 몰래 피토로 갔소.
그런데 포이보스께서는 내가 찾아간 용건은
무시하고 돌려보내면서, 이 불쌍한 자에게
무섭고도 불운한 것들을 말씀하시며 예언하셨소.   790
내가 어머니와 몸을 섞어, 차마 견디고 볼 수 없는
자손들을 인간들에게 보여 줄 것이고, 나를 낳아 준
아버지를 살해하게 될 것이라고 말이오.

나는 이 말을 듣고 나서, 별들에 의지해 거리를
측정하면서 코린토스 땅을 피해 다녔소.   795
사악한 신탁이 나에게 정해 놓은 그 치욕이
결코 이루어지지 않을 곳으로 말이오.
그러다 당신이 그 왕이 살해되었다고 말한
바로 그 장소에 도착했소.
여보, 내 당신에게 진실을 얘기하겠소. 길을 가다가   800
삼거리 근처에 도착했을 때,
그곳에서 전령과, 당신이 말한 대로,
조랑말이 끄는 사륜마차를 탄 남자와
마주치게 되었소. 그러자 그 길잡이[74]와
노인이 나를 강제로 길에서 몰아내려고 했소.   805
나는 화가 나서 나를 옆으로 밀쳐 낸 자,
마부를 때렸소. 그러자 노인은 이것을 보고
내가 마차 곁을 지나가길 기다렸다가, 마차에서
내 정수리를 두 갈래 난 뾰족한 몰이 막대로 내리쳤소.
하지만 그는 똑같은 대가를 지불한 것이 아니라,   810
내 손이 빠르게 내리치는 지팡이에 맞아, 마차 가운데서
곧바로 뒤로 굴러떨어져 버렸소.
그리고 나는 그들 모두를 죽였소. 만일 그 이방인이
라이오스와 친척 관계라면[75]
누가 이제 여기 이 인간보다 불운하겠소?   815
누가 신들에게 더 미움받는 인간이겠소?

74 802행의 전령과 같은 사람인 것으로 보인다.
75 오이디푸스는 자신이 살해한 자가 라이오스일 수 있는 가능성을 약화하려
하고 있다.

이방인이나 시민 중 어느 누구도 그를

집 안에 들여서는 안 되고, 말을 건네서도 안 되며

집에서 내쫓아야 하니 말이오. 그리고 이 저주들을

나에게 내린 것은 다른 누구도 아닌 나 자신이오.   820

그런데 나는 죽은 이의 침대를 그를 파멸시킨

내 두 손으로 더럽히고 있소. 내가 악하게 태어난 것이오?

나는 완전히 불경한 자가 아니겠소? 만일 내가 추방되어야 하고,

추방자인 나에게는 나의 사람들을 보는 것도

조국 땅에 발을 들이는 것도 허용되지 않는다면 말이오.

그렇지 않으면 나는   825

어머니와 결혼으로 묶이고, 나를 낳고 키워 주신 아버지

폴리보스를 죽여야 할 것이니 말이오.

그러니 누군가가 이 일이 어느 잔인한 신께서 이 인간에게

보내신 것이라 판단한다면, 올바른 추론이 아니겠소?

절대로, 절대로, 오 신들의 정결한 위엄이여,   830

내가 그날을 보지 않기를, 그러한

재앙의 오염이 나에게 닥치는 것을 보기 전에

필멸의 인간들로부터 사라져 버리기를.

코로스

왕이시여, 우리에게도 그 일이 걱정스럽습니다만,

현장에 있었던 사람에게서 사실을 확인할 때까지는, 희망

을 가지십시오.   835

오이디푸스

사실 나에게도 희망은 그 정도뿐이오.
그 목자를 기다리는 일 말이오.

이오카스테

그가 나타나면 어떻게 하실 건가요?

오이디푸스

알려 주겠소. 그가 당신과 같은 말을 하는 것으로
밝혀지면, 나는 고통에서 벗어날 수 있을 것이오.   840

이오카스테

제게서 무슨 특별한 말을 들으셨기에 그러시나요?

오이디푸스

당신이 말하기를, 그가 〈강도들〉에 대해 말하면서
그들이 그를 죽였다고 했소. 그러니 만일 그가 여전히
같은 수를 말한다면, 나는 그를 죽인 것이 아니오.
하나가 여럿과 같게 될 수는 없으니.   845
그러나 그가 〈홀로 길을 가던 한 사람〉이라고 말한다면
그때는 그 일이 분명히 나에게로 기울 것이오.

이오카스테

그가 그렇게 말한 게 분명하니 믿으세요.
그리고 그는 그 말을 다시 뒤집을 수 없어요.
저뿐만이 아니라 온 도시가 그 말을 들었으니까요.   850

왕이여, 설령 그가 이전의 말에서 뭔가를 바꾸더라도
결코 라이오스의 죽음이 예언과 일치하는 것으로
드러나지는 않을 거예요. 록시아스께서 라이오스가
제 아이에 의해 죽게 되리라고 말씀하셨지만,
가여운 그 아이는 그를 살해하기는커녕   855
오히려 그 자신이 먼저 죽어 버렸답니다.
그러니 앞으로 저는 결코 예언 때문에
이쪽저쪽을 바라보지 않을 거예요.

오이디푸스

잘 생각했소. 그렇지만 그 일꾼을
데려오도록 사람을 보내고, 이 일을 제쳐 두지 마시오.   860

이오카스테

서둘러 보낼게요. 어쨌든 우리는 집으로 들어가요.
당신이 바라지 않는 바는 어떤 것도 하지 않을게요.

(오이디푸스와 이오카스테가 퇴장한다.)

코로스 좌 1[76]

법도가 규정한 모든 말과 행동에서,
경건한 정결함을 지니는 나에게
운명이 함께하기를!   865
그 법도는 높은 곳에 발을 두고

76 제2정립가.

하늘의 아이테르[77]에서 태어나셨으니,
아버지는 올림포스[78] 한 분이시며
필멸의 인간의 본성은
그를 낳지 않았고,   870
망각이 그를 결코 잠재우지도 못하는도다.
그들 안에서 신은 위대하시고 늙지도 아니하신다네.

코로스 우 1

오만이 폭군을 낳으니, 오만은
적당한 시기도 아니며 유익하지도 않은 것들로
헛되이 많은 것들을 채우며,   875
가장 높은 꼭대기로 올라서
가파른 필연 속으로 떨어져 버리는도다.
유용한 발도 그곳에서는
쓸모없으니. 하지만 도시에서
아름다운 경쟁이 결코 없어지지 않기를   880
신께 기원하노라.
나는 신을 보호자로 두기를 결코 멈추지 않겠노라.

코로스 좌 2

누군가가 정의를 두려워하지도
신들의 자리를 공경하지도 않으면서,
손으로나 말로나   885

77 천체를 이루는 순수한 공기.
78 신들이 거주하는 그리스 북부의 산.

거만한 길을 걷는다면,

불운한 오만함 때문에

사악한 운명이 그를 사로잡으리라.

이득을 정당하게 얻으려 하지도

불경한 것들을 멀리하지도 않고,   890

손대면 안 될 것에 어리석게도 손을 댄다면,

계속해서 그런 일들을 하면서도 신들의 화살이

영혼을 맞히는 것을 막아 낼 자가 누구이겠는가?

그런 행위들이 존경받는다면

내가 왜 춤춰야 하겠는가?[79]   895

코로스 우 2

모든 인간들에게

손가락으로 가리킬 수 있을 만큼

이것들이[80] 들어맞지 않는다면,

나는 더는 대지의 손댈 수 없는 배꼽[81]으로,

아바이의 신전[82]으로도,   900

올림피아[83]로도

경배하며 가지 않으리라.

79 코로스의 춤과 노래는 디오니소스신의 제의와 밀접한 관련이 있다. 만일 사람들의 행위가 불경하다면 그들은 반드시 벌을 받아야 하는데, 그들이 그런 짓을 하고도 번창한다면 종교적인 행위가 무의미하다는 의미이다.

80 예언과 신탁.

81 델포이의 아폴론 신전.

82 그리스 중부 파르나소스산 서쪽, 포키스 북서쪽에 위치한 도시에 아폴론의 신탁소가 있었다.

83 펠로폰네소스 중서부의 도시로 제우스와 헤라의 신전이 있었다.

하지만 권능자 제우스시여, 이렇게 불리는 것이 옳다면,
만물을 다스리시는 이여,
그것이[84] 당신과 당신의 영원히 불멸하는 통치를   905
벗어나지 못하게 하소서.
라이오스에 대해 오래전에 주어진 신탁은
희미해져 이미 사라지고 있으니,
아폴론은 어디서도 명예롭게 빛나지 않고,
신적인 것들은 떠나가고 없구나.   910

(이오카스테가 들어온다.)

이오카스테

이 땅의 주인들이여,
손에 화관과 향을 들고서 신들의 성전으로
가야겠다는 생각이 들었나이다.
오이디푸스께서는 온갖 괴로움으로 마음을 심하게
괴롭히고 계시며, 분별 있는 사람답게   915
새로운 일들을 옛일에 비추어 판단하지 못하고
누가 두려운 이야기를 하면 그 말들에 빠지시며,
제가 무슨 말을 해도 더 이상 귀를 기울이지 않으시니,
오, 리케이오스 아폴론이여, 가장 가까이 계신 당신께[85]
탄원자로 이 기도의 제물들을 가지고 왔습니다.   920
우리에게 정결함[86]을 가져다줄 해결책을 내려 주시도록.

---

84 예언과 신탁이 이루어지는 것.
85 궁전 앞에 아폴론 신상이 놓여 있었다.
86 이오카스테는 신들에게 〈정결함〉을 가져올 해결책을 내려 주기를 간구하고,

지금 우리는 모두 배의 선장인 그가
혼란스러워하는 것을 보면서 불안해하고 있나이다.

사자

이방인들이여, 오이디푸스왕의 집이 어디인지
당신들이 알려 줄 수 있겠습니까? 925
아니, 그보다 그분이 어디 계신지 알면 말해 주십시오.

코로스

이방인이여, 이곳이 그분의 집입니다. 그분은 안에 계십
니다.
이분은 부인이십니다. 그리고 어머니시죠, 그의 자녀들의.

사자

행복한 이들과 함께 언제나 행복하시기를!
그녀가 그분의 완전한 배우자이시니. 930

이오카스테

그대도 그러기를 바라요, 이방인이여. 그대가
축복의 말을 해주니, 그대도 자격이 있어요. 하지만 말하
세요.
무언가를 원해서 온 건지, 아니면 무언가를 전하기 위해
온 건지.

바로 이어 오이디푸스가 그 오염의 근원임이 드러난다. 비극적 아이러니가 잘 드러
나는 구절이다.

사자

당신의 집안과 남편에게 좋은 일입니다, 부인이여.

이오카스테

그게 무슨 일인가요? 당신은 어디서 왔지요?　　　　　935

사자

코린토스에서 왔습니다. 제가 곧 전해 드릴 말은
한편으로는 기쁘지만, 어찌 아닐 수 있겠습니까, 다른 한
편으로는 괴로우실 수도 있습니다.

이오카스테

무슨 일인가요? 무엇이 그런 이중의 힘을 가졌습니까?

사자

이스트미아 땅[87]에 거주하시는 분들이 그분을 왕으로
세우고자 합니다. 그곳에서 그렇게 결정하셨습니다.　　940

이오카스테

무슨 말이죠? 연로하신 폴리보스가 여전히 권력을 쥐고
있지 않은가요?

사자

아닙니다. 죽음이 그분을 무덤 속에 붙잡고 계십니다.

---

87 그리스 본토와 펠로폰네소스반도가 이어지는 코린토스 지협.

이오카스테

무슨 말인가요? 오 노인장, 폴리보스께서 돌아가셨나요?

사자

제가 진실을 말하는 것이 아니라면, 죽어 마땅합니다.

이오카스테

여보게, 주인님께 얼른 가서 이것을   945
말씀드려라. 신들의 신탁들이여,
너희는 어디 있는가? 오이디푸스는 오래전
그분을 죽이지나 않을까 두려워 피해 다녔건만,
이제 그분은 그에 의해서가 아니라 운에 따라 돌아가셨구나.

오이디푸스

오 여인들 중 가장 소중한 나의 이오카스테여,   950
왜 나를 여기 집 밖으로 불러냈소?

이오카스테

여기 이 사람의 말을 들어 보세요. 듣고 살펴보세요.
신의 저 엄숙한 예언이 어디에 이르렀는지를요.

오이디푸스

그가 대체 누구이고, 나에게 무엇을 전한다는 것이오?

이오카스테

코린토스로부터 온 사람인데, 당신의 아버지   955

폴리보스께서 더 이상 살아 계시지 않고 돌아가셨다고 전하고 있어요.

오이디푸스

이방인이여, 무슨 말이오? 당신이 나에게 직접 말해 보시오.

사자

제가 이것부터 먼저 분명히 전해야 한다면,
그분께서 죽어 떠나셨다는 것을 알아 두십시오.

오이디푸스

음모에 의해? 아니면 질병으로?   960

사자

늙은 몸은 조금의 기울임만으로도 잠들게 되는 법이지요.

오이디푸스

그 불쌍한 분께서 질병으로 돌아가신 것 같구나.

사자

더불어 헤아려지는 긴 세월에 의해서이기도 하지요.

오이디푸스

아아, 부인, 대체 피토의 예언이나
저 위에서 지저귀는 새들을 살펴야 할 이유가   965
무엇이란 말이오? 그것들의 인도에 따르면 내가

나의 아버지를 죽일 터였으니 말이오. 그런데
그분은 죽어 땅 아래 묻혀 계시고, 나는 여기 이곳에서
창에는 손도 대지 않은 채로 있소. 행여 나에 대한
그리움에 돌아가신 것이라면 모를까. 그렇다면 그는 나로
인해 돌아가신 것이겠지.   970
  하지만 우리 곁에 있던 아무 가치 없는 신탁들과 함께
폴리보스께서는 지금 하데스 곁에 누워 계시오.

이오카스테

제가 당신께 이미 오래전에 그렇게 이야기하지 않았던가요?

오이디푸스

말했었소. 하지만 나는 두려움에 이끌렸다오.

이오카스테

이제 더는 그것들에 당신의 마음을 두지 마세요.   975

오이디푸스

하지만 어머니의 침대를 내가 어찌 두려워하지 않을 수 있
겠소?

이오카스테

인간이 무엇을 두려워해야 하나요?
우연한 일이 지배하고, 어떤 예견도 분명하지 않은데.
계획 없이 가능한 대로 사는 것이 최선이에요.
당신은 어머니와의 결혼을 두려워하지 마세요.   980

필멸의 인간들 중 많은 이들이 이미 꿈속에서 어머니와
함께 누웠으니까요.[88] 이런 일은 아무것도 아니라고
여기는 이가 삶을 쉽게 견디는 법이에요.

오이디푸스

당신이 한 말은 모두 옳소, 만약 낳아 주신 분이
살아 계시지 않는다면 말이오. 하지만 그분이 지금   985
생존해 계시니, 그대의 말이 옳다 하더라도, 두려워할 수
밖에 없소.

이오카스테

당신 아버지의 무덤은 과연 큰 빛[89]이군요.

오이디푸스

크지요. 알고 있소. 하지만 살아 있는 여인에 대한 두려움
이 있소.

사자

어떤 여인에 대해서 두려워하시는 겁니까?

---

88 헤로도토스의 『역사』 6권 107장에서도 히피아스가 어머니와 동침하는 꿈을
꾼 이야기가 등장한다. 그는 마라톤 전투 전날 그 꿈을 꾸고, 아테나이를 다시 되찾
을 징조로 해석한다.
89 아버지의 죽음이 예언을 믿을 필요 없다는 사실에 대한 명백한 증거라는 의
미이다.

오이디푸스

메로페에 대해서요, 노인장. 폴리보스와 함께 사셨던 그분 990
말이오.

사자

그분에 관해 무엇이 당신들에게 두려움을 가져다주었습
니까?

오이디푸스

신이 내린 무서운 신탁이오, 이방인이여.

사자

말해도 되는 것입니까, 아니면 다른 이가 아는 것이 법에
어긋나는 일입니까?

오이디푸스

물론 괜찮은 일이오. 록시아스께서 언젠가 말씀하시길
나 자신의 어머니와 몸을 섞고   995
내 손으로 아버지의 피를 흘리게 될 것이라 하셨다오.
이런 이유로 코린토스 땅이 나로부터 오랫동안
멀리 떨어져 있었소. 운이 좋기는 했지만, 그럼에도
낳아 주신 분들의 눈을 보는 것이 가장 즐거운 일이지요.

사자

그것을 두려워해서 그곳에서 떠나 망명자가 되셨던 것입
니까?   1000

오이디푸스

아버지의 살해자가 되지 않으려 그랬던 거요, 노인장.

사자

왕이시여, 제가 이곳에 호의를 가지고 왔으니
두려움에서 당신을 풀어 드리지 못할 이유가 무엇이겠습니까?

오이디푸스

그대는 나에게서 합당한 보답을 받기도 할 것이오.

사자

저는 무엇보다 그것 때문에 이곳에 왔습니다.   1005
당신이 고향으로 돌아가면 무언가 좋은 일이 저에게 있을
까 해서요.

오이디푸스

하지만 나는 절대로 부모님 곁으로는 가지 않을 거요.

사자

아들이여,[90] 그대는 자신이 무엇을 하고 있는지 모르는 게
분명합니다.

90 사자는 오이디푸스를 아들이라고 부르고 있는데, 그는 아직 알아차리지 못
하고 있으나 사실 그는 오이디푸스를 키운 아버지가 될 뻔했다.

오이디푸스

노인장, 왜 그렇다는 겁니까? 부디 나에게 알려 주시오.

사자

그분들 때문에 고향 집으로 가는 것을 두려워하시는 것이 1010
라면요.

오이디푸스

포이보스께서 말씀하신 바가 참일까 두려워서 말이오.

사자

부모님으로 인해 오염될까 봐서요?

오이디푸스

바로 그거요, 노인장. 그것이 나를 언제나 두렵게 하오.

사자

실은 아무것도 아닌 것을 두려워하고 계시다는 걸 아십
니까?

오이디푸스

어떻게 아니라는 거요? 내가 그 부모님의 아들로 태어났 1015
다면.

사자

폴리보스께서는 혈통상 당신과 아무 관련도 없으니까요.

오이디푸스

무슨 말이오? 폴리보스께서 나를 낳지 않았다는 거요?

사자

저보다 조금도 더 그렇지 않고, 바로 저만큼만 그렇습니다.

오이디푸스

대체 어떻게 낳은 분과 남이 같을 수 있단 말이오?

사자

그분이나 저나 당신을 낳지 않았습니다.   1020

오이디푸스

그렇다면 그분은 왜 나를 아들이라 부르셨던 거요?

사자

알아 두십시오. 그분은 언젠가 당신을 저의 손에서 선물로 받으셨던 겁니다.

오이디푸스

다른 손에서 얻으시고도 그토록 많이 사랑하셨던 것이오?

사자

이전에는 자식이 없으셨기에 마음이 움직이셨던 겁니다.

오이디푸스

그에게 줄 때, 당신은 나를 샀소, 우연히 얻었소?　　　1025

사자

나무가 울창한 키타이론의 골짜기에서 발견했습니다.

오이디푸스

그 장소는 무슨 이유로 지나고 있었던 거요?

사자

거기서 산에 있는 가축 떼를 돌보고 있었습니다.

오이디푸스

당신은 목자이자 삯일을 찾아다니는 떠돌이였구려?

사자

오 아들이여, 바로 그때에는 그대의 구원자이기도 했습니다.　1030

오이디푸스

당신이 나를 받았을 때, 내가 무슨 고통을 당하고 있었다
는 거요?

사자

당신 발의 관절이 증언해 줄 것입니다.

오이디푸스

아아, 어찌 이 오랜 불행을 입에 담는 것이오?

사자

두 발이 꼬챙이에 꿰뚫려 있던 당신을 제가 풀어 드렸습니다.

오이디푸스

나는 끔찍한 흠을 강보에서부터 얻었던 것이구나.   1035

사자

바로 그 우연 때문에 당신이 그 이름으로 불렸지요.[91]

오이디푸스

아아, 어머니가 그랬소, 아니면 아버지가 그랬소? 제발 말해 주시오.

사자

저는 모릅니다. 아이를 준 사람이 더 잘 알 겁니다.

오이디푸스

그렇다면 다른 이로부터 나를 얻었다는 것이오? 당신이 직접 발견한 게 아니라?

---

91 오이디푸스라는 이름의 유래를 설명하고 있다.

사자

아닙니다. 다른 목자가 제게 건네 주었습니다.   1040

오이디푸스

그가 누구요? 말로 밝힐 수 있소?

사자

라이오스의 신하 중 하나라고 했던 것 같습니다.

오이디푸스

오래전 한때 이 땅의 통치자였던?

사자

물론입니다. 그자는 그분의 목자였습니다.

오이디푸스

그는 아직도 살아 있소? 내가 볼 수 있게?   1045

사자

이 지역에 사시는 여러분이 가장 잘 아시겠지요.

오이디푸스

여기 가까이 서 있는 자들 중에 이 사람이 말하는
목자를 잘 아는 누군가가 있는가?
들판에서든 이곳에서든 그를 본 사람이 있는가?
대답하라. 이제 그 일을 밝힐 때가 되었다.   1050

코로스

제 생각에 그는 다름 아닌 들판에 있는 그 사람,

그대가 전부터 보고 싶어 했던 바로 그인 듯합니다만

여기 계신 이오카스테께서 가장 잘 말씀해 주실 수 있을

것입니다.

오이디푸스

부인, 그대는 우리가 방금 불러오게 한 그 사람을

알고 있소? 이 사람이 말하는 자가 그자요?   1055

이오카스테

이자가 말한 이가 누구면 어떤가요? 전혀 신경 쓰지 마세요.

그가 내뱉은 말을 쓸데없이 기억하려 하지 마세요.

오이디푸스

내가 이런 증거를 얻었는데도 나의 혈통을

밝혀내지 않을 수는 없을 것이오.

이오카스테

신들의 이름으로 간청해요. 당신 자신의 삶을   1060

조금이라도 신경 쓴다면, 그것을 알아내려 하지 마세요.

저는 이미 충분히 고통스러워요.

오이디푸스

염려 마시오. 내가 설령 삼대째 노예인 어머니의

자식으로 밝혀진다 하더라도, 그대는 비천한 신분으로 드

러나지 않을 테니.

이오카스테

제 말을 들어줘요. 부탁해요. 그 일을 하지 마세요.

오이디푸스

이 일을 분명히 알아보지 말라는 말은 들을 수 없소.   1065

이오카스테

좋은 뜻으로 당신에게 최선의 것을 말씀드리는 거예요.

오이디푸스

그 〈최선의 것〉이라는 말이 오랫동안 날 괴롭히고 있소.

이오카스테

오 불운한 이여, 그대가 누구인지 결코 알지 못하기를.

오이디푸스

누가 나를 위해 그 목자를 이곳으로 데려오겠는가?
이 여인은 부유한 혈통을 즐기도록 놔두고.   1070

이오카스테

아 아 불운한 사람, 내가 당신에게 할 수 있는 말은
이것뿐이군요. 이후로는 아무 말도 하지 않겠어요.

(이오카스테가 궁전 안으로 들어간다.)

코로스

오이디푸스여, 왜 저렇게 부인께서 격렬한 고통에
시달리며 나가셨습니까, 저 침묵으로부터 불행한 일들이
터져 나오지나 않을까 두렵습니다.   1075

오이디푸스

원하는 대로 터지게 하시오. 나는 나의 혈통을
설사 그것이 보잘것없다 하더라도 알고 싶소.
그녀는 아마도 여인이 그러하듯 자존심이 강하니
나의 비천한 출생을 부끄럽게 여길 것이오.
그러나 나는 나 자신을 좋은 것을 주시는 행운의   1080
아들이라 여기니, 불명예를 당하지 않을 것이오.
그 어머니에게서 태어났고, 나의 친척인
달들이 나를 작게도 크게도 정해 두었소.
나는 그렇게 태어났으니, 앞으로도 결코 달리 될 수 없소.
그러니 내 혈통을 밝혀내지 않을 수 없는 거요.   1085

코로스 좌[92]

내가 만일 예언자라면,
그리고 지각 있는 지혜로운 자라면
오 키타이론이여, 올림포스에 맹세코
그대 모를 수 없으리라.
그대를 내일의 보름달이   1090
오이디푸스의 동향인으로,

92 제3정립가.

유모로, 어머니로 높였으며
우리가 춤추며 경배했다는 것을.
그대가 우리의 왕들께
친절을 베풀었으니.   1095
〈이에〉 외침을 받으시는 포이보스여,
이것이 그대 마음에 드시기를.

코로스 우

누가 그대를, 아이여, 누가 그대를
낳았는가? 산을 두루 다니시는
아버지 판[93]에게 다가간   1100
오래 사시는 이들[94] 중 한 분인가?
아니면 록시아스의 어떤 연인인가?
그분께는 고원의 초장이
모두 사랑스러우니.
아니면 킬레네의 지배자,[95]
아니면 산 정상에 거하시는   1105
박코스 신도들의 신께서
그대를 선물로 받으셨는가?
함께 놀기를 즐겨하시는
헬리콘산[96]의 요정들로부터.

93 상반신은 인간, 하반신은 염소의 모습을 한 목신.
94 요정.
95 펠로폰네소스 중부 아르카디아 북동쪽의 산으로, 킬레네의 지배자란 이곳에
서 태어난 헤르메스신을 가리킨다.
96 델포이 동쪽에 있는 산.

오이디푸스

아직 만난 적 없는 내가 추측해 보아야 한다면,   1110
원로들이여, 우리가 한참 전부터 찾던 바로 그 사람
그 목자를 내가 보고 있는 것 같소. 여기 이 사람과
비슷하게 나이가 많은 것 같으니 말이오.
게다가 그를 데려오는 사람들이 내 하인들인 것을 내가
알아보았소. 그대는 이전에 그 목자를 본 적이 있으니,   1115
아마도 나보다 잘 알 수 있을 것이오.

코로스

제대로 아셨습니다. 알아보겠습니다.
　그는 라이오스의 사람이었고, 다른 어떤 이보다 믿을 만한
목자였습니다.

오이디푸스

　코린토스의 이방인이여, 그대에게 먼저 묻겠소. 그대가 말
한 사람이 이 사람이오?

사자

그대가 보고 계시는 이 사람이 맞습니다.   1120

오이디푸스

거기 당신, 노인, 나를 보고 내가 묻는 말에
대답하시오. 그대는 한때 라이오스의 하인이었소?

하인

팔려 온 노예는 아니고, 그의 집에서 자란 사람입니다.

오이디푸스

어떤 일에, 어떤 생업에 종사하면서?

하인

삶의 대부분을 가축들을 따라다녔습니다.   1125

오이디푸스

주로 어떤 지역들에서 머물렀는가?

하인

때로는 키타이론산, 때로는 인근 지역에 있었습니다.

오이디푸스

그러면 이 사람을 어디에선가 보아 알고 있는가?

하인

그가 무슨 일을 하는 것을 보았다는 말씀이십니까? 어떤 사람에 대해 말씀하시는 겁니까?

오이디푸스

지금 곁에 있는 이 사람 말이오. 그대는 그와 언젠가 교유한 적 있는가?   1130

하인

기억해서 곧장 대답할 수 있을 정도는 아닙니다.

사자

전혀 놀랄 일이 아닙니다, 주인이시여. 하지만 그가
모른다니 제가 분명하게 상기시키겠습니다. 그가
잘 안다고 저는 확신하니까요. 그때 저는 이 사람과
그는 가축 떼 두 무리를, 저는 한 무리를 치며   1135
키타이론 지역에서 만 3년 동안
봄부터 목동자리가 뜰 때[97]까지 반년씩 같이 지냈습니다.
그러다 겨울이 오면 저는 제 가축들을 제 우리로
그는 라이오스의 농장으로 몰았습니다.
내가 제대로 말하고 있소, 아니면 일어나지 않은 일을 말
하고 있소?   1140

하인

사실대로 말하고 있소, 오랜 시간이 흐르기는 했지만.

사자

그러면 지금 말해 보시오. 그때 나에게 어떤 아이를
준 일을 기억하고 있소? 내 아이로 키우도록 말이오.

하인

무슨 소리요? 그대는 그것을 왜 묻는 것이오?

---

97 가을.

사자

오 친구여, 그때 그 아이가 바로 이분이시오.　　　　　1145

하인

파멸로 꺼질 자여! 입 닥치지 못하겠는가!

오이디푸스

노인장, 그자를 비난하지 말게, 당신의 말이
이자의 말보다 더 비난받아 마땅하니.

하인

가장 고귀하신 주인이여, 제가 무슨 과오를 저지른 겁니까?

오이디푸스

이 사람이 묻는 그 아이에 대해 대답하지 않았잖소.　　1150

하인

그는 알지 못하면서 말하고 있고, 공연히 애쓰고 있습니다.

오이디푸스

호의로 대할 때 말하지 않으면, 당신은 울부짖으며 말하게
될 것이오.

하인

신들의 이름으로 탄원하오니, 노인인 저를 제발 학대하지
마십시오.

오이디푸스

당장 이자의 손을 뒤로 묶지 못할까?

하인

아 불행하여라. 왜 그러십니까? 무엇을 더 알고자 하십니까?   1155

오이디푸스

이 사람이 말한 아이를 그에게 주었는가?

하인

주었습니다. 차라리 그날 내가 죽어 버렸더라면!

오이디푸스

제대로 말하지 않는다면 그렇게 될 것이다.

하인

말씀드리면 저는 파멸하게 될 것입니다.

오이디푸스

이자는 시간을 질질 끄는 것 같군.   1160

하인

결단코 아닙니다. 주었다고 아까 말씀드렸습니다.

오이디푸스

어디서 얻었는가? 집안에서? 아니면 다른 어떤 이에게서?

하인

제 아이는 아닙니다. 누군가에게서 받았습니다.

오이디푸스

여기 이 시민들 중에서? 어떤 집으로부터?

하인

신들의 이름으로 청하오니, 주인이시여, 제발 더는 묻지
마십시오.   1165

오이디푸스

같은 질문을 네게 다시 한다면, 너는 죽어 있을 것이다.

하인

라이오스 집안의 사람들 중 누군가로부터였습니다.

오이디푸스

노예였는가? 아니면 그의 혈족들 가운데 하나였는가?

하인

아아, 말하기에 두려운 일 앞에 이르렀구나.

오이디푸스

나도 듣기에 그러하다. 그럼에도 들어야겠다.   1170

하인

그분의 아이라고 했습니다. 안에 계시는 부인께서
어떻게 된 일인지 가장 잘 말씀해 주실 수 있을 겁니다.

오이디푸스

그녀가 자네에게 주었다는 것인가?

하인

그렇습니다, 왕이시여.

오이디푸스

무엇 때문에 그런 것인가?

하인

그를 죽이라는 것이었습니다.

오이디푸스

낳은 자가 어찌 그런?

하인

불길한 예언이 두려워서였지요.   1175

오이디푸스

어떤?

하인

그가 부모를 죽일 것이라는 말씀이었습니다.

오이디푸스

그러면 자네는 왜 이 노인에게 넘겨준 것인가?

하인

오 주인이시여, 가여워서였습니다. 그가 떠나 온
자신의 집, 다른 땅으로 데려갈 것이라 생각해서입니다.
그런데 그는 아이를 구하여
가장 큰 불행을 가져왔습니다. 이 사람이 말하는 그가   1180
만일 당신이라면, 그대가 불운하게 태어나셨다는 것을 알
아 두십시오.

오이디푸스

아아, 아아, 모든 것이 이루어졌다는 게 분명하구나.
오 빛이여, 이제 널 보는 것이 끝이기를. 태어나선 안 될
이들에게서 태어나, 섞여선 안 될 이들과 함께하고,
죽여선 안 되는 이들을 죽인 자가 나라는 게 드러나다니.   1185

(오이디푸스가 궁전 안으로 들어간다.)

코로스 좌 1[98]

아아, 필멸의 인간 종족이여

98 제4정립가.

그대들이 아무것도 아닌 삶을 사는 것과 같다고
나는 헤아렸도다.
누가, 과연 어떤 이가
더 행복한 삶을 누리겠는가?
누구나 행복해 보이다가
기울어 저무는 법이네.   1190
그대의 운명을 본보기 삼아
오 비참한 오이디푸스여,
인간들 중 누구도
행복하다 말하지 않으리라.   1195

코로스 우 1

저 뛰어난 솜씨로 화살을 날려
모든 면에서 행복한 번영을 성취한 그대,
제우스여, 저 신탁을 노래하던
구부러진 발굽을 한 처녀[99]를
쓰러뜨리고, 이 땅을 위해   1200
죽음으로부터의 방벽으로 서셨나이다.
그때부터 그대는 우리의 왕으로 불리고
저 위대한 테바이에서 다스리며
가장 큰 존경을 받으셨나이다.

코로스 좌 2

그러나 이제 누가 그대보다 듣기에 더 비참할까?

99 스핑크스.

누가 삶의 변화로 인한 저 거친 재앙에,
누가 저 고통 속에 함께 거하겠는가?   1205
아아, 유명한 오이디푸스여.
그대에게는 저 큰 항구[100]가 열려 있었구나.
아들로서 그리고 자식들의 아버지가 될
신랑으로서 들어갈 수 있도록.
대체 어떻게, 대체 어떻게 아버지의 밭[101]이   1210
그대를, 불행한 이여, 그토록 오래
침묵 속에 견뎌 낼 수 있었던가?

코로스 우 2

모든 것을 보시는 크로노스[102]가
그대의 뜻과 상관없이 그대를 찾아냈으니,
오래전부터 당신을 낳고, 또 자식을 낳게 한
결혼 아닌 결혼을 심판하시는구나.   1215
아아, 라이오스의 자식이여, 그대를,
그대를 결코 만난 적이 없었더라면.
입에서 애곡을 쏟아 내며
나는 눈물을 흘리노라.
그러나 올바로 말하자면
그대로 인해 나는 다시 숨을 쉬게 되었고   1220
그대로 인해 내 눈을 덮었도다.

100 이오카스테.
101 이오카스테.
102 시간.

전령

오 이 땅의 언제나 가장 존경받는 분들이여,
랍다코스의 집안을 여전히 친족처럼 걱정하신다면,
여러분들이 어떠한 일을 듣고 어떠한 일들을 보고,   1225
어떠한 고통을 받게 되실지!
제 생각에, 이스트로스[103]도 파시스[104]도 이 집을
정화하여 씻어 내지 못할 것입니다.
이 집은 많은 재앙을 숨기고 있고, 곧 빛 속에
자의로 행한, 자의가 아니지 않은
그 재앙들을 드러낼 테니. 재앙들 가운데서도   1230
스스로 선택한 것으로 보이는 것들이 가장 고통스러운 법
이지요.

코로스

이미 알고 있는 것들도 우리를 무겁게 하건만
이것에 무슨 말을 더하려 하는가?

전령

말하고 알아듣기에 가장 짧게 말씀드리자면,
신과 같이 고귀한 이오카스테 님이 돌아가셨습니다.   1235

코로스

아 불행한 이여, 어떤 이유로 말이오?

103 다뉴브강 하류.
104 흑해 동쪽 콜키스에서 흑해로 유입되는 강이다. 이 강들은 그리스 세계의
끝에 위치한다.

전령

그 자신의 손으로요. 여러분은 곁에 있지 않아
일어난 일 중 가장 끔찍한 광경을 보지 못하셨지요.
하지만 저 불행한 여인의 재앙에 대해
제가 기억하는 그만큼 들려 드리겠습니다.   1240
그분은 격정에 휩싸여 현관 안으로 들어서서는
두 손 끝으로 머리를 뜯으며
곧장 결혼 침대로 달려가셨습니다.
방 안에 들어가서는 안에서 문을 세게 닫고
이미 오래전에 뿌려진 씨를 기억하며   1245
오래전 고인이 된 라이오스를 불렀습니다.
그 자신은 그 씨로 인해 죽고, 그 씨를 낳은 여인이 남아서
그 자식에게서 불행한 자식들을 낳았던 것입니다.
바로 그 불운한 여인은 남편에게서 남편을, 자식에게서
자식을 낳은 이중의 침대에 대해 애곡하셨습니다.   1250
그다음에 어떻게 돌아가셨는지 더 이상은 알지 못합니다.
오이디푸스께서 소리치며 뛰어 들어오셨기에
그녀의 불행을 지켜보지 못하고
우왕좌왕하던 그분을 살폈기 때문입니다.
그는 우리에게 칼을 가져오라 명하시고   1255
아내 아닌 아내, 자신과 아이들을 낳은
이중의 어머니의 밭이 어디 있는지 물으셨습니다.
어느 신이 광란하는 그분에게 길을 일러 주었습니다.
가까이 있었던 우리들 중 누구도 그러지 않았으니까요.
그는 마치 누군가에게 이끌린 듯, 무섭게 소리치며   1260
이중의 문으로 달려들어, 걸쇠에서 빗장을 구부려

뽑아내고 방 안으로 돌진하셨습니다.

그곳에서 우리는 그녀가 꼬인 올가미에 목을 매고

달려 있는 것을 보았습니다.

그녀를 보자, 불행한 그분은 무섭게 울부짖으며   1265

걸려 있던 밧줄을 풀었습니다.

불쌍한 그녀가 바닥에 누웠을 때, 보기 끔찍한 일이 벌어

졌습니다.

그녀의 옷에서 그것들을 고정하던,

황금 브로치를 뽑아 들고는

자신의 눈알을 찌르셨던 겁니다. 그는 외쳤습니다.   1270

그 눈들은 겪은 것이든 행한 것이든

그 재앙들을 보지 말라고, 그리고 앞으로는

봐서는 안 되었던, 그러나 알기를 원했던 이들을

어둠 속에서나 보라고 말입니다.

이렇게 외치시며 한 번이 아니라 여러 번   1275

비통한 노래를 부르며 손을 들어 눈을 찌르셨습니다.

안구는 피투성이가 되어 그의 뺨을 적셨고, 피의 방울이

떨어지는 것이 아니라

피의 검은 비가 소나기처럼 쏟아졌습니다.

한 사람이 아닌 두 사람에게서, 남녀가 함께 뒤섞인

재앙이 터져 나온 것입니다.   1280

오래된 이전의 행복은 진정한 행복이었건만

오늘은 탄식, 파멸, 죽음, 수치,

재앙에 이름 붙일 수 있는 온갖 것들 중

어느 것 하나 빠진 게 없습니다.   1285

코로스

이제 그 불쌍한 분은 고통에서 벗어나 계시오?

전령

그분은 누구든 빗장을 열어 온 카드모스의 백성들에게
아버지를 살해한 자를 보여 주라고 소리치고 계십니다. 그
리고 어머니의……
그가 내뱉은 불경한 말씀은 차마 입에 올릴 수가 없군요.
자신을 이 땅에서 내쳐서, 자신이 저주한 대로,   1290
그 저주가 더 이상 집안에 머물게 하지 말라고 합니다.
하지만 그는 힘도 없고 인도자도 필요합니다.
그의 질병은 견디기에 너무 중하니 말입니다.
그는 당신에게도 모습을 보일 것입니다. 저 문의 빗장이
열리고 있으니까요.
그 광경을 보면 그대도, 그를 증오하는 사람들까지도   1295
동정할 것입니다.

(오이디푸스가 눈이 먼 채, 소년의 인도를 받으며 나온다.)

애탄가
코로스

오 인간이 눈 뜨고 보기에는 너무도 끔찍한 고통이여,
내가 만난 모든 일들 중
가장 무서운 것이여, 오 불쌍한 이여,
어떤 광기가 그대에게 찾아온 것인가요?   1300
가장 먼 거리보다 더 멀리

당신의 불운한 운명을 향해
도약하신 신은 누구인가요?
아 아 불행한 이여,
저는 많이 묻고, 많이 듣고, 많이 이해하고자 하나   1305
당신을 바라볼 수조차 없습니다.
당신이 저를 그토록 떨리게 하시니.

오이디푸스

아아, 아아, 나는 불행하구나.
가련하게 어느 땅으로 이끌려 가는가?
나의 목소리는 어디로 실려 날아가는가?   1310
아아 신이여, 그대는 얼마나 멀리 뛰어오셨는가?

코로스

들을 수도, 볼 수도 없는 무서운 곳으로.

애탄가 좌 1
오이디푸스

아아, 나의
끔찍한 어둠의 구름이여,
말없이 나를 공격하는,
저항할 수 없는 순조롭지 않은 바람이여,   1315
아아, 또다시 비탄하니, 아아!
저 뾰족한 막대기의 고통, 재앙의 기억이
나에게 동시에 찾아오는구나!

코로스

그런 고통 속에서 그대가 이중으로 비탄하고
이중으로 절규하는 것은 이상하지 않습니다.   1320

애탄가 우 1
오이디푸스

오오, 친구여,
그대는 여전히 충실한 동행인이로구나.
여전히 곁에 남아 눈먼 나를 돌보고 있으니.
아아, 아아,
그대가 있음을 모르지 않고, 어둠 속에 있더라도,   1325
그대의 목소리는 분명히 알 수 있으니.

코로스

오 무서운 일을 행한 이여, 어떻게 자신의 빛을
그렇게 감히 꺼버릴 수 있습니까? 어느 신이 그대를 부추
겼습니까?

애탄가 좌 2
오이디푸스

아폴론, 아폴론이, 친구들이여,
이 불행, 나의 불행을, 또 나의 고통을 완성하셨소.   1330
그러나 손수 눈을 찌른 것은
다른 어떤 이가 아닌
바로 불행한 나 자신이오.
내가 뭐 하러 보아야 한단 말이오?

볼 수 있어도 보는 것이 아무 기쁨이 되지 않는데? 1335

코로스

말씀하시는 대로입니다.

오이디푸스

내가 무엇을 보고
사랑할 수 있겠으며, 무슨 인사를
즐겁게 받을 수 있겠소, 친구들이여?
나를 가능한 한 빨리 나라 밖으로 데리고 나가시오. 1340
친구들이여, 가장 저주받은
이 엄청난 재앙을, 인간들 가운데서
신들에게 가장 미움받는 나를
데리고 나가시오. 1345

코로스

분별력[105]에 있어서나 역경에 있어서나 불행한 자여,
당신을 안 적 없었더라면 좋았을것을.

애탄가 우 2
오이디푸스

누구든 떠돌아다니며
내 발을 묶은 가혹한 족쇄로부터
나를 풀어 준, 나를 죽음으로부터 끌어내어 1350

---

105 그리스어 nous의 번역어이다. 〈고집〉 또는 〈통찰력〉으로 번역되기도 한다.

구출해 낸 자는 파멸해 버리기를!
그는 호의를 행한 것이 아니다.
차라리 그때 내가 죽었더라면
친구들에게도 나에게도 이토록 큰 고통이 되지 않았으련만!   1355

코로스

제가 바라기에도 그렇게 되었더라면 좋았을 것입니다.

오이디푸스

그랬더라면 아버지의 살해자가 되지도,
나를 낳은 자의 신랑이라고
사람들에게 불리지도 않았을 텐데.
그러나 지금 나는 신이 외면한 자,   1360
불경한 이들의 아들,
불운한 나를 낳은
바로 그 사람에게서 자식을 낳은 자이니,
재앙을 능가하는 더 큰 재앙이 있다면   1365
오이디푸스가 그 몫을 받았구나.

코로스

그대가 제대로 생각하셨다 말해도 될지 모르겠습니다.
눈먼 채 사는 것보다 삶을 부지하지 않는 편이 더 나을 테니.

오이디푸스

이 행위가 최선의 것이 아니었다고
나에게 가르치지도, 더 이상 충고하지도 마시오.   1370

하데스에 집에 이르러 아버지를, 또 불행한 어머니를
대체 어떤 눈으로 뵐 수 있을지 모르겠소.
내가 두 분께 저지른 짓은
목매어 죽는 것으로 갚을 수 없으니.
또 내 자식들이 그렇게 태어났으니,   1375
그들을 보는 것이 나에게 달가울 수 있겠소?
나의 눈에는 결코 그렇지 않소.
도성과 성벽, 신들의 성스러운 신상들도 보고 싶지 않소.
한때 테바이에서 가장 훌륭한 자였으나
이제 누구보다 불행한 내가   1380
그것들을 스스로 박탈한 것이오. 내 스스로 모든 이에게
신들에 의해 부정한 자로, 라이오스의 자손으로 밝혀진
불경한 자를 쫓아내라고 명함으로써 말이오.
내가 나의 오점을 숨기고서
그들을 눈으로 똑바로 볼 수 있겠소?   1385
결코 그럴 수 없소. 귀에 들려오는 소리의 근원을
막을 수 있었더라면, 불쌍한 몸을 가두기를
주저하지 않았을 것이오.
눈먼 채로 아무것도 듣지 않으려고 말이오.
생각을 고통 바깥에 두는 것이 감미로운 일이니.   1390
아아, 키타이론이여, 왜 너는 나를 받아 주었는가? 왜
나를 잡아 바로 죽이지 않았는가? 그랬더라면 내가 어디
에서 태어났는지
결코 사람들에게 드러나지 않았을 것을.
오 폴리보스여, 코린토스여, 조국의 오래된 집이라
불리는 것들이여! 너희는 재앙으로 가득한 나를   1395

얼마나 아름다운 자로 키워 주었던가!

이제 나는 사악한 자들에서 나온 사악한 자로 밝혀졌구나.

오 삼거리여, 숨겨진 골짜기여,

숲과 세 길이 만나는 오솔길이여.

내 피를, 내 손으로 흘린 아버지의 피를 마신 너희는　　　　1400

나에 대해 여전히 기억하는가?

너희 앞에서 무슨 짓을 하고 이곳에 다시 와서

무슨 짓을 했는지를. 오 결혼이여, 결혼이여.

너희는 나를 낳고, 심은 너희가 다시 같은 씨를 키워

아버지들, 형제들, 그리고 같은 피의 족속인 자식들을,　　　　1405

신부들, 아내들, 그리고 어머니들을 보여 주었으니

인간들 사이에 더없이 수치스러운 일들이 일어났구나.

행하기에 좋지 않은 것들은 말하기에도 좋지 않으니

신들의 이름으로 청하건대, 가능한 한 빨리 나를　　　　1410

　나라 밖 어딘가에 숨기든지, 죽이든지, 바다에 던지든지

하시오.

　그대들이 다시는 보지 못할 곳에.

　오시오, 이 불쌍한 자에게 손대는 것을 주저하지 마시오.

　들어주시오, 두려워 마시오. 나의 불행은

　나 이외에 누구도 감당할 수 없으니.　　　　1415

코로스

　그대가 간청하시는 것이 행동이든 조언이든 간에,

　저기 때마침 크레온께서 오고 계십니다.

　당신을 대신해 유일하게 이 나라의 보호자로 남겨진 분이

지요.

오이디푸스

아아, 이 사람에게 무슨 말을 해야 하는가?
그에게 어떤 정당한 신뢰를 보일 수 있겠는가?   1420
이전 모든 일에서 그에게 내가 잘못했음이 드러났으니.

크레온

오이디푸스여, 저는 당신을 비웃으러 온 것도,
이전의 잘못들에 대해 비난하려고 온 것도 아닙니다.
(하인들에게) 필멸의 인간 종족을 너희가 더 이상
존중하지 않는다 해도, 적어도 모든 것을 키우시는   1425
헬리오스왕의 불꽃 앞에 부끄러움을 가져야 할 것이다.
대지도 신성한 비도 빛도 받아들이지 않을
이러한 더러움을 감추지 않은 채 내보이지 말아라.
그를 어서 집 안으로 데리고 들어가라.
친족의 불행은 친족에 속한 사람들만   1430
보고 듣는 것이 경건한 일이니.

오이디푸스

신들의 이름으로 부탁하건대, 가장 악한 자인 나에게
그대가 기대와는 달리 가장 고귀한 자로 왔으니
내 부탁을 좀 들어주시오. 내가 아닌 그대를 위해서 말하
는 것이오.

크레온

무엇이 필요해서 나에게 이렇게 청하시는 것입니까?   1435

오이디푸스

나를 가능한 한 빨리 이 땅에서 쫓아내시오.
내가 더 이상 필멸의 인간 누구에게도 말을 걸지 못할 곳
으로.

크레온

먼저 무엇을 해야 할지 신들께 여쭙고자 하지 않았다면
진작 그렇게 했으리라는 것을 알아 두십시오.

오이디푸스

그분의 말씀은 분명하게 드러나지 않았소?   1440
아버지를 살해한 불경한 나를 멸하라고 말이오.

크레온

그렇게 말씀하셨지요. 그래도 이 상황에서는
무엇을 해야 할지 알아보는 것이 더 나을 것입니다.

오이디푸스

이 불행한 사람을 위해 신탁을 듣고자 하는 것이오?

크레온

이제는 당신도 신을 신뢰하실 테니까요.   1445

오이디푸스

그대에게도 의지하고자 하오. 청하건대 집 안에 있는
여인의 장례는 그대가 원하는 대로 치러 주시오.

114

그대는 집안 사람을 위해서는 그것을 제대로 치를 테니.
그러나 나에 대해서는, 내가 살아 있는 동안 나를 다시는
조상들의 도성이 거주자로 받아들이지 않게 해주시오.   1450
대신 나를 산속에 살게 해주시오. 나의 산이라 불리는
키타이론산에, 내 어머니와 아버지가 살아 계실 때
그곳을 내 무덤으로 정해 놓으셨으니
나를 죽이려 한 그분들의 뜻에 따라 내가 죽을 수 있도록.
내가 질병이나 다른 어떤 것으로는   1455
죽지 않으리라는 것 정도는 나도 알고 있소.
무서운 재앙을 위해서가 아니라면,
내가 죽어 가다 구원되는 일은 없었을 테니.
내 운명이 어디를 향해 가든, 가게 하시오.
크레온이여, 사내아이들에 대해서는 신경 쓸 필요 없소.   1460
남자들이니, 어디로 가든 삶의 수단이
없지는 않을 거요. 그러나 저 가엾고 불쌍한 내 두 딸은
내 식탁이 따로 차려져 떨어져서 밥을 먹은 적도 없고,
내가 손대는 모든 것들을
언제나 함께 나누어 먹었으니,   1465
나를 위해 이 아이들을 보살펴 주시오.
내 두 손으로 그들을 만지고,
내 불행을 함께 실컷 슬퍼하게 허락해 주시오.
자 왕이여, 자 고귀하게 태어난 자여, 손으로 그들을
만지면, 마치 보는 것처럼 여길 수 있을 것이오.   1470

(안티고네와 이스메네가 등장한다.)

무슨 일인가?
신들이여, 내 소중한 두 딸이 우는 소리를
듣고 있는 것인가? 크레온이 나를 불쌍히 여겨
내 가장 소중한 딸들을 나에게 보내 준 것인가?
내 말이 맞는가?   1475

크레온

그렇습니다. 제가 그렇게 준비시켰습니다.
당신이 예전에 그러했듯, 지금도 기뻐하리라 생각해서요.

오이디푸스

축복받기를, 이 방문에 대한 보답으로 신께서
당신을, 나를 이끄셨던 것보다 더 잘 이끌어 주시기를.   1480
애들아, 어디에, 어디에 있느냐. 이리로 오너라.
오빠인 나의 이 손으로, 전에는 밝았던 눈을 이렇게 만든
너희를 낳은 아버지의 손으로 다가오너라.
애들아, 나는 보지도 알지도 못한 채,
나 자신이 태어난 곳에서 너희 아버지로 드러났구나.   1485
나는 너희를 위해 울고 있다. 내가 볼 수 없게 되었으니
너희가 사람들에게서 강요받게 될
이후의 쓰라린 삶을 생각하면서.
너희가 시민들과 어떤 교제를 하며,
어떤 축제에 가게 되겠느냐? 거기서 구경도 못 하고   1490
울면서 집으로 오지는 않겠느냐?
결혼을 할 시기가 다가오면,
애들아, 누가 위험을 무릅쓰고 비난거리를 데리고 가려 하

겠느냐?

　네 후손들과 너희 모두에게 피해가 될 그 비난거리를 말이다.　1495

　불행 중에 여기 없는 것은 무엇인가? 너희의 아버지가

　자기 아버지를 죽였고, 자신의 씨가 뿌려진 여인의 밭에

　그가 다시 씨를 뿌려 자식을 낳았으니,

　그러한 말로 너희는 비난받을 것이다. 그런 너희와 누가

결혼하겠느냐?　1500

　아무도 없다, 애들아, 너희는 분명히

　아이도 못 낳고 결혼도 못 한 채 죽게 되겠구나.

　오 메노이케우스의 아들이여, 그대만이 아버지로

　이 딸들 곁에 남았소. 그들을 낳은 우리 둘이

　다 파멸했으니, 그대의 친족인 이 아이들이　1505

　남자도 없이, 거지로 떠돌아다니지 않게,

　이들이 나의 불행을 같이하지 못하게 해주시오.

　그 나이에 당신이 주는 몫을 제외하고

　모든 것을 잃은 걸 보면서 이들을 불쌍히 여겨 주시오.

　오 고귀한 자여, 고개를 끄덕여 주시오. 오 당신의 손으로

어루만져 주시오.　1510

　애들아, 많은 충고를 한다만, 이제 이것을 기도하거라.

　시간이 어디서 살게 해주든,

　너희를 낳은 아버지보다는

　더 바랄 만한 삶을 얻도록 해달라고 말이다.

크레온

이제 충분히 울었으니, 집 안으로 들어가시지요.　1515

오이디푸스

따라야겠지. 전혀 즐겁지 않더라도.

크레온

모든 것은 적절해야 아름다운 법입니다.

오이디푸스

내가 어떤 조건으로 가는지 아시오?

크레온

말씀하십시오, 들으면 알겠지요.

오이디푸스

이 땅에서 내보내 달라는 것이오.

크레온

신의 선물을 나에게 청하고 있군요.

오이디푸스

하지만 나는 신들에게 미움받는 자가 되었지.

크레온

곧 이루어질 것입니다.

오이디푸스

그러면 그것을 허락하겠소?

크레온

저는 마음에 두지 않은 헛된 말을 하는 것을 좋아하지 않 1520
습니다.

오이디푸스

그럼 나를 이제 여기서 끌어내시오.

크레온

가십시오. 아이들은 놓으시고.

오이디푸스

그들을 나에게서 데려가지 마시오.

크레온

모든 것들을 지배하려 하지 마십시오.
당신이 지배했던 것들이 계속해서 당신을 따르지는 않으니.

(크레온과 오이디푸스가 퇴장한다.)

코로스[106]

조국 테바이의 거주자들이여, 보라, 이 오이디푸스를.
그는 유명한 수수께끼를 풀었고, 더없이 강한 자였으니 1525
시민들 중 그의 행운을 부러워하며 보지 않은 자 누구였는가?
어떤 무서운 재앙의 큰 파도 속으로 그는 휩쓸려 들어갔는가?

---

106 코로스의 마지막 대사를 소포클레스가 쓴 것이 아닌, 텍스트가 전승되는 과
정에서 삽입된 것으로 보는 학자들도 있다.

그러니 필멸의 인간은 저 최후의 날을 기다려 보면서,
누구도 행복하다 말해서는 안 되리라.
고통을 겪지 않고 삶의 경계를 넘어서기 전까시는.   1530

콜로노스의 오이디푸스

등장인물

오이디푸스 전 테바이의 왕
안티고네 오이디푸스의 딸
콜로노스 주민
코로스 콜로노스의 노인들
이스메네 오이디푸스의 딸
테세우스 아테나이의 왕
크레온 오이디푸스의 처남
폴리네이케스 오이디푸스의 아들
사자

오이디푸스

눈먼 노인의 딸 안티고네야, 어떤 장소에,
어떤 이들의 도시에 우리는 도착한 것이냐?
오늘도 방랑하는 오이디푸스를
누가 보잘것없는 선물로 맞아 줄까?
작은 것을 청하고 그 보잘것없는 것보다   5
더 적은 것만을 얻지만, 나에게는 그것마저도 충분하다.
이 고생들이, 내가 지나온 이 긴 시간이, 셋째로는
내 고귀함이 내가 인내하도록 가르쳐 주지.
애야, 네가 어떤 자리라도 찾는다면 세속적인 장소든
혹은 신들의 성스러운 숲 가까이든, 나를 일으켜서   10
앉혀 다오, 우리가 닿은 곳이 어딘지 물어볼 수 있도록.
우리는 이방인으로 이곳에 도착했으니
시민들에게 배우고 그들을 따르도록 하자.

안티고네

가여운 아버지 오이디푸스여, 이 도시를 보호해 주는

성탑들이 멀리 떨어져 있는 듯[1] 보여요.   15
여기는 분명히 신성한 장소[2]인 것 같아요. 월계수,
올리브나무, 포도 넝쿨이 가득하고 깃털 많은
꾀꼬리들이 온 숲속에서 노래하고 있어요.
이 다듬어지지 않은 돌[3] 위에 앉으세요.
노인에게는 긴 여정을 걸어오셨으니.   20

오이디푸스

지금 나를 앉혀 주겠니, 앞이 보이지 않는 나를 지켜 다오.

안티고네

많은 시간이 흘렀으니 이제 제게 알려 주시지 않아도 돼요.

(안티고네가 오이디푸스를 자리에 앉힌다.)

오이디푸스

우리가 어디에 와 있는지를 내게 가르쳐 줄 수 있느냐?

안티고네

아테나이인 것은 알겠는데 어느 지역인지는 모르겠어요.

1 콜로노스는 아테나이로부터 약 2킬로미터 정도 떨어져 있다. 이들이 보고 있
는 것은 아크로폴리스 위에 세워진 건축물일 것이다. 무대 위에 이 풍경이 그림으
로 그려져 있거나, 조각이 몇 개 세워져 있었을 것으로 보인다.
2 신전 외에도, 사람의 손길이 닿지 않은 풍성한 숲도 신들께 바쳐진 성스러운
곳으로 여겨졌다.
3 이 자리는 인간과 신성한 여정 사이의 경계표로서 의미를 지닌다.

오이디푸스

그것은 길 가던 자들이 모두 우리에게 말한 바 아니냐? 25

안티고네

어디든 가서 이 장소가 정확히 어디인지 알아볼까요?

오이디푸스

그래라, 애야. 만일 누가 여기에 살고 있다면.

안티고네

사람이 살고 있지만, 그럴 필요는 없을 것 같아요.
멀리서 누군가 오고 있는 게 보이니까요.

오이디푸스

그 사람이 이곳으로 빠르게 다가오고 있느냐? 30

(농부의 행색을 한 이가 등장한다.)

안티고네

벌써 곁에 와 있어요. 지금 말해야겠다 생각하시는 바를
말씀하세요, 그 사람이 바로 여기 있으니.

오이디푸스

이방인이여, 나와 자신을 위해 앞을 보는 그녀의 말을
듣고 계시듯이 당신은 운 좋게도 우리에게 딱 맞춰
우리가 모르는 일들을 알려 주려고 이곳에 오셨소. 35

콜로노스 주민

더 많은 것을 물어보기 전에 이 장소에서 당장 나가시오.
그대는 밟는 것이 허용되지 않는 정결한 땅에 들어섰소.

오이디푸스

이 지역이 어디오? 어느 신을 기리는 곳이오?

콜로노스 주민

발을 들여도, 거주해서도 안 되는 곳이오. 무서운 여신들,
대지와 어둠의 딸들인 그들이 이곳을 차지하고 있소.   40

오이디푸스

어떤 신들의 존엄한 이름으로 제가 기도해야 하겠소?

콜로노스 주민

이곳의 백성들은 모든 것을 보시는 그들을 자비로운 여신
들[4]이라고 부르지만,
다른 곳에서는 다른 이름으로 부르는 게 더 좋겠소.

오이디푸스

그렇다면 그 신들은 이 탄원자를 자비롭게 받아 주시겠군요.
나는 이 장소에서 이제 절대로 떠나지 말아야겠소.   45

---

4 콜로노스에서 숭배되고 있는 이 여신은 〈에우메니데스〉 여신으로, 복수의 여
신인 에리니에스Erinyes들에 대한 완곡법euphemism이다. 이들은 하계의 여신으
로 세계의 질서·복수·벌을 담당하는 무서운 여신들로 알려져 있었다. 이들을 가리
키는 다른 말로는 〈셈나이Semnai〉, 〈포트니아이Potniai〉 등이 있다.

콜로노스 주민

무슨 말씀이신가?

오이디푸스

그것이 내 불행의 징표[5]입니다.

콜로노스 주민

나도 그대를 도시의 명령 없이는 감히 쫓아낼 수 없소.
그 전에 그대가 무엇을 하려 했는지를 보고해야 하오.

오이디푸스

오 이방인이여, 이제 신들의 이름으로, 이러한 나그네라
업신여기지 마시고 내가 알고자 간청하는 바를 말해 주시오. 50

콜로노스 주민

말해 보시오. 나는 그대를 무시하지 않을 것이오.

오이디푸스

우리가 들어서게 된 이곳, 이 지역이 정확히 어디입니까?

콜로노스 주민

내가 아는 한 모든 것들을 그대는 들어 알게 될 것이오.
이 장소는 전부 신성한 곳으로 지금은 이곳을

---

5 오이디푸스는 84행 이후, 아폴론신께서 그가 어떤 여신의 성소에 이르면 여정
의 끝이자 최후의 안식처에 도달하리라 예언했음을 밝힌다. 그는 이 여신들의 이름
을 그 예언에 대한 징표로 이해하고 있다.

존엄하신 포세이돈[6]께서 차지하고 있소. 그 안에   55
불을 가져다주는 신인 티탄족 프로메테우스[7]도 계시고. 그
대가 들어선 그 장소를
이 땅의 청동 문턱,[8] 아테나이의 기반이라고도 하오.
인근 지역 사람들은 기사 콜로노스[9]가
자신들의 시조가 된다고 자랑하기도 하오.
그리고 그 이름을 가져와서   60
같은 이름으로 그들 자신을 부르오.
이곳은 그러한 곳이오, 나그네여. 우리는 이곳을 그저 이
야기로서만이 아니라
함께 생활하며 더 많이 칭송하고 있소.

오이디푸스

이 지역에 사람들이 살고 있다는 것이 사실입니까?

콜로노스 주민

그렇고 말고요. 그것도 그 신의 이름을 딴 이들이.   65

6 아테나이에서 포세이돈신은 아테나 여신만큼이나 중요한 신으로 여겨졌고,
멀지 않은 곳에 그의 제단이 있다는 것이 작품 후반부에 드러난다.
7 프로메테우스는 티탄족에 속하는 신으로, 인간들에게 불을 가져다준 것으로
알려져 있다. 이곳에는 그의 신상에 세워져 있었고, 매해 열리는 행사 때 횃불 행렬
이 이 지점에서 시작되었다.
8 이 근처에는 청동으로 된 표지가 놓여 있고, 실제로 지하 세계로 들어가는 입
구로 여겨졌다. 이 장소에 대한 언급은 이후 1590행에 다시 나온다.
9 콜로노스는 그리스 전역에서 보편적으로 숭배된 신이 아니라, 이 지역에서 숭
배된 영웅이다.

오이디푸스

이 지역을 다스리는 사람이 있습니까? 아니면 대중에게 발언권이 있나요?[10]

콜로노스 주민

도성에 계시는 왕에 의해 이 지역이 다스려지고 있소.

오이디푸스

말로도, 힘으로도 강력하신 그분이 누구인가요?

콜로노스 주민

테세우스요. 선왕 아이게우스의 자식이지요.

오이디푸스

당신들 중 누가 그에게 소식을 전하러 가줄 수 있겠소?   70

콜로노스 주민

무엇 때문에? 할 말이 있어서? 무언가를 요구하러?

오이디푸스

작은 것들을 도와줌으로써 큰 이득을 보시도록.

---

10 신화 시대 아테나이의 정치 체제는 민주정이 아닌 왕정이었다. 그러나 왕정이라 하더라도 왕에게만 권력이 있는 것이 아니라, 지역의 원로들에게도 권위와 발언권이 주어졌다.

콜로노스 주민

보지 못하는 자에게서 그가 무슨 도움을 얻겠소?

오이디푸스

우리가 무슨 말을 하건 그것은 모두 보면서 하는 말이오.

콜로노스 주민

이방인이여, 해를 입지 않으려면 그대는 알아 두시오.   75
보아하니 운명은 그렇지 않더라도, 그대는 고귀한 태생인
것 같으니 말이오.
바로 이곳, 내가 그대를 처음 본 이곳에 머물러 계시오.
도성이 아닌 여기 이곳의 거주자들에게 가서
이러한 것들을 말할 때까지. 그대가 머물러야 할지,
아니면 다시 길을 떠나야 할지를 그들이 판단할 테니.   80

(콜로노스 주민이 퇴장한다.)

오이디푸스

딸아, 그 나그네는 우리를 떠났느냐?

안티고네

떠났어요. 아버지, 이제 모든 것을 편안하게 말씀하세요.
저만 가까이 있으니.

오이디푸스

오 무서운 얼굴을 하신 여주인들이여, 지금 이 땅의

당신들의 자리에 내가 처음 엎드리오니,   85
포이보스와 저를 무자비하게 대하지 마소서.
내 많은 불행을 예언한 신께서
긴 세월 속 이것을 내 안식이라 말씀하셨나이다.
최후의 장소에 도착해 존엄한 신들의 처소와
피난처를 찾게 되면   90
그곳에서 내 고통스러운 인생의 경주를 마치리라고.
저를 맞아들인 자들에게는 이득을
저를 쫓아내는 자들에게는 재앙을 내리리라고.
그것의 징표가 지진이나 천둥이나 제우스의 번개로[11]
나에게 임하리라 말씀하셨나이다.   95
이제야 알았습니다, 이 길에서 분명히 나를
당신들의 믿을 만한 전조가 여기로,
바로 이곳, 이 성림으로 이끌었던 것입니다. 아니었다면,
길을 걷다 당신들을, 술 취하지 않은 내가 술 마시지 않는 당신들을[12]
처음 만나지 않았을 것이며, 풀을 베지 않은 엄숙한
이 자리에 저는 앉지 않았을 것입니다. 그러니 제게,   100
여신들이여, 아폴론의 목소리에 따라 삶을 건너가
어떤 방식이든 마감하게 허락하소서.
저는 언제나 인생들 중 가장 고통받고 있사오니.
제가 당신들에게 그럴 가치 없어 보이는 게 아니라면.   105

11 오이디푸스는 아폴론 신탁이 〈징표〉로 알려 준 것이 〈자비로운 여신들〉임을
암시하고 있다.
12 복수의 여신들에게는 포도주를 제주로 바치지 않았다. 오이디푸스는 자신의
금욕적인 삶과 이들과의 관련성을 언급하고 있다.

오소서, 오 다정하신 태고의 어둠의 딸들이여.
오소서, 오 위대한 팔라스의 도시라 불리우시는
모든 도시들 가운데 가장 존경받는 아테나이여.
긍휼히 여기소서, 인간 오이디푸스의 불운한 허상을.
저는 더 이상 옛 모습이 아니오니.   110

안티고네

조용히 해보세요. 누가 오고 있어요.
노인들이에요. 이 자리를 살펴보려 해요.

오이디푸스

조용히 하마. 너는 길 밖으로 나를 데리고 나가
그들이 무슨 말들을 하는지 내가 확실히 알 때까지 성스러
운 숲에 숨겨 다오.
알아야만 우리가 하는 일들을 조심할 수 있을 테니.   115

(콜로노스 지역 노인들로 이루어진 코로스가 등장한다.)

코로스 좌 1[13]

살펴보시오. 여기 누가 있는지? 어디에 머무르고 있는지?
그는 어디로 떠나가 도망가 버렸지? 그 누구보다,
그 누구보다 뻔뻔한 자.   120
살펴보시오, 그를 찾아보시오.
사방을 둘러보시오. 방랑자야,

13 등장가.

그 노인은 방랑자야.
이곳 사람이 아니니, 금지된 성스러운 숲으로,   125
이길 수 없는 소녀들에게로
접근하지 않았을 거요.
말하기에도 무서운 그분들을
우리는 돌아서서 보지 않고,   130
소리 없이 말 없이
경건한 침묵의 입을
내보내기에. 이제 어떤 이가,
아무것도 경외하지 않는 자가 왔다는 말이 있으니,
그를 영지의 사방으로 찾아도   135
그가 어디에 거하고 있는지
아직 알 수가 없구나.

오이디푸스

내가 바로 그자요. 사람들 말에 따르면
나는 소리로 보니 말이오.

코로스

아아, 아아,   140
보기도 무섭고 말하기도 무섭구나.

오이디푸스

그러지 마시오, 나는 탄원자로 왔으니 무법한 자로 바라보
지 마시오.

코로스

재앙으로부터 지키시는 제우스여! 여기 이 노인이 누구입니까?

오이디푸스

오 이 지역의 수호자들이여.
내가 으뜸가는 행운을 타고난 것은   145
분명코 아니오. 그렇지 않다면 다른 이의 눈으로
이 약한 자에게 강한 자가 의지하여
걸어오지 않았을 것이오.

코로스 우 1

아아, 보지 못하는 눈을
태어나면서부터 하고 있었는가?   150
가혹한 긴 시간을
보낸 것 같으니.
그렇다 해도 내게
새로운 재앙을 덧씌우지 마시오. 그대는
넘어서고 넘어섰소. 하지만, 말없이   155
풀 많은 숲을 밟지 않도록 하시오.
그곳은 가득 찬 물동이가
꿀 섞은 음료14와 섞여
흘러들어 가는 곳이니.   160

14 복수의 여신에게는 포도주 대신 꿀과 우유, 물이 섞인 음료가 제물로 바쳐졌다.

불운한 나그네여, 그대는 그것을 잘 살피시오.
물러나 발을 떼시오.
길에서 멀리 떨어지시오.
그대는 들리시오? 많은 일을 겪은 방랑자여?   165
만일 어떤 말을 하려거든
금지된 곳에서 나오시오.
모든 이에게 적법한 곳에서
말하도록. 그때까지는 삼가시오.

오이디푸스

내 딸아, 생각의 방향을 어떻게 잡아야 하겠느냐?   170

안티고네

아버지, 우리는 시민들의 관습을 따라야 해요.
복종해야 할 일들을 원치 않아도 따르면서 말이에요.

오이디푸스

내 손을 잡아 다오.

안티고네

이미 잡고 있어요.

오이디푸스

이방인이여, 그대들에 의해 불의한 일을 당하지 않기를!
내 그대들을 믿고 이곳을 떠날 테니.   175

코로스 좌 2

노인이여, 결코 누구도 그대를 억지로는 쫓아내지 않으리다.

(오이디푸스가 앞으로 발걸음을 뗀다.)

오이디푸스

이 정도면 됐습니까?

코로스

더 앞으로 나오시오.

오이디푸스

이만큼 더?

코로스

애야, 저분을 앞으로 이끌어 와라.
너는 이해할 수 있을 테니.   180

안티고네

따라오세요, 아버지. 제가 이끄는 곳으로
어두운 발걸음을 옮기세요.

오이디푸스[15]

- - - -

15 이후 오이디푸스의 대사 1행과 안티고네의 대사 2행, 다시 오이디푸스의 대사 1행, 총 4행이 유실되었다.

안티고네

————

————

오이디푸스

————

코로스

오 딱한 이여, 이방 땅의
이방인으로, 그대는 도시에   185
소중하지 않은 것을 미워하고
도시에 소중한 것을 존중하시오.

오이디푸스

우리가 경건한 곳으로 가 들어서서
말하고 들을 수 있도록,
나를 인도해 다오, 애야.   190
어쩔 수 없는 일로 싸우지는 말자.

(안티고네가 오이디푸스를 성역 경계에 있는 바위로 이끈다.)

코로스 우 2

거기, 그 자연석 턱 너머로 더는 발을 내딛지 마시오.

오이디푸스

이렇게?

코로스

충분하오. 그대가 들은 대로요.

오이디푸스

앉아도 되겠소? 195

코로스

옆으로 옮겨 바위 끝에
쭈그려 앉으시오.

안티고네

아버지, 그건 제 일이에요. 편안히……

오이디푸스

아아, 아이고 아이고.

안티고네

발걸음에 발걸음을 맞추세요.
익숙한 제 어깨에 200
아버지의 연로한 몸을 기대시며.

오이디푸스

아아, 슬픔 가득한 고통이여!

(오이디푸스가 바위에 앉는다.)

코로스

딱한 사람, 이제 앉았으니
말해 보시오, 그대는 누구인가?
누구기에 많은 고통에 이끌려 왔는가?   205
우리는 어느 아버지의 자식에게 묻고 있는 것인가?

종가

오이디푸스

오 이방인들이여, 저는 추방자입니다. 하지만……

코로스

왜 말하다 마는 것이오, 노인장?

오이디푸스

묻지 마십시오, 묻지 마십시오……. 제발 제가 누군지 묻지
마십시오.   210
저에 대해 더 이상 캐묻지 마십시오.

코로스

그건 왜?

오이디푸스

끔찍한 출생입니다.

코로스

말해 보시오.

오이디푸스

아아, 아이야, 나는 뭐라 말해야 하겠니?

코로스

이방인이여, 어떤 가문에서 태어났소?
아버지는 누구시오? 말해 보시오.   215

오이디푸스

아아, 내 아이야, 나는 어떻게 되는 거지?

코로스

말하시오. 이제 막다른 곳에 이르렀으니.

오이디푸스

그러면 말하겠소. 나도 더는 숨길 도리가 없으니.

코로스

시간을 너무 끄는구려. 어서 말하시오.

오이디푸스

라이오스의 자식은 알고 있습니까?   220

코로스

오 아아, 아아.

오이디푸스

랍다코스의 가문은?[16]

코로스

오 제우스여!

오이디푸스

불운한 오이디푸스는?

코로스

설마 그대가 그자요?

오이디푸스

두려워 마십시오. 내가 무슨 말을 하더라도.

코로스

아아, 아아!

오이디푸스

불행한 자입니다.

코로스

오 오.

16 랍다코스는 테바이의 시조인 카드모스의 손자이자 라이오스의 아버지이다.

오이디푸스

내 딸아, 이제 무슨 일이 생기겠느냐.

225

코로스

이 땅 밖으로 멀리 나가시오.

오이디푸스

그대들이 약속한 바는 어찌 이행할 것입니까?

코로스

아무도 운명으로부터 벌을 받지 않소,
먼저 당한 고통을 갚으려는 자는. 한쪽의 속임수들을   230
다른 쪽 속임수들에 갖다 대는 것은,
호의가 아닌 고통을 되돌려 주는 것이오.
그대는 자리에서 도로 일어나
즉시 우리 땅을 서둘러 떠나시오.
내 도시에 어떤 더 큰 짐을   235
지우지 않도록 말이오.

안티고네

오 사려 깊은 이방인들이여,
여러분은 내 아버지의 본의 아닌
행위들에 대한 소문을 들으시고는
나이 든 내 아버지를 용납하지 않으시는군요.   240
하지만 이방인들이여, 제가 탄원합니다.
이 불행한 저를 불쌍히 여겨 주세요.

저는 다만 내 아버지를 위해 간구하고 있어요.
앞을 볼 수 있는 눈으로 여러분의 눈을 보면서,
마치 내가 여러분의 혈육인 것처럼   245
여러분의 동정을 얻을 수 있을까 하여.
비참한 저희는 신께 하듯 당신들에게 기대고 있어요.
그러니 자, 기대하기 어려운 호의를 베풀어 주세요.
그대들로부터 나온 자식이나 아내나 재물이나
신의 이름으로 당신께 탄원합니다.   250
신께서 강제하시는데도 도망갈 수 있는 사람은
인간들 가운데서 찾지 못하실 테니까요.

코로스

하지만 알아 두어라, 오이디푸스의 딸이여, 우리는 너에
대해서도
그에 대해서도 그의 불행 때문에 똑같이 연민을 느낀단다.   255
그러나 신들로부터의 일들을 두려워하기에
네게 지금 말한 것 이상으로는 발언할 수 없구나.
서둘러 떠나가라.

오이디푸스

명성이나 좋은 평판이 헛되이
흘러간다면 그 무슨 소용이 있겠소?
만일 아테나이인들이 신을 경외하는 이들이라고 말하며   260
그들만이 불행에 처한 이방인을
도울 수 있고 그들만이 돕는다고 말한다 하더라도.
어떤 이들이 내 몸도 내 행동도 아닌, 내 이름만으로 두려

위하면서

이 자리에서 나를 일으켜 세워 쫓아낸다고 한다면

대체 나에게는 이 도움이 어디에 있는 것이오?   265

그대들이 공포를 느끼는

내 어머니와 아버지의 일들을 말해야 한다면,

나의 행위들은 행해진 것이 아니라 일어난 것이오.

이것을 분명히 알고 있소. 어찌 내 본성이 악하겠소?   270

당했기에 갚았을 뿐인데. 그러니 만일 생각을 하고

행한 경우라도 내가 악한 자라 할 수는 없을 것이오.

나는 아무것도 알지 못한 채 가려던 곳으로 간 것이지만,

나를 괴롭힌 자들은 알고서도 나를 죽이려 했소.

이방인들이여, 나는 이들과 달리 신들을 걸고 당신들께 왔소, 275

그대들이 나를 일으켜 세웠으니 여기서 나를 구해 주시오.

신들을 경외한다면 신들에게

그 몫을 반드시 다 돌려주어야 하는 것이오.

그들은 경건한 자들을 보고 계시지만

불경한 자들도 보고 계시며 성스럽지 못한 인간은   280

도망하지 못하리라는 점을 알아 두셔야 하오.

그들과 함께 당신은 아테나이의 명성을

성스럽지 못한 행위들로 덮어 버리지 말고

맹세를 한 탄원자를 받아들일 때처럼

나를 구해 주시고 악에서 지켜 주시오. 결코 나를   285

혐오스러운 자로 보면서 무시하지 마시오.

나는 경건한 자로서, 공경하는 자로서 이곳에 왔고

이곳 시민들에게 이익을 가지고 왔소. 당신들을 이끄는

주인이 누구든 간에 그가 오면

그는 모든 것을 들어 알게 될 것이오.
그때까지는 제발 날 나쁘게 대하지 마시오.

코로스

오 노인이여, 당신에게서 나온 그 생각들을
존중할 수밖에 없소. 그것들이 짧은 말들로
표현되지 않았으니 말이오. 그러니 이 땅의 왕이
이것을 나에게 판결해 주시는 편이 적합하겠소.

오이디푸스

이 지역의 지배자는 어디에 있소, 이방인이여.

코로스

그는 아버지로부터 물려받은 이 땅의 성에 계시오.
우리를 여기로 보낸 사자가 그를 찾으러 갔소.

오이디푸스

그분이 장님에게도 관심을 기울여 주시리라고 혹은
신경 써 주시리라고 생각하오? 이곳에 와주실 정도로?

코로스

분명히 그렇소. 그대의 이름을 들으신다면 더욱.

오이디푸스

하지만 누가 그에게 그 말을 전하겠소?

코로스

길은 멉니다. 그러니 길 가는 자들의 여러 말들이
떠돌아다니게 마련이오. 그분이 이것을 들으신다면,
용기를 내시오, 노인이여, 그는 오실 것이오. 그대의 이름은   305
도처에 많이도 알려져 있기에, 설령 그가 느긋하게
주무신다 하더라도, 일단 들으면 빠르게 이곳으로 오실 것
이오.

오이디푸스

그러면 행운이 있기를, 그의 도시와
나에게도. 고귀한 자는 자신에게 친구이니 말이오.[17]

안티고네

제우스여, 뭐라 말해야 하나요? 아버지, 제가 무슨 생각을
하고 있죠?   310

오이디푸스

무슨 일이냐, 내 딸 안티고네야.

안티고네

어떤 여인이 우리에게 다가오는 것이 보여요.
아이트네산 망아지를 타고 머리엔 태양을 가리려
테살리아산 모자를 써서 얼굴을 덮었어요.[18]

---

17 좋은 사람은 남을 도움으로써 자신을 도울 사람을 얻는다는 의미이다. 여기
에서는 테세우스가 자신을 도우면 이익을 얻게 되리라는 것을 암시한다.
18 아이트네는 시켈리아섬 동부 해안에 위치한 화산으로 좋은 품종 말의 산지

내가 무슨 말을 하는 거지?   315
아 그녀인가? 아닌가? 착각하는 건가?
그렇다고 말할 수도 아니라고도 못 하겠어요.
괴롭구나.
다른 여자가 아니에요. 분명히 가까이 다가오며
나에게 웃으며 아는 체를 하는군요.   320
내 소중한 동생 이스메네가 분명해요.

(이스메네가 등장한다.)

오이디푸스

무슨 말이냐, 애야.

안티고네

아버지의 딸, 내 동생을, 그 아이를 보고 있어요.
곧 그녀의 목소리로 알 수 있을 거예요.

이스메네

오, 아버지와 언니, 제게 가장 반가운
두 이름이여! 두 분을 너무도 어렵게 찾고서도   325
고통 때문에 바라볼 수가 없네요.

로 유명했다. 테살리아산 모자는 강렬한 햇살을 차단하기 위해 주로 여행자들이 사
용했던 챙이 넓은 모자로 아이트네산 망아지와 함께 이스메네의 상황을 오이디푸
스와 안티고네의 빈궁한 처지와 대비하는 역할을 한다.

오이디푸스

애야, 네가 온 것이냐?

이스메네

아버지, 당신의 운명은 보기에 너무 가여워요.

오이디푸스

애야, 네가 나타났구나.

이스메네

제게 고통이 없지 않았어요.

오이디푸스

나를 만져 보아라, 애야.

이스메네

두 사람을 모두 만져 볼래요.

오이디푸스

아 내 자식, 내 핏줄.

330

이스메네

아 비참한 생활이여.

오이디푸스

그녀와 나의?

이스메네

제 불행이 세 번째예요.

오이디푸스

애야, 넌 왜 왔느냐?

이스메네

아버지가 걱정돼서요.

오이디푸스

아니면 그리움으로?

이스메네

그리고 알려 드릴 일도 있어서요.
하인들 중 믿을 만한 이와 함께 왔어요.

오이디푸스

한 핏줄인 그들, 그 젊은이들은 대체 어디서 고생하고 있지?   335

이스메네

그들은 있는 곳에 있지요. 지금 그 둘에게 일어나는 일들
은 끔찍해요.

오이디푸스

오 그 둘은 모두 본성과 삶의 방식에서

아이깁토스의 관습을 따르고 있구나.[19]
그곳에선 남자들이 지붕 아래
집 안에서 일하며 앉아 있고 동반자들이   340
밖에 나가 일용할 양식을 늘상 마련하니.
오 애야, 그 수고를 해야 마땅한 녀석들은
집에 앉아 여자아이들처럼 집이나 지키고 있고,
너희 둘이 이 비참한 이의 불행을 함께 나눠 지고
있으니. 한 딸은 양육의 필요가   345
끝나고 힘이 붙기 시작했을 때부터
늘상 나와 함께 불운하게도 떠돌며
늙은 아버지를 인도했지. 거친 숲을
굶으면서, 맨발로 많이도 헤매며
많은 비바람과 태양의 열기에 시달리면서도   350
아버지를 부양할 수만 있다면
집 안에서의 삶은 대수롭지 않게 여겼지.
그리고 넌, 애야, 전에도 카드메이아인들[20] 몰래
나에 대한 모든 신탁을 전하러 와서, 내가 이 땅에서
쫓겨났을 때 나를 믿음직하게 지켜 주었다.   355
이스메네야, 지금은 또 이 아버지에게 전할 무슨 소식을
가져왔느냐? 어떤 임무가 집에서 널 떠나오게끔 했느냐?
네가 빈손으로 오지 않았다는 것을, 나는 분명히
안단다. 분명코 어떤 무서운 소식을 가지고 왔구나?   360

19 〈아이깁토스〉는 이집트의 그리스어 이름이다. 헤로도토스는 『역사』 2권 35장에서 아이깁토스에서는 여자들이 시장에 나가 장사를 하고 남자들은 집 안에서 베를 짠다고 전하고 있다.
20 테바이 사람들. 카드메이아는 테바이의 옛 이름이다.

이스메네

아버지, 제가 아버지가 거주하시는 장소를 찾느라
고난들을 겪었지만, 그 일은 제쳐 두고
넘어가겠어요. 그 일을 겪으며, 다시 말하며,
두 번 고통을 겪고 싶지 않으니까요.
당신의 두 불운한 아들들 주위에 지금   365
재앙이 닥쳤다는 것을 알려 드리려고 온 거예요.
이전에 그들은 크레온에게 왕위를 넘겨주고
도시를 더럽히지 말자는 데 동의했어요
당신의 불운한 집안을 붙들고 있는
종족의 오랜 파멸을 이성적으로 생각했던 것이지요.   370
그런데 이제 신과 죄 많은 마음에 의해
왕권을, 통치자의 권력을 차지하려는 사악한 불화가
삼중으로 불행한 그 둘에게 찾아왔어요.
둘 중 더 젊고 시간상 나중에 태어난 이[21]가
먼저 태어난 폴리네이케스[22]의 왕좌를   375
빼앗고 그를 조국에서부터 쫓아내 버렸어요.
그는 우리에게 퍼진 말에 따르면,
바위 사이에 있는 아르고스로 도망가서
새로 결혼하고 함께 싸울 친구들을 얻었어요.
즉시 아르고스가 카드모스 자손들의 땅을 명예롭게   380
차지하거나, 하늘까지 명성을 높이려고 말이에요.
아버지, 이것은 단순한 말들의 나열이 아닌

---

21 에테오클레스
22 이 작품에서는 폴리네이케스가 형으로 이야기되지만, 어떤 작품들, 예를 들
어 에우리피데스의 「포이니케 여인들」에서는 에테오클레스를 형으로 보기도 한다.

무서운 현실이에요. 그리고 신들이 당신의 노고를
언제나 불쌍히 여겨 주실지 저는 알 수 없어요.

오이디푸스

너는 신들께서 나를 돌보고 계시며 언젠가는   385
구원해 주시리라는 희망을 갖고 있느냐?

이스메네

아버지, 최근 신탁으로 인해 그랬어요.

오이디푸스

어떤 신탁이지? 아이야, 무엇을 예언하셨지?

이스메네

아버지께서 돌아가셨든 살아 계시든 그곳 사람들이
언젠가 자신들의 행복을 위해 아버지를 찾게 되리라는 거
예요.   390

오이디푸스

어떤 이가 나 같은 사람에 의해 잘될 수 있겠느냐.

이스메네

그들의 권력이 아버지께 달려 있다고 해요.

오이디푸스

내가 아무것도 아닐 때, 바로 그때 내가 인간이라는 건가?

이스메네

신들께서 이제 아버지를 일으켜 세우시는 거예요. 이전엔
무너뜨리셨지만.

오이디푸스

하지만 젊어서 쓰러진 노인을 일으켜 세우는 것은 하찮은
일이지.   395

이스메네

그래도 알아 두세요. 크레온이 아버지를 그 일 때문에
찾아올 거예요. 나중이 아니라 조금 뒤에.

오이디푸스

내 딸아, 그가 무얼 하려 한다고? 나에게 설명해 다오.

이스메네

아버지를 카드모스의 영토 가까이에 잡아 두고
지배하되 그들의 경계는 밟지 못하게 하려고요.   400

오이디푸스

내가 그들의 문밖에 있다 한들 무슨 유익이 되지?

이스메네

아버지의 무덤이 무거워지지 않으면, 그들에게 재앙이 된
다고 해요.

오이디푸스

그게 무엇인지는 신 없이도 분별로 알 수 있겠구나.

이스메네

그것 때문에 그가 아버지를 정말 자기 땅 가까이
두고자 하는 거예요, 아버지께서 자신의 주인이 되지 못하
도록 말이에요.   405

오이디푸스

그래서 테바이의 흙먼지로 나를 덮어 주겠다는 것이냐?

이스메네

아버지, 그건 허용되지 않아요. 친족의 피를 흘리셨기 때
문에요.

오이디푸스

그러면 그들이 나를 지배하는 일은 없을 것이다.

이스메네

그렇다면 그것은 카드모스의 백성들에게 무거운 일이 될
거예요.

오이디푸스

애야, 어떠한 사태가 드러난다고 하느냐?   410

이스메네

아버지의 무덤에 다가갈 때 당신의 분노로 인해 그렇게 된대요.[23]

오이디푸스

네가 하는 말은 누구에게서 들은 것이냐, 얘야?

이스메네

델포이의 화로를 찾아갔던 사람들에게서요.

오이디푸스

포이보스께서 나에 대해 그렇게 말씀하셨다는 것이냐?

이스메네

테바이 땅으로 돌아온 사람들에 따르면요.   415

오이디푸스

그러면 내 아들들 중에 누가 그것을 들었느냐?

이스메네

둘 다 똑같이 들었고, 둘 다 잘 알고 있어요.

오이디푸스

그 고약한 놈들은 그 말을 듣고서도,

23 테바이가 아테나이를 침공하게 될 때 오이디푸스의 분노 때문에 테바이가 패배하게 된다는 의미이다.

나를 그리워하는 것이 아니라 왕권을 더 바랐다는 것이냐?

이스메네
그 말씀을 들으니 저는 괴로워요. 하지만 견디겠어요.   420

오이디푸스
신들이 저들의 숙명적인 불화를
진압하지 않고 그들이 서로 창을 들고 겨누는
이 불화의 결말이 나에게 달려 있게 하시기를.
지금 왕홀과 왕좌를 차지한 이도   425
살아남지 못하며 쫓겨난 이도 다시
돌아오지 못하도록. 그들은 아비인 내가
불명예스럽게 조국에서 추방당할 때
나를 품어 주거나 막아 주지 않았고, 나는 저들에게
집을 잃은 채 쫓겨나 추방자로 공표되었지.   430
내가 이런 것을 바랐으니 도시가 적절하게
그것을 선물로 제공해 주었노라고 너는 말하겠지.
결코 아니란다. 바로 그날에는
당장에 분노가 끓어올라, 돌에 맞아 죽는 것이
나에게 가장 바랄 만한 것이었으나   435
그때는 그것을 바라는 나에게 도움을
주려는 자가 아무도 나타나지 않았다.
시간이 흘러 이제 내 모든 고통이 사라지고
내가 분노 때문에 과오에 비해 내 행위를
너무 많이 벌한다는 것을 깨닫기 시작했던 바로 그때,   440
뒤늦게서야 도시가 나를 강제로 땅에서 쫓아내려 했지. 하

지만 그들,

　　내 아들인 녀석들은 아버지를 도울 수 있었음에도
　　하려 하지 않았고, 그들이 몇 마디 말도 하지 않았기에
　　나는 계속해서 거지꼴로 떠돌아다녔다.
　　대신 나는 아직 소녀인 이들에게서 그들의 본성이
　　그들에게 허락하는 한 생활의 방도와　　　　　　　445
　　안전한 장소, 친족의 도움을 얻었던 것이다.
　　그 두 녀석은 아버지 대신 왕좌와
　　왕홀로 다스리는 것과 땅을 지배하기를 선택했지.
　　그들은 결코 나를 동맹군으로 얻지 못할 것이며　　450
　　카드모스 땅에서 통치의 유익을 누리지 못할 것이다.
　　그것을 알고 있다. 이 아이로부터
　　신탁을 듣고 오래전 포이보스께서
　　나에게 결국 이루셨던 그 신탁들을 떠올려 보니.
　　그들이 크레온이나 도시에서 권세를 가진　　　　455
　　사람을 보내 나를 찾아보라 하라지.
　　이방인들이여, 만일 당신들이 이 지역에 거하시는
　　존엄한 여신들의 편에 함께 서서 나를 보호해 준다면
　　여러분은 이 도시에 위대한 구원자를
　　얻게 될 것이며 나의 적들에게는 노고를 안길 것이오.　　460

코로스

오이디푸스여, 당신과 당신의 딸들은
동정을 받을 만하오. 자신이 이 땅의 구원자가
될 것이라고 말씀하시니
나도 그대에게 유익한 조언을 하고자 하오.

오이디푸스

친절한 분이여, 이제 당신이 지시하시는 모든 것을 따르겠소. [465]

코로스

그대는 먼저 당신이 가서 발로 짓밟은
그 신들에게 정화 의식을 행하시오.

오이디푸스

어떤 방법으로 말이오? 이방인들이여 알려 주시오.

코로스

먼저 계속 흘러나오는 샘을 깨끗한 손으로 떠서
신성한 물을 길어 오시오. [470]

오이디푸스

그 정결한 물을 가져오고 나서는?

코로스

솜씨 좋은 사람이 만든 술 섞는 동이들이 거기 있소.
그것들의 테두리와 양 손잡이를 덮어 주시오.

오이디푸스

나뭇가지로 아니면 양모로? 아니면 다른 방법으로?

코로스

어린 양의 갓 깎은 털을 가져다가. [475]

오이디푸스

알겠소. 그다음에는 내가 어떻게 마무리해야 하오?

코로스

동쪽 방향으로 서서 제주를 드리시오.

오이디푸스

그대가 말한 그 동이들로 그것을 부어야 하오?

코로스

세 번 붓되, 마지막 것은 완전히 비우시오.

오이디푸스

그 동이를 무엇으로 채워 두어야 하오? 그것도 알려 주시오. 480

코로스

물과 꿀이오. 술은 섞지 마시오.

오이디푸스

잎으로 그늘진 땅이 그것을 마시고 나면?

코로스

아홉 개의 올리브나무 잔가지를 세 번
두 손으로 그곳에 올려 두고 이렇게 기도하시오.

오이디푸스

그것을 듣고 싶소. 가장 중요한 것이니.   485

코로스

우리가 그들을 자비로운 여신들이라 부르는 대로,
자비로운 마음으로 탄원자를 구해 주시기를 구하시오.
그대 자신이든 그대를 대신하는 다른 누구든.
들리지 않을 정도로 말하고 큰 소리를 내지 마시오.
그런 뒤에 뒤돌아서서 떠나시오. 이것들을 그대가   490
하고 나면 나는 용기 내어 그대 편에 서겠소.
이방인이여, 그렇게 하지 않는다면 난 정말 그대에 대해
두려워할 수밖에 없소.

오이디푸스

얘들아, 이곳에 사는 이방인들의 말을 너희는 듣고 있지?

안티고네

들었어요. 우리가 무엇을 해야 할지 말씀해 주세요.

오이디푸스

내가 갈 수는 없구나. 갈 힘 없고 보지도 못하는   495
이 이중의 재앙으로 인해 나는 머물러 있어야겠다.
그러니 너희 둘 중 한 명이 가서 그 일을 해다오.
많은 이들을 대신해 한 영혼이라도
진심으로 다가가면 빚을 갚을 수 있으리라 생각한다.
빨리 실행해라. 날 혼자   500

남겨 두지는 말고. 내 몸은
인도자 없이 홀로 걸어갈 힘이 없으니 말이다.

이스메네

제가 그 일을 하러 가겠어요. 그 장소를
어디서 찾을 수 있을지 알고 싶어요.

코로스

이방 소녀여, 이 숲의 저편이다. 무언가 필요한 것이   505
있다면, 그곳에 거주하는 이가 너에게 알려 줄 거다.

이스메네

그 일을 하러 갈게요. 안티고네 언니, 언니는 여기서
아버지를 지켜 줘요. 부모님을 위해 어떤 고생을 한들
그것을 고생으로 기억해서는 안 되지요.

(이스메네가 퇴장한다.)

애탄가 좌 1
코로스

나그네여, 이미 오래전에 잠잠해진 불행을   510
다시 꺼내는 일은 끔찍한 일이겠지.
그래도 난 알고 싶소.

오이디푸스

무슨 일 말이오?

코로스

어찌할 길 없이 그대를 엄습했던 그 고통,
그대가 씨름했던 그 고통 말이오.

오이디푸스

내가 겪었던 수치를
환대의 이름으로 나그네에게서 벗기지 마시오.   515
그가 겪었던 수치를.

코로스

많기도 하고 멈추지도 않는 그 이야기를 내 묻는 거요.
나그네여, 나는 제대로 듣고 싶소.

오이디푸스

아아, 슬프도다.

코로스

견뎌 주시오, 부탁하오.

오이디푸스

아아, 아아.

코로스

그대가 나에게 청한 만큼 내 청도 들어주시오.   520

애탄가 우1

오이디푸스

이방인이여, 나는 크나큰 재앙을 본의 아니게 겪은 것이고,
— 신들께서 증인이 되어 주시길 —
어떤 것도 스스로 선택한 것이 아니었소.

코로스

아니, 무엇에 대해서요?

오이디푸스

아무것도 모르는 나를 도시가 사악한 결혼 침대로   525
결혼의 파멸과 묶어 버린 것이오.

코로스

듣자 하니 그대는 불결하게도 어머니와
침대를 함께 썼다던데?

오이디푸스

아아, 그 말을 듣는 것만으로도 죽고 싶소.
이방인이여, 이 두 아이들은 나에게서…….   530

코로스

뭐라고 말하는 것이오?

오이디푸스

내 두 아이는, 두 저주…….

코로스

오 제우스여!

오이디푸스

같은 어머니의 산고로 태어났소.

애탄가 좌 2
코로스

그렇다면 저 아이들은 당신의 자식들이자…….

오이디푸스

아버지의 누이들…….

535

코로스

아아!

오이디푸스

아아, 헤아릴 수 없이 많은 고통들이 돌아오는구나.

코로스

그대는 겪었구려.

오이디푸스

겪었소. 견딜 수 없는 고통을.

코로스

그대는 행했구려.

오이디푸스

행하지 않았소.

코로스

어떻게 말이오?

오이디푸스

나는 선물을 받았던 것이오.
불행한 내가 도시를 도운 대가로 받은 그것을   540
결코 받지 않았더라면![24]

애탄가 우 2
코로스

가련한 자여, 무슨 말인가? 그대는 살인을 저질렀소.

오이디푸스

무슨 말이오? 무엇을 더 알고자 하는 것이오?

코로스

아버지의?

---

24 스핑크스의 수수께끼를 풀어 테바이를 구원한 보답으로 왕권과 왕비를 얻게
된 것이라는 이야기이다.

오이디푸스

아아, 두 번째로 가격하는구나. 상처에 상처를.

코로스

그대가 죽였잖소.

오이디푸스

죽였소. 하지만 나로서는   545
정당하게 한 일이오.

코로스

어떻게 말이오?

오이디푸스

말하리다.
내가 그들을 죽이지 않았다면, 그들이 날 죽였을 것이오.
법적으로 나는 깨끗하오. 영문 모르는 채 그 상황에 처했으니.

코로스

보시오, 우리의 왕, 아이게우스의 자손이신
테세우스께서 당신의 부름에 오셨소이다.   550

(테세우스가 들어온다.)

테세우스

이미 오래전 당신의 두 눈이 피투성이가 되어

멀었다는 것을 많은 이들로부터 들었기에,
당신을 알아보겠소, 오 라이오스의 아들이여. 이곳으로
오는 길에 들려온 소식으로 더 확실히 알 수 있소.   555
당신의 복장과 남루한 머리가 당신이 누구인지를
우리에게 분명히 드러내고 있소. 그래서 난 당신을
연민하며 묻고 싶소. 불운한 오이디푸스여, 도시와
나에게 무슨 간구를 가지고 이곳에 서 있는 것이오?
그대와 그대 곁에 선 불운한 딸은
설명해 보시오, 무슨 끔찍한 일을 그대가 겪었는지를.   560
나는 외면하지 않을 것이오.
나 자신도 그대처럼 이방인으로 자라 왔고,[25]
외국 땅에서 갖가지 일에 내 머리를 걸고
위험을 무릅썼던 일을 기억하오.
그러니 지금 당신과 같은 이방인을 외면하지 않고   565
반드시 도움을 줄 것이오.
나는 인간이며, 그대보다 나에게 더 많은
내일의 몫이 주어지지 않을 것을 잘 알기 때문이오.

오이디푸스

테세우스여, 그대의 고매함은 적은 말로
내가 짧게 말해도 되도록 해주시는군요.   570
내가 누구인지, 내 아버지가 누구인지,
그리고 어느 땅에서 왔는지를 당신이 말해 주었으니.

---

25 테세우스는 아버지인 아이게우스를 찾으러 아테나이로 오기 전에는 트로이
젠의 외가에서 자라났다.

나는 필요한 것만 말하면 되겠소.
내 말은 이것으로 끝이오.

테세우스

바로 그것을 지금 알려 주시오. 내가 잘 이해하도록.   ₅₇₅

오이디푸스

나는 고난에 지친 이 몸을 당신께 선물로 주고자
온 것이오. 보기에는 좋지 않더라도 거기서 생기는
이익은 아름다운 외양보다 더 클 것이오.

테세우스

어떤 이익을 가지고 왔다는 것이오?

오이디푸스

시간이 지나면 알게 될 것이오. 지금은 때가 아니오.   ₅₈₀

테세우스

당신이 준다는 이득은 언제 드러나게 되오?

오이디푸스

내가 죽고, 당신이 나의 장례를 치르게 되면.

테세우스

당신은 삶의 마지막 일들을 요구하면서, 그 사이의
것들은 잊거나 아무것도 아닌 일로 취급하는구려.

오이디푸스

그것들에서 나머지 것들을 모두 얻게 될 테니 말이오.   585

테세우스

당신이 나에게 요구하는 그 호의는 간단한 것이군요.

오이디푸스

조심하시오. 사소하지 않소, 이 분쟁은.

테세우스

당신 아들들 사이의? 아니면 누구 사이를 말하는 겁니까?

오이디푸스

그들이 나를 그곳으로 강제로 데려가려 할 것이오.

테세우스

그러길 원치 않으십니까? 추방은 좋을 것이 없소.   590

오이디푸스

아니, 그렇지 않소. 내가 원했을 때 그들은 거절했소.

테세우스

어리석은 분이군요, 불행 속에서 분노하는 것은 이롭지 않소.

오이디푸스

내 말을 듣고 난 다음에 비난하시오. 지금은 내버려 두시고.

테세우스

얘기해 보시오. 생각 없이 내가 말해서는 안 되니.

오이디푸스

나는 불행들에 더해 끔찍한 불행을 겪었소.   595

테세우스

당신 가문의 오래된 고통에 대해 말씀하고 계신 것이오?

오이디푸스

결코 아니오. 그것에 대해선 온 헬라스인들이 떠들어 대고
있으니.

테세우스

그러면 인간의 고통을 넘어서는 무슨 더 큰일을 겪은 것이오?

오이디푸스

사실은 이렇소. 나는 내 땅에서 쫓겨났소,
내 자식들에 의해서. 그리고 나는 결코 다시   600
돌아갈 수가 없소, 아버지를 살해했기에.

테세우스

그들은 대체 어떻게 그대를 불러오겠다는 것이오? 떨어져

172

살아야 한다면서.

오이디푸스

신의 목소리가 그들에게 강요할 것이오.

테세우스

그 신탁으로부터 그들이 무슨 고통을 두려워하게 된다는
것이오?

오이디푸스

그들이 이 땅으로부터 타격을 입게 된다는 것이오.　　　　605

테세우스

어떻게 그들과 나 사이에 반목이 생긴다는 것이오?

오이디푸스

오 친애하는 아이게우스의 아들이여, 신들만이
늙지도 않고 죽지도 않소.
다른 모든 것들은 전능한 시간이 파괴하오.
땅의 기력도 쇠하고 육체의 힘도 쇠하며,　　　　610
믿음은 죽고 불신이 생겨나오.
친구들 사이에서도, 도시들 사이에서도,
같은 숨결이 변치 않는 법은 없소.
이 사람들에게는 지금, 저 사람들에게는 나중에
즐거운 것들이 쓰라린 것이 되었다가, 또다시 친밀한 것이　　615
되니.

지금은 테바이인들과 당신들의 관계가

화창함을 누리고 있다 하더라도, 셀 수 없는 시간이

수많은 밤과 낮을 낳고 나면

그사이에 지금의 화목한 맹세는

몇 마디 말에도 창으로 깨지고 말 것이오.   620

그러면 무덤에서 잠자던 내 차가운 시체가

그들의 뜨거운 피를 마시게 될 것이오.

만일 제우스께서 여전히 제우스이시고, 제우스의 아들 포

이보스가 참되시다면.

하지만 건드려져서는 안 될 말을 하는 것은 즐겁지 않으니,

내가 시작한 그곳에서 말을 끝내게 해주고, 당신의

약속을 지켜 주시오. 그대가 오이디푸스를   625

여기 이 땅의 쓸모없는 거주자로 받아들였다고 말하는 일

은 결코 없을 것이오.

만일 신들께서 날 속이지 않으신다면.

코로스

왕이여, 바로 이 사람은 아까부터 이와 비슷한 말들을

이 땅에 완수하겠노라고 밝혔습니다.   630

테세우스

인간들 가운데 대체 누가 이런 사람의 호의를 내던질 수

있겠는가?

우선 전쟁의 동맹은 언제나 우리의 화로를 함께 누릴 수

있으며

그는 동맹자이니 우리의 화로를 늘 함께 누릴수 있고

다음으로 그는 신들에게 온 탄원자로서
이 땅과 나를 위해 적지 않은 보상을 지불하고 있소.   635
나는 이를 존중하여 결코 호의를 거절하지 않고
이 땅에 속하는 시민으로 그를 정착시키겠소.
만일 이곳에 거하는 것이 저 이방인의 마음에 든다면,
그대들에게 그를 보호하라 명할 것이며, 나와 함께
갈 수도 있소. 오이디푸스여, 어느 쪽이든
선택권을 드리고, 나는 그것을 따르겠소.   640

오이디푸스

제우스여, 이러한 자들에게 복을 내리시기를!

테세우스

그대는 어떻게 하기를 원하시오? 내 집으로 가겠소?

오이디푸스

그것이 마땅할 것이오나, 이곳이 그 장소요.

테세우스

여기서 무엇을 하려 하오? 반대하지는 않겠소만.   645

오이디푸스

여기서 나를 몰아낸 자들을 제압할 것이오.

테세우스

그대와 함께하는 것이 큰 선물이 된다는 말씀이구려.

오이디푸스

당신이 약속한 바를 나에게 행함으로써 지켜 준다면.

테세우스

나와 관련해서는 두려워할 게 없소. 나는 그대를 배신하지 않을 것이오.

오이디푸스

나는 당신이 나쁜 사람인 양 맹세를 시키진 않겠소. 650

테세우스

당신이 이 말 이상의 것을 얻지는 못할 것이오.

오이디푸스

그러면 어떻게 할 것이오?

테세우스

무엇에 대한 두려움이 그대를 사로잡고 있소?

오이디푸스

사람들이 오고 있소.

테세우스

그들에 대해서는 이 사람들이 유의하고 있소.

오이디푸스

주의하시오. 당신이 나를 남겨 두고 떠나면…….

테세우스

내가 해야 할 바를 가르치려 하지 마시오.

오이디푸스

두려워할 수밖에 없소.

테세우스

나의 심장은 두려워하지 않소.   655

오이디푸스

위협에 대해서 그대는 모르니.

테세우스

나도 알고 있소. 아무도 그대를 내 뜻을 거슬러
끌고 가지는 못할 것이오.
많은 위협들이 헛되이 많은 말들을
분노로 내뱉더라도 마음이
자신을 통제하게 되면 위협들은 떠나가 버리니.   660
혹여라도 저들에게 당신을 데려가겠다는 위협적인 말을
할 용기가 생긴다 하더라도,
나는 알고 있소, 그 사이를 흐르는 바다는
넓고도 항해하기 어렵다는 사실이 드러날 것임을.
그러니 내 판단과 무관하게, 그대는 두려워하지 말라고

권하는 바요. 만일 포이보스께서 당신을 보내셨다면   665
내가 없다 하더라도 내 이름으로 인해 그대가
위해를 입지 않도록 지켜 주실 것을 알고 있소.

(테세우스가 퇴장한다.)

코로스 좌 1[26]

이방인이여, 좋은 말이 자라는 곳
세상에서 가장 아름다운 거처,
눈부시게 하얀 콜로노스에 그대 도착했구나.   670
꾀꼬리가 날아들어
맑은 소리로 우짖으며
푸르른 수풀 아래
포도줏빛 아이비와
발길 닿지 않고   675
태양에도 바람에도 시달리지 않은
신의 잎이 무성한 곳에 살고 있구나.
디오니소스신께서는
자신의 유모들[27]을
언제나 데리고 다닌다오.   680

코로스 우 1

하늘의 이슬로 날마다 잇달아

26 제1정립가.
27 디오니소스의 여성 추종자들인 마이나데스를 가리킨다.

아름답게 피어나는 수선화,

예부터 위대한 두 여신[28]께 바치는 화환,

황금빛 크로커스가 만개하는도다.   685

케피소스강[29]에서 흐르는

잠 없는 샘물은

마르지 않고,

날마다 잇달아

깨끗한 물로 대지를 적시며   690

빠르게 곡물을 키우는구나.

무사 여신들의 합창 가무단도, 황금 고삐의 아프로디테[30]도

이 나라를 싫어하지 않으시네.

코로스 좌 2

그러한 것이 아시아 땅에, 펠롭스의 큰

도리에이스의 섬[31]에 자란다는 말을 결코 들은 적 없으니,   695

길들여지지 않고, 저절로 자라나고[32]

적의 창들에는 두려움인 나무,

그것이 이 나라에서는 가장 번성하니 아이들을

---

28 데메테르와 페르세포네.

29 콜로노스의 서쪽을 흐르던 강.

30 아프로디테의 수레를 이끌었다고 묘사되는 동물들은 참새, 비둘기, 백조 등 다양하다.

31 펠로폰네소스반도. 〈펠로폰네소스Peloponnēsos〉는 〈펠롭스의 섬〉을 의미한다.

32 헤로도토스에 따르면(『역사』 8권 55장), 아크로폴리스에서 자라던 신성한 올리브나무는 기원전 480년 페르시아인들에 의해 태워졌으나 바로 다음 날 저절로 다시 피어났다고 한다.

길러 주는 은빛 나는 이파리, 올리브나무라네.   700
젊은이도 노령과 함께 거하는 이도
뽑아 버리지도 죽여 버리지도 못하니.
모리오이[33]의 보호자 제우스의
영원히 잠들지 않는 눈도,
반짝이는 눈의 아테나께서도   705
그것을 지켜보고 계시기 때문이라.

코로스 우 2

다른 칭찬을 어머니 도시를 위해 말하겠으니
위대한 신의 가장 강력한 선물, 이 땅의
가장 큰 자랑거리인   710
좋은 말, 좋은 망아지, 좋은 항해술이라네.
오 크로노스의 아들이여, 그대가 이 도시를
그러한 자랑 위에 앉히셨나이다.
포세이돈왕이시여, 당신께서
말들을 제어하는 고삐를   715
처음으로 이 길에서 만드셨음이라.[34]
그리고 손에 잘 맞는 노는
1백 개의 발을 가진 네레우스의 딸들[35]을 따라
바다 위를 놀랍도록 빨리 날아간다네.

33 제우스신의 보호를 받는다고 여겨졌던 신성한 올리브나무들.
34 포세이돈은 말의 신이기도 하다.
35 네레우스는 자유자재로 모습을 바꿀 수 있었던 강과 바다의 신이다. 네레우스의 딸들은 전통적으로 50명으로 간주된다.

안티고네

오 찬사로 높이 찬송받을 땅이여,   720
이제 그대의 빛나는 찬사가 사실임을 보여 주세요.

오이디푸스

오 얘야, 무슨 새로운 일이 생겼느냐?

안티고네

크레온이 가까이 다가오고 있어요.
아버지, 수행원들도 함께요.

오이디푸스

친애하는 노인들이여, 이제 당신들이   725
내 안전의 마지막 보루임이 분명해지기를.

코로스

용기를 내시오, 그대에게 그리 될 것이오. 나는 노인이나
이 땅의 힘은 노쇠하지 않았으니 말이오.

크레온

이 땅의 고귀한 주민들이여,
눈빛을 보니 내가 온 것에 대해 당신들은
어떤 두려움에 사로잡혔나 보군요.   730
나를 두려워하지도, 나에게 나쁜 말을 하지도 마시오.
어떤 행동을 하려고 온 것이 아니니 말이오. 나는 노인이며,
헬라스의 — 그런 도시가 있다면 — 그 어떤 도시보다도

막강하고 위대한 도시에 와 있다는 것을 알고 있소.
나는 이 나이임에도 여기 이 사람을 설득해   735
카드메이아의 땅으로 데리고 가도록 파견되었소.
한 사람이 아닌 온 시민들에 의해
명령받은 것이오. 친척인지라 그의 고통들을
도시 사람 대부분보다 애도하기 때문이지요.
그러니 불운한 오이디푸스여, 그대는 내 말을 듣고   740
집으로 갑시다. 정당하게 카드모스의 백성[36] 모두가,
그리고 누구보다도 내가 그대를 부르고 있소. 내가
인간들 가운데서 가장 사악한 자가 아닌 이상
내가 당신의 불행에 괴로워하기 때문이오, 노인이여.
그대가 이렇게 비참하게 이방인이 되어   745
늘 단 한 명의 잔심부름꾼에 의지하여
생활 수단도 없는 떠돌이가 된 것을 보니 말이오. 아아, 나
는 이 아이가 이런 처참한
상황에 놓이게 되리라고는 결코 생각해 보지 못했소.
비참하구나! 나락으로 떨어져
늘 당신과 당신의 머리를 책임지느라   750
식량을 구걸하며, 그 나이에 결혼도 해보지
못하고, 먼저 덮치는 자에게 강탈당하게 되었으니!
아 이것은, 오 불운한 나여, 그대와 나
그리고 온 종족을 향해 퍼부은, 끔찍한 비난이 아니겠는가.
하지만 분명하게 드러난 것은 숨길 수 없으니, 오이디푸스여, 755
그대는 조국 신들의 이름을 걸고 이제 내 말을 듣고

---

36 테바이인들.

그것을 감추시오, 당신의 도시와 당신 아버지의 집으로
가기로 결심하고. 이 도시에 다정하게 작별을 고하시오.
이곳은 그럴 자격이 있으니 말이오. 그럼에도 고향의
도시가 더 존중받아 마땅할 것이오, 그대를 오랫동안 길러
준 곳이니.   760

오이디푸스

무슨 짓이든 할 수 있는 자여! 그대는 모든 정당한
말에서도 교묘한 계략을 끌어 내는 자로구나.
왜 이렇게 나를 또다시 붙잡으려고 시도하는가?
붙잡히면 내가 고통받을 수밖에 없는데.
이전에 내가 내 스스로 만든 불행에 병들어 가며   765
그 땅에서 추방되기를 바랐을 때,
그대는 나에게 호의를 베풀려고 하지 않았지.
하지만 내가 분노할 만큼 하고
이제 집에 머물기를 바랐을 때
자네는 나를 몰아내 추방해 버렸다. 그대에게   770
친족 관계 따위는 조금도 소중하지 않았던 것이지.
그런데 이제 다시 이 도시나 이 도시의 온 백성이
나를 친절하게 받아들이는 것을 보고서
나를 다시 끌고 가려 하다니, 무자비한 것들을 부드럽게
말하면서.
원치 않는 호의를 베푼다면 그게 무슨 기쁨이겠는가?   775
그것은 마치 간절히 청할 때는
아무것도 주려 하지 않고 도우려 하지도 않다가
필요한 바가 마음에 흡족하게 채워지자 그제야

주겠다는 것이다. 호의가 더 이상 호의가 아닐 때 말이야.
이 즐거움이 헛된 것이 아니고 무엇이란 말이냐?   780
그대가 가져온 것이 그런 것이다.
말로는 좋지만 실제로는 악의적인 것들.
그대는 나를 데려가려고 왔지. 집으로 데려가는 대신
나를 국경 근처에 거주하게 해서, 이 땅에 의해 초래될   785
재앙으로부터 도시가 해를 입지 않게 하려고 말이지.
그런 일은 너에게 허락되지 않을 것이고, 대신 이런 일들
이 있으리라.
내 복수의 신이 그 땅에 영원토록 거주하게 되리라.
내 아들들에게는 그들이 죽어 누울 만큼의 땅만이 허락되리라.   790
그대보다 내가 테바이의 사정을 더 잘 알고 있지 않은가?
내가 더 확실한 분들, 포이보스와 그의 아버지
제우스에게서 들은 만큼 훨씬 더 잘 알지!
그대는 거짓을 말하는 입, 날카로운 혀를 가지고
여기로 왔다. 하지만 그렇게 말함으로써   795
그대는 구원이 아닌 더 큰 재앙을 얻게 되리라.
이런 말이 그댈 설득하지 못하리라는 걸 잘 안다. 가라!
우리는 여기서 살도록 내버려 둬라. 우리가 만족한다면
이렇게 살아가는 것도 나쁘지 않을 것이니.

크레온

당신의 처지와 내 처지 중   800
어떤 것이 더 불리하다고 생각하는 건가?

오이디푸스

나에게 가장 기쁜 것은, 그대가 나도
여기 가까이 있는 이들도 결코 설득하지 못한다는 것이다.

크레온

가련한 자여, 세월로도 지혜를 얻지 못했다는 것을
그대는 보여 주려는 참인가? 아니 노령에 더러움을 키우
려는 것인가?   805

오이디푸스

그대는 무서운 혀를 가졌구나. 매사에 말을 잘하면서
정의로운 사람을 나는 본 적이 없다.

크레온

많은 말을 하는 것과 적절한 말을 하는 건 별개다.

오이디푸스

짧게 말하니 적절하게 말하는군.

크레온

그대와 같은 분별력을 가진 자에게는 아니지.   810

오이디푸스

떠나라. 내가 머물러야 하는 곳에서
정박한 채 나를 감시하지도 말고.

크레온

친족들에 대해 그대가 대답한 말에 관해서는

당신이 아니라 이들을 증인으로 삼겠다. 언젠가 내가 그대

를 붙잡으면…….

오이디푸스

누가 나를 강제로 이 동맹군들로부터 붙잡는다고?　　　815

크레온

그 일이 아니더라도 그대는 고통받게 될 것이다.

오이디푸스

무슨 짓을 하겠다고 위협하는 것이냐?

크레온

네 두 딸들 중 하나[37]는 내가 막 붙잡아 보냈고,

다른 하나[38]는 곧 데려갈 것이다.

오이디푸스

아아!　　　820

크레온

너는 곧 이를 더 비탄하게 되겠지.

---

37 509행에서 자비의 여신들에게 제례를 지내기 위해 무대를 떠난 이스메네를 가리킨다.

38 안티고네.

오이디푸스

내 딸을 잡아갔다고?

크레온

이 아이도 곧.

오이디푸스

아 이방인들이여, 어떻게 할 것이오, 배반하시는 거요?
이 땅에서 저 불경한 자를 내쫓지 않을 것이오?

코로스

이방인이여, 어서 이곳에서 물러나시오. 지금 당신의
행위는 정당하지 않고, 그대가 앞서 한 짓도 그렇소.   825

크레온

(부하들에게) 이 소녀가 스스로 원해서 가지 않는다면,
너희가 억지로 끌고 가는 것이 좋겠다.

안티고네

아아, 비참하구나. 나는 어디로 도망가야 하나? 신들과
인간들에게서 무슨 도움을 받을 수 있겠는가?

코로스

이방인이여, 그대는 어떻게 하겠다는 것이요?

크레온

이 남자는 건드리지 않겠소, 대신 이 여자아이는 내 것이오.   830

오이디푸스

오 이 땅의 주인들이여!

코로스

이방인이여, 당신의 행동은 정의롭지 못하오.

크레온

정의롭소.

코로스

어떻게 정의롭다는 것이오?

크레온

내가 내 소유들을 데려가는 것이니.

애탄가 좌
오이디푸스

오오, 도시여!

코로스

이방인이여, 무슨 짓을 하는거요? 놔두시오. 당장 주먹으로 결판을 내겠소.   835

크레온

비켜라.

코로스

바로 그것이 의도라면, 그럴 수 없소.

크레온

그대가 나에게 해를 끼친다면 당신은 내 도시와 싸우게 될 거요.

오이디푸스

내가 이럴 거라고 말하지 않았소?

코로스

이 아이를 어서 놓으시오.

크레온

그대에게 권한이 없는 일에 대해 명령하지 마시오.

코로스

내 말하건대, 놔주시오.

크레온

나는 가라고 말했소.   840

코로스

이리로 나오시오, 오시오, 오시오, 주민들이여.

도시가, 우리 도시가 강세로 폭행을 당하고 있소. 날 위해
여기로 오시오.

안티고네

오 이방인들이여, 이방인들이여, 나는 불행하게도 끌려가
고 있어요.

오이디푸스

애야, 어디에 있느냐?

안티고네

강제로 끌려가고 있어요.

오이디푸스

애야, 내 손을 잡아라.

안티고네

그럴 힘이 없어요.   845

크레온

너희는 끌고 가지 못하겠는가?

오이디푸스

오 비참한 나여, 참으로 비참하구나.

크레온

그대는 결코 저 두 지팡이들에 의지해 더는
길을 가지 못할 것이오. 그대가 당신의 조국과 친구들을
이기려 하니 ― 내 비록 왕이지만 나는 그들로부터   850
이 일을 명령받아 수행하는 것이오 ―
한번 이겨 보시오. 확신컨대, 시간이 흐르면 그대는 이것
을 알게 될 것이오.
그대 자신은 지금도 전처럼 친구들을 거슬러 행동하고
언제나 그대에게 파멸을 가져다준 분노에 빠져서
올바른 일을 하지 않는다는 것을.   855

코로스

멈추시오, 이방인이여.

크레온

내가 말하건대, 손대지 마시오.

코로스

그대가 저 두 소녀를 데려갔으니 놓아 주지 않을 것이오.

크레온

그러면 그대는 곧 더 큰 대가를 이 도시에 지불하게 될 것이오.
나는 저 두 아이들에게만 권리를 주장하는 것이 아니니.

코로스

무슨 짓을 하려는 거요?   860

크레온

그자를 붙잡아 데려갈 것이오.

코로스

무서운 소리를 하시는군!

크레온

지금 당장 하겠소.
이 땅의 지배자가 나를 막지 않는다면.

오이디푸스

뻔뻔한 목소리! 네가 정녕 나에게 손을 대려느냐!

크레온

입 닥치시오!

오이디푸스

이곳의 여신들께서
이런 저주를 내뱉지 못하게 막지 마시기를.   865
이 천하에 나쁜 자여! 눈먼 나에게서 억지로
내가 의지하는 눈[39]을 빼앗아 가버리다니
그대 자신과 그대의 종족에게 신들 가운데
모든 것을 살피시는 헬리오스께서 내 노년과도 같은
그러한 삶을 내리시기를.   870

---

39 안티고네. 33~34행을 참조할 것.

크레온

이 땅의 주민들이여, 이 상황들을 보고 계시오?

오이디푸스

그들은 나도 너도 보고 있으니 알 것이다.
내가 행동으로 겪은 것을 말로 복수하고 있다는 것을.

크레온

분을 못 참겠구나. 내가 비록 혼자이고, 나이 들어
느리지만, 여기 이자를 강제로 끌고 갈 것이다.   875

애탄가 우

오이디푸스

아아, 가련하도다.

코로스

그런 짓을 하려 하다니, 이방인이여, 참으로 오만하도다.

크레온

나는 그래도 된다고 생각하오.

코로스

그렇게 되면 내 생각에 이곳은 나라가 아니오.

크레온

정의의 힘으로 작은 사람도 큰 사람을 이길 수 있소.   880

오이디푸스

이자가 말하는 것을 좀 들어 보시오.

코로스

그것을 결코 이루지 못할 것이오.
제우스께서 내 증인이 되어 주시길.

크레온

제우스신께서는 아시는데, 당신은 모르는군.

코로스

그것이 오만이 아니면 뭐요?

크레온

오만이라 해도, 당신은 가만히 있어야 하오.

코로스

아아, 온 백성이여, 아아, 이 땅의 지배자들이여
오시오, 어서 오시오. 저들이
경계를 넘으려 하니.

885

(테세우스가 등장한다.)

테세우스

이것이 대체 무슨 소란이오? 무슨 일이오? 무슨 두려움으로
그대들은 콜로노스의 수호자인 바다의 신께 제단에서

제물을 바치고 있던 나를 방해하는 것이오? 내가 전부 알
수 있도록 말해 보시오.

나는 내 발의 기쁨보다 더 빠르게 이곳으로 온 것이니.　　890

오이디푸스

친애하는 이여, 그대의 목소리를 알겠소.
나는 지금 저자에 의해 참으로 끔찍한 일을 겪었소.

테세우스

어떠한 일들인지, 그 짓을 한 자가 누구인지 말하시오.

오이디푸스

그대가 보고 있는, 저 크레온이 내 딸들,
내 유일한 자식 둘을 빼앗아 갔소.　　895

테세우스

무슨 말씀이오?

오이디푸스

그대가 들은 대로, 그런 일들을 겪었소.

테세우스

그렇다면 시종 중 누가 가능한 한 빨리
저기 저 제단들로 가서 모든 백성들에게 명하도록 하라.
제사를 멈추고 말을 타든 말 없이든
전속력으로 서둘러 두 갈래 길이 하나로　　900

만나는 곳으로 달려가도록 하라.
두 소녀는 놓치고 나는 폭력에 졌다고
저 이방인에게 웃음거리가 되어 버리지 않도록.
명령을 내렸으니, 어서들 가시오. 내가 이자에 대해서
분노한다면 — 그는 분노의 대상이 될 만하오 —   905
그는 내 손으로부터 온전히 풀려나지 못할 것이오.
하지만 지금은 그가 자신의 법을 가지고 왔으니
다른 것이 아닌 바로 그 법에 의해 시정될 것이오.
그대는 두 소녀를 데려와 내 눈앞에 보여 주기 전까지는
이 땅에서 결코 떠나지 못할 것이오.   910
그대는 나뿐만 아니라 그대 자신의 가문과
당신의 나라에까지 수치스러운 짓을 했으니.
그대는 정의를 실현하며 법 없이는 그 무엇도
실행하지 않는 도시에 들어왔건만, 이 나라의
권위를 무시하고 이렇게 쳐들어와서는   915
그대가 원하는 것을 가져가고 강제로 잡아갔소.
나의 도시에 남자는 없이 노예만 살고
내가 아무것도 아니라고 여기는 게지.
하지만 당신을 악한 자로 교육한 것은 테바이가 아니오.
그들은 불의한 인간들을 기르길 좋아하지 않으며,   920
당신이 나와 신들의 것을 빼앗고
강제로 저 불운한 탄원자를 끌고 갔다는 것을
듣게 되면 그들은 당신을 칭찬하지 않을 것이오.
만약 내가 그대 땅에 발을 들여놓았다면,
설사 모든 일에 정당한 사유를 지녔다 하더라도   925
그 땅을 다스리는 자의 허락 없이는 누구도 끌고 가거나

잡아가지 않을 것이오. 오히려 내가 이방인으로서
시민들 곁에서 어떻게 처신해야 할지 잘 알았을 것이오.
하지만 그대는 합당하지 않게 스스로 자신의 도시를
부끄럽게 하고 있으며, 가는 세월은 당신을 노인으로   930
만들며 분별을 잃도록 만들고 있소.
앞서도 말했고 지금도 말하겠소.
그대가 자신의 의지와 상관없이 억지로
이 땅의 거류민이 되고 싶지 않다면
그 아이들을 가능한 한 빨리 이곳으로 데려오시오.   935
이것들을 그대에게 진심으로, 내 입으로 말하는 바요.

코로스

이방인이여, 그대가 어떤 처지가 됐는지 보고 있는가? 당
신의 출신을 보면
정의로워 보이지만, 나쁜 짓을 하다가 발각되었소.

크레온

오 아이게우스의 아들이여, 나는 이 도시가 남자 없는
도시라고 말한 것도, 그대가 말한 대로 생각이 없어서   940
이런 일을 행한 것도 아니오.
그저 이들에게 내 의지에 반할 정도로 내 친척에 대한
열의가 있으리라고 생각지 않았던 것이오.
그 남자가 아버지를 죽인 불경한 자이기에,
그대들이 받아 주지 않을 것으로 봤소.   945
그리고 가장 부정한 결혼이 있었다는 것이 드러났기에
도시 안에 이런 방랑자들과 함께

사는 것을 허용하지 않는 것이
아레스의 바위[40]가 보여 주는 분별이라고 생각했소.
이에 대한 믿음을 갖고 이 사냥에 나서려던 것이오.   950
그가 나와 내 집안에 저 가혹한 저주를 퍼붓지 않았다면
이렇게까지 하지는 않았을 것이오.
그렇게 당했으니 되갚아 줄 만하다고 여겼소.
분노는 죽기 전까지 노쇠하지 않소.
고통은 죽는 자만은 건드릴 수 없으니 말이오.   955
그래도 원하는 대로 하시오.
내가 말한 바가 옳다 하더라도 나는 혼자이고
별 힘이 없으니. 그대의 행위에 대해서는
내가 비록 늙었지만 맞서 행동할 참이오.

오이디푸스

이 수치를 모르는 오만함이여! 그따위 말이 어느
노인을 더 모욕하고 있다고 여기는가? 나인가, 너인가?   960
너는 살인이니 결혼이니 재앙이니 하는 말들을
네 입으로 지껄이고 있지만, 그것들은 내가 불운하게도
본의 아니게 겪은 것이다. 내 집안을 아마도 오래전부터
미워하셨을 신들에게 그것이 즐거움이었으니 말이다.   965
나 자신에 있어서는 너는 내 과오에 대한 어떤 비난거리도
발견할 수 없을 것이다. 그 일에 대한 대가로
나 자신과 내 사람들에게 과오를 저질렀지만 말이다.

---

40 아크로폴리스 북서쪽에 위치한 언덕, 아레이오스 파고스를 가리킨다. 아레
이오스 파고스는 중범죄를 다루는 재판이 열리는 장소이자 기원전 5세기 이전에
아테나이의 실권을 차지했던 귀족들의 회의 장소이기도 했다.

말해 보라. 아버지에게 신의 말씀이 신탁으로 내려와
아이를 죽여야 한다고 말씀하셨다면, 나를 비난하는 게 970
과연 정당하겠는가? 아버지가 아직 나를 낳지도,
어머니가 나를 잉태하지도 않아서 내가 아직 태어나지도
않았는데도?

게다가 내가 실제로 그렇듯이 비참한 자로 태어나
누구에 대해 무엇을 행했는지 알지도 못하는 채
아버지와 싸우다가 그를 죽였다면, 975
이 본의 아닌 행위를 비난하는 것이 어찌 마땅하겠는가?

형편없는 자여, 내 어머니와의 결혼에 대해서도 부끄럽지
않은가?

너와 한 핏줄인 누이의 결혼에 대해 말하도록 나에게 강요
하다니.

그것이 어떤 것인지 말하도록 하지. 침묵하지 않겠다. 980
네가 불경한 입을 놀려 여기까지 이르렀으니.

그녀가 나를 낳았다. 그래, 나를 낳았지. 아아, 불행하여라.
나도 그녀도 몰랐다. 그녀는 날 낳고도
나에게서 그녀 자신의 치욕이 된 자식들을 낳았던 것이다.

그러나 이 한 가지만은 잘 안다. 네가 네 뜻으로 985
나를 그리고 그녀를 이런 것들로 비방하고 있다는 사실을.

나는 그녀와 본의 아니게 결혼했고, 이런 말도 본의 아니
게 하고 있다.

그러니 저 결혼에서도, 네가 계속해서 심한 욕설로
날 비난하는 아버지 살해에 대해서도
나는 악한 자라고 고발당하지 않을 것이다. 990
네게 묻겠다. 이 한 가지에 대해서만이라도 대답해 보라.

만일 여기 있는 어떤 이가 다가와서
잘못 없는 너를 죽이려 한다면,
그가 아버지인지 묻겠는가 아니면 즉시 반격하겠는가?
내 생각에 만일 살고 싶다면 너는 범인에게 반격하고   995
정당함을 두루 살피지 않을 것이다.
나는 그러한 잘못에 빠졌던 것이다.
신들에게 이끌려서. 그러니 내 생각에 아버지의 혼백이
살아 돌아온다 해도 나에게 반대하지는 않으실 것이다.
그런데 너는 정의롭지도 않으면서, 이 말 저 말 온갖 말을
하는 것을 좋은 것이라 여기며   1000
이분들 앞에서 나를 이렇게 비난하는구나.
네가 테세우스의 이름에 아첨하고 싶어서
아테나이가 잘 다스려지고 있다며 여러 가지를
찬양하지만, 네가 눈치채지 못한 것이 하나 있다.   1005
만일 어떤 나라가 신들을 적절한 제의로 공경할 줄 안다면
이 나라는 바로 그 점에서 우월한 것인데,
바로 이 나라에서 너는 탄원자이며 노인인 나를
빼돌리려 하고 심지어 내 두 딸까지 빼앗아 간 것이다.   1010
그래서 나는 지금 저기 계신 저 여신들을 부르고
탄원하며 기도드리고 있는 것이다. 나를 돕는 자로, 내 동
맹자로 와달라고 청하면서 말이다.
이 도시가 어떤 이들에 의해 지켜지고 있는지 너도 알게
될 것이다.

코로스

왕이여, 이 이방인은 훌륭한 자입니다. 그의 불운들은

참담하지만, 보호받을 만합니다.

테세우스

그 말들로 충분하오. 일을 저지른 자들은
서둘러 가는데, 일을 당한 우리는 여기 서 있으니 말이오.

크레온

대체 이 힘 없는 사람에게 무엇을 하라고 명하는 거요?

테세우스

그곳으로 가는 길을 인도하시오. 내가 그대를
호송해 가겠소. 만일 그 장소들에 그 아이들을   1020
데리고 있으면 우리를 위해 당신이 직접 나에게 보여 줄
수 있도록.
    만일 납치한 자들이 도망하고 있다면 그럴 필요 없소.
다른 이들이 서둘러 쫓아가고 있고 그들은 결코
이 땅에서 도망했다고 신들께 감사하지 못할 테니 말이오.
그러니 앞장서시오. 또 알아 두시오. 잡는 자가 잡히고,   1025
운명이 사냥하는 그대를 붙잡을 것이오. 불의한
속임수로 얻은 재물은 지켜 내지 못하는 법이오.
그대는 그런 일에 다른 조력자를 구하지도 못할 것이오.
나는 그대가 홀로 무장도 갖추지 않았다면 지금 같은
오만한 짓을 감히 하지 못했으리라는 것을 알고 있소.   1030
그대가 지금 이런 짓을 한 것은 누군가를 믿기 때문일 테지.
그 점에 유의해서 내가 이 도시를
한 인간보다 더 약하게 만들어서는 안 될 것이오.

이해하겠소? 아니면 그대가 이런 계략을 꾸몄을 때
내가 했던 말처럼 지금도 헛된 것으로 여겨지오?   1035

크레온

여기서 나에게 무슨 말을 한다 해도 당신이 비난받을 것은
없소.
하지만 집에서는 우리도 무엇을 해야 할지 알게 될 테지.

테세우스

위협을 하더라도 일단은 가시오. 오이디푸스여, 그대는
우리를 믿고서 이곳에서 편히 기다리시오.
내가 먼저 죽지 않는 한, 당신의 두 딸을 당신 앞에
세울 때까지 나는 결코 멈추지 않을 것이오.   1040

오이디푸스

테세우스여, 당신의 고매함과 우리를 향한
정의로운 배려로 복 받으시기를.

(테세우스와 시종들이 크레온을 데리고 퇴장한다.)

코로스 좌 1[41]

나 그곳에 있기를
적군들이 뒤돌아서서   1045
청동 소리 요란한 아레스와

41 제2정립가.

섞이는 곳에.
피토의 해안[42]이든
불빛 가득한 해안가[43]든,
여신들[44]이 엄숙한 제의를 인간들을 위해   1050
행하시는 곳, 사제들인 에우몰포스의 자손들[45]이
황금 자물쇠를 인간들의 입에 채우시는 곳.[46]
그곳에서 전쟁을 일으키시는
테세우스께서 결혼하지 않은
이 한 쌍의 자매를 만나게 되리라 생각하오.   1055
충분한 함성과 함께
이 영토 내에서.

코로스 우 1

아니면 그자들은
눈 덮인 바위[47] 서쪽의   1060
오이아[48]의 초원으로 향하고 있겠지.

42 엘레우시스만에 위치했던 아폴론의 신전을 가리킨다.

43 앞 행에서 언급된 아폴론 신전 바로 북쪽에 위치했던 해안을 가리킨다. 야간
에 횃불을 들고 아테나이로부터 엘레우시스까지 이동하는 것은 매년 열렸던 엘레
우시스 비의의 중요한 일부였다.

44 데메테르와 페르세포네. 엘레우시스 비의는 이들의 재회를 기리기 위한 것
이었다.

45 엘레우시스 비의에서 의식을 관장했던 것은 에우몰포스와 그의 자손들이
었다.

46 엘레우시스 비의가 시작되기 전에 참가자들은 비밀을 엄수하겠다는 맹세를
해야 했다.

47 아이갈레오스산을 가리키는 것으로 추정된다.

48 아티케 지방의 구dēmos중 하나로 아이갈레오스산 서쪽, 엘레우시스와 콜로

말을 타고서든 전차를 타고서든
경주하듯 도망가며.
그는 잡힐 것이다.
이웃의 아레스는 무섭고   1065
테세우스의 기세도 무서우니.
모든 고삐가 번쩍이며
모든 기사들이 고삐를 늦춰
재촉하고 있으니, 그들은 말의 신   1070
아테나를, 그리고 대지를 움직이는
레아의 소중한 아들
바다의 신을 경배한다네.

코로스 좌 2

그들은 싸우고 있을까, 싸우려 하고 있을까?
끔찍한 일을 겪은,   1075
친척들에 의해 끔찍한 일을 겪은
두 소녀를 만나게 될 듯한
예감이 드는구나.
이날에 제우스께서 이루시리라, 이루시리라.
나는 이 전쟁의 승리를 예언하노라.   1080
돌풍처럼 빠르게 날아오르는 비둘기처럼
저 하늘의 구름 위로 올라
이 전투를 내 눈으로 볼 수 있다면!

노스 사이에 위치하고 있었다.

코로스 우 2

아아, 신들의 통치자,   1085
만물을 보시는 제우스시여,
이 땅을 보호하는 자들에게
허락해 주시기를, 승리의 힘으로 매복하여
사냥에서 이기시기를.
당신의 딸 존귀한 아테나도 그렇게 해주시기를.   1090
사냥꾼 아폴론도.
빠른 걸음의 얼룩무늬 사슴들을 쫓으시는
그의 누이[49]도 이중의 도움으로
이 땅과 시민들에게 찾아와 주소서.
오 이방인이여. 그대는 당신을 지키는 자를   1095
거짓 예언자라 말하지 못할 것이오. 저 두 소녀가
호위를 받으며 지금 여기로 가까이 다가오는 게 보이니.

오이디푸스

어디, 어디? 무슨 말이오? 뭐라고 했소?

(안티고네와 이스메네가 테세우스와 함께 등장한다.)

안티고네

오 아버지, 아버지,
 어떤 신이 아버지에게 이렇게 훌륭한 분을 보도록 해주실
수 있을까요?   1100

49 아르테미스

우리를 이곳 그대 앞에 데리고 와주신 분을.

오이디푸스

오 내 아이들아, 너희가 정말 와 있는 것이냐?

안티고네

테세우스와 여기 그의 하인들의 팔이 우리를 구해 주었어요.

오이디푸스

애들아, 네 아비에게 가까이 와라, 다시 돌아오리라
기대하지 못했던 너희들을 안아 보게 해다오.   1105

안티고네

바라시는 대로 될 거예요, 우리가 바라니까요.

오이디푸스

어디에, 너희 둘은 어디에 있느냐?

안티고네

우리 둘 다 다가왔어요.

오이디푸스

내 소중한 아이들.

안티고네

부모에게 자식은 모두 소중하죠.

오이디푸스

오 이 인간의 지팡이들.

안티고네

불행한 자의 불행한 것.

오이디푸스

나는 가장 소중한 것들을 가졌다. 죽을 때 너희 둘이   1110
내 곁에 있기만 하다면, 나는 결코 비참하지 않을 것이다.
얘들아, 내 곁에 몸을 기대 양팔로
네 아비에게 꼭 안겨라. 그리고 쉬도록 해라,
이전의 외롭고 비참했던 방랑에서.
그리고 되도록 간단히 겪은 일을 나에게 말해 다오.   1115
너희 나이에는 짧은 말이면 충분하니까.

안티고네

이분이 우리를 구해 주셨어요. 아버지, 그분에게 물으셔야
해요.
그 일은 그분이 하신 일이니까요. 제 말은 그래서 짧아질
거예요.

오이디푸스

이방인이여, 예상치 못하게 나타난 아이들에게 내가
끈질기게 말을 늘린 것에 놀라지 마시오.   1120
그 아이들과 관련한 내 기쁨이 그대로 인해서이고
결코 다른 이로 인해서가 아님을 나는 알고 있소.

인간들 중 다른 사람이 아닌 그대가 그들을 구했소.
신들이 그대에게 내가 바라는 대로 베푸시기를.
당신 자신을 위해서도 당신 나라를 위해서도.   1125
인간들 중 당신들에게서만 경건함과
관대함과 거짓 없는 말을 발견했소.
내가 가진 것들은 다른 사람이 아닌 당신 덕이오.
왕이여, 나에게 오른손을 내밀어 주시오, 내가
그대의 손을 만질 수 있도록. 법도에 맞는다면 당신의 얼
굴에 입 맞추겠소.   1130
내가 무슨 말을 하는 것인가? 나같이 비참하게 태어난 자가
어떤 죄의 흠도 없는 그대 같은 사람이 날 만지기를
어떻게 바랄 수 있겠소. 나야말로 그대를 만져서도 안 되고,
그리 허락할 수도 없소. 이런 일을 겪어 본 이들과만   1135
그러한 일을 함께 나눌 수 있기 때문이오.
그러니 그대는 그곳에 서서 내 인사를 받으시고 내 나머지
일들도 정의롭게 살펴보시오, 이날까지 그래 오신 것처럼.

테세우스

말이 다소 길어졌다 해도
이 딸들이 반가워서 내 말보다 그들의 말에   1140
더 귀를 기울이셨다 해도 놀랍지 않소.
그런 일들로 인해 우리 마음이 무거워지지는 않으니.
나는 행동보다 말로써 내 삶을 빛나게 만들고자
애쓰지 않소. 보여 주겠소.
내가 그대에게 맹세했던 바에 대해 나는 거짓을 말하지 않
았소, 노인장.   1145

208

납치당했다던 이 아이들을 위협하는 말들로부터 내가
직접 전쟁에 뛰어들어 무사히 산 채로 데려 왔으니 말이오.
어떻게 싸움에서 이겼는지 공연히 말할 필요가 무엇이겠소?
그대 자신이 이 소녀들과 함께 이야기하며 알게 될 텐데.
이곳으로 오는 나에게 방금 전해진 말이 있으니,   1150
그대의 지혜를 더해 주시오.
이야기하기에 사소하지만 놀랄 만한 일이기도 하오.
그리고 인간은 어떤 일도 사소히 여기면 안 되는 법이니.

오이디푸스

무엇이오, 아이게우스의 아들이여, 나에게 알려 주시오.
당신이 묻는 바에 대해서 나는 전혀 알지 못하겠소.   1155

테세우스

사람들 말에 따르면, 그대의 도시에 속한 시민은 아니나
같은 종족인 사람이 어떤 이유에서인지
내가 출발할 때 제사를 지냈던 바로
그 포세이돈의 제단에 엎드려 탄원하고 있었다고 하오.

오이디푸스

어디서 온 사람이었소? 거기 앉아서 청하고 있던 바가 무
엇이오?   1160

테세우스

한 가지밖에 모르겠소. 그들이 나에게 말하기를,
당신과 중요하지 않은 짧은 이야기를 나누고 싶다고 하오.

오이디푸스

어떤 말을? 그곳은 중요하지 않은 말의 자리가 아니오.

테세우스

그는 단지 당신과 대화를 하고
안전하게 다시 길을 떠나기를 청한다고 하오.   1165

오이디푸스

대체 그 탄원자가 누구란 말이오?

테세우스

아르고스에 당신과 친한 자가 누가 있는지 생각해 보시오.
당신에게 그러한 것을 청할 수 있는 사람이.

오이디푸스

오 친애하는 이여, 그만하시오.

테세우스

아니 왜 그러시오?

오이디푸스

나에게 묻지 마시오.

테세우스

무슨 일이오? 말해 주시오.   1170

오이디푸스

들어 보니 그 탄원자가 누구인지 알겠소.

테세우스

그가 대체 누구요? 내가 어떻게든 비난해야 할 사람이?

오이디푸스

내 아들이오. 왕이여, 내가 증오하는 놈. 나는 그의 말을
듣는 것이 누구의 말보다도 견디기 고통스럽소.

테세우스

아니, 왜? 듣지 않고 원치 않는 일은 하지 않으면   1175
되지 않소? 왜 그것을 듣기조차 고통스러워하오?

오이디푸스

왕이여, 그의 목소리는 아비에게 가장 가증스러운 것이 되
었으니
나에게 양보하라고 강요하지 마시오.

테세우스

그의 탄원이 당신에게 강요하고 있는 건 아닌지 생각해 보
시오.
그대는 신에 대한 공경으로 판단해야 할 것이오.   1180

안티고네

아버지, 제 말을 들어주세요. 제가 비록 나이는 어리지만.

여기 계신 이분이 자신의 마음에 호의를 가져다주시도록,
그리고 그가 원하는 바를 신께 기도드리도록 해주세요.
우리 둘을 위해 오빠가 오는 것을 허락해 주세요.   1185
걱정 마세요. 오빠는 아버지에게 유익하지 않은 말을 해
억지로 아버지가 생각을 바꾸도록 하지는 못할 거예요.
말하는 것을 듣는 것이 무슨 해가 되겠어요?
그가 악하게 꾸민 행동은 말로써 드러날 거예요.
아버지가 그를 낳으셨잖아요. 오빠가 아버지께   1190
가장 불경한 일들을 했다 하더라도, 아버지,
그가 한 악한 짓을 되갚아 주는 것은 합당하지 않아요.
그러니 허락해 주세요. 다른 이들에게도 악한 자식들이 있고
사나운 기질이 있지만, 친구들이 충고해 주면
그들의 본성이 매혹되지요.   1195
아버지 지금이 아니라 이전을 생각해 보세요.
아버지와 어머니의 재앙으로 겪었던 고통들을 말이에요.
그 일을 생각하면, 그 악한 분노의 끝이
얼마나 악한 것으로 드러나는지 저는 알아요.
아버지도 이 문제들을 깊이 생각해 보실 이유가 있어요.   1200
두 눈을 잃어 보지 못하시니 말이에요.
우리에게 양보하세요. 너무 오래 정당한 것을 요구하며 고
집 피우는 것은
아름답지 않아요, 선의를 입고도 보답하지 않는 것도요.

오이디푸스

애야, 너희가 말로 이겼다. 너희는 기쁘겠지만 나는 마음
이 무겁구나.

너희에게 좋을 대로 하도록 해라.   1205
이방인이여, 다만 그가 이곳에 오면
아무도 내 목숨을 지배하지 못하게 해주시오.

테세우스

그러한 말은 한 번으로 됐소. 두 번은 들을 필요 없소.
오 노인장, 자랑하자는 것은 아니지만 그대는 안전하오.
만일 신이 나를 안전하게 지켜 주시기만 한다면.   1210

코로스[50] **좌**

그 누구든 적당한 몫에
만족하지 않고 더 긴 몫을
살기를 바라는 자는 자신의 어리석음을
지키는 것임이 분명해 보이는구나.   1215
긴 세월은 고통에 가까운
많은 것들을 쌓고,
어떤 이가 적당한 기간을 넘어 살게 되면,
어디서도 기쁨을 찾을 수 없으리니,
하데스의 운명이 축혼가 없이,   1220
리라 없이, 춤도 없이 찾아올 때면
모두에게 공평한 조력자
죽음이 마침내 찾아오나니.

50 제3정립가.

코로스 우

태어나지 않는 것이 모든 계산을
다 이긴다네. 그러나 이미 태어났다면,   1225
가능한 한 빨리 그가 왔던 곳으로
다시 되돌아가는 것이
다음으로 좋은 일이라네.
가볍고 어리석은 젊음이
지나가고 나면,   1230
일격을 맞고 크게 고통받지 않을 자
그 누구겠는가? 노고 속에 없는 자 그 누구겠는가?
살인, 분쟁, 불화, 전투, 시기,
그리고 마지막으로 노년이,
가장 비난받고 힘없고 어울리지 못하는   1235
불행 중의 불행과 함께 사는 그것이
그의 몫으로 더해진다네.

종가

나만이 아니라, 이 불쌍한 이가 노년에
사방에서 매 맞고 있으니,   1240
마치 북풍을 마주한 곳이
겨울 파도에 괴롭힘을 당하듯,
그렇게 재앙들이 계속해서 이 사람을
부서지는 무서운 파도처럼 괴롭히며 찾아온다네.
태양이 지는 곳에서,   1245
해가 뜨는 곳에서,
정오의 햇살이 있는 곳에서,

어둠에 싸인 리파이산들[51]로부터.

안티고네

저기, 저 사람이, 그 이방인이 우리에게 오는 것 같아요.
사람들도 없이, 아버지, 눈에서   1250
눈물을 쏟으면서 이곳으로 걸어오고 있어요.

오이디푸스

그가 누구냐?

안티고네

우리가 오래전부터 생각으로 붙잡고 있던
그 사람, 폴리네이케스 오빠가 이곳으로 왔어요.

(폴리네이케스가 등장한다.)

폴리네이케스

오오, 나는 무엇을 해야 하나? 먼저 내 불행들을 위해
눈물을 흘릴까, 내 동생들아, 아니면 여기 노인이 되신
아버지의 불행을 보며 울까? 보아하니 아버지는 이방 땅
에 너희와 함께   1255
이곳에 내던져져 이런 복장을 하고서 계시는구나.
그 옷의 저 혐오스러운 오랜 더러움이 세월과 함께

51 대지의 최북단에 위치하고 있다고 전해지는 신화적인 산들. 리파이rhipai는
〈질풍들〉을 의미한다.

옆구리를 상하게 하며 붙어 있고, 눈을 빼앗긴

머리에선 헝클어진 머리카락만이 바람에 날리는구나.   1260

그런 비참한 배를 채우려 들고 있는

양식도 이것들과 어울리는 것 같구나.

완전히 파멸한 저는 이 모든 것을 너무 늦게 깨달았습니다.

아버지를 모시지 않은 저는 천하에 나쁜 놈이라고   1265

인정할 수밖에 없군요. 다른 이들 말고 제 말을 들어 주세요.

연민의 신께서는 모든 일들을 제우스와 왕좌에 함께 나누

시니

아버지, 그대 곁에도 그분이 서게 해주십시오.

과오는 시정할 수 있고,

더 나빠지는 것은 가능하지 않습니다.   1270

왜 침묵하십니까?

오 아버지, 뭐라도 말씀해 보세요. 저를 외면하지 마세요.

제게 대답하지도 않고 말없이 저를 경멸하여

내치시며, 왜 분노하고 계신지 알려 주지 않으실 겁니까?

여기 이분의 딸들이여, 내 누이들이여,   1275

완고하고 꿈쩍하지 않는 아버지의 저 입을 움직이도록

너희가 좀 애써 다오.

신의 도움을 구하며 서 있는 나를 불명예스럽게

이렇게 말 한마디 없이 내쫓으시지 않도록 말이다.

안티고네

아 가여운 오빠, 무슨 일로 왔는지 직접 말씀드리세요.   1280

많은 말을 하다 보면 즐거움을 주든,

불쾌하게 하든, 혹은 연민을 일으키든,

말 없는 사람에게도 무언가를 말하게 하니.

폴리네이케스

그러면 다 얘기하지. 너는 나에게 좋은 조언을 했구나.
먼저 그 신을 내 조력으로 삼으며 말하겠다.   1285
그분의 제단에서 이 땅의 왕이 나를 일으켜 세워
내가 이곳에 와서 말하고 들을 수 있도록 해주시고
거기에 안전한 귀향까지 허락해 주셨지.
이방인들이여, 당신들과 내 누이들, 내 아버지에게도
그러한 것들이 내게 허락되기를.   1290
아버지, 제가 이곳에 온 이유를 이제 말씀드리고자 합니다.
저는 조국 땅으로부터 쫓겨나 추방자가 되었는데
장자로 태어난 제가 아버지의 왕좌에 앉아 당신의
전권을 행사하는 것이 마땅하다고 여겼기 때문입니다.
그런데 에테오클레스가 차남인 주제에   1295
저를 그 땅에서 추방해 버린 것입니다. 논쟁으로
저를 이기지도 않고 힘과 행동으로 겨뤄 보지도 않고
단지 도시를 설득해서요. 저는 이 문제에 대해 무엇보다
당신의 복수의 여신들이 원인이라고 말하겠습니다.
나중에 예언자들에게서 그 말을 들었습니다.   1300
그래서 저는 도리아족의 아르고스로 가서
아드라스토스[52]를 장인으로 삼았고 아피아 땅[53]에서
제일인자라 불리는 자들과 창으로 존경받았던 이들을

52 아르고스의 왕.
53 펠로폰네소스반도.

저 자신과 맹세로 묶었습니다.

그래서 테바이를 공격할 일곱 창병들을   1305
한데 모아서 정의롭게 죽거나,

저를 추방한 자들을 그 땅에서 몰아내려 합니다.

자, 그러면 저는 대체 여기 왜 온 것일까요?

아버지, 저는 아버지에게 탄원하려고

저와 제 동맹들의 간청을 가지고 왔습니다.   1310

그들은 지금 일곱 창수가 이끄는 일곱 부대와 함께

테바이 평원을 완전히 포위하고 있습니다.[54]

그런 자 중에는 날랜 창의 암피아라오스가 있는데 창술에
서 으뜸일 뿐만 아니라

새를 보고 점치는 데에도 으뜸입니다.

두 번째 장수는 아이톨리아 사람 오이네우스의 아들인 티
데우스이고,   1315

세 번째는 아르게이오스의 아들인 에테오클로스,

네 번째는 히포메돈인데, 그는 아버지 탈라오스의

명으로 참전하게 되었습니다. 다섯 번째, 카파네우스는 테
바이 도시를 불로 태워

완전히 초토화하겠다고 장담한 자입니다.[55]

54 테바이를 공격한 일곱 장수들은 문헌마다 다르게 나오지만, 일반적으로는
폴리네이케스, 사제인 암피아라오스Amphiaraos, 티데우스Tydeus, 에테오클로스
Eteoklos, 히포메돈Hippomedon, 카파네우스Kapaneus, 파르테노파이오스
Parthenopaios를 가리킨다.

55 테바이의 일곱 영웅 중 한 명인 카파네우스이다. 그는 테바이를 불태우고, 제
우스조차 자신을 막을 수 없을 거라 외치며 오만함을 보이다가 성벽 꼭대기에 도달
했을 때 제우스의 벼락에 맞아 죽었다.

여섯 번째로, 아르카디아 출신 파르테노파이오스[56]가 진격
하고 있는데   1320

그는 아탈란테의 든든한 아들로, 그녀가 오랫동안 결혼하
지 않았다가

그를 낳았기에 그렇게 불립니다.

그리고 당신의 아들인 제가, 당신의 아들이 아니라면,

악한 운명이 낳아 당신의 아들로 불리는 제가

두려움 모르는 아르고스 군대를 테바이로 이끌고 있습니다.   1325

아버지, 이곳에 있는 자식들과 아버지의 목숨을 걸고

우리 모두 당신께 간청하며 탄원합니다.

저를 추방한 조국을 빼앗은 그를 응징하려

가는 길이니, 저를 위해 깊은 분노를 풀어 주세요.   1330

만일 신탁을 조금이라도 믿을 수 있다면,

아버지께서 편드시는 쪽이 전쟁에서 승리한다고 합니다.

그래서 저는 우리 종족의 샘들과 신들의 이름으로

아버지께서 제 말을 믿고 양해해 주시기를 간청합니다.

우린 거지 신세에 이방인이고 아버지도 이방인이잖아요.   1335

아버지도 저도 다른 이들에게 아첨하면서 살고 있습니다.

같은 운명을 나눠 갖고서 말이죠.

반면 그는 집에서 왕이 되어, 아 비참한 나여,

우리 두 사람 모두를 비웃으며 우쭐대고 있습니다.

56 아탈란테와 멜라니온의 아들. 탁월한 사냥꾼이자 달리기에 능했던 아탈란테
는 자신과 달리기 경주를 해서 이기는 사람과 결혼하겠노라고 선언한다. 모든 구혼
자들이 실패했지만 멜라니온이 경주 도중 황금 사과를 떨어뜨려 아탈란테의 주의
를 흐트러뜨림으로써 마침내 경주에 이기게 된다. 〈파르테노파이오스〉라는 이름은
아탈란테가 경주에 지기까지 처녀parthenos였다는 사실에서 유래한 것이다.

만일 아버지께서 제 계획에 함께해주신다면,   1340
그를 적은 수고로 신속히 파멸시킬 겁니다.
그러고는 그를 강제로 끌어낸 다음, 아버시를
아버지의 집에 모셔 가 앉히고 저 자신도 앉을 겁니다.
아버지께서 저와 함께하기를 원한다면, 이것들이
저에게 자랑거리가 될 것입니다. 하지만 아버지 없이는 구
원받을 힘이 없습니다.   1345

코로스

오이디푸스여, 이 사람들을 보내신 분을 봐서라도,
이익이 될 만한 무슨 말이든 한 뒤에 그를 돌려보내시오.

오이디푸스

이 땅의 수호자들이여,
만일 내가 그의 말을 듣는 게 정당하다 여겨
테세우스가 그를 여기로 보내는 일이 없었다면,   1350
그는 결코 내 음성을 듣지 못했을 것이오.
이제 그가 내 말을 듣는 것이 가치 있다 여기니,
나에게서 결코 인생에 즐거움이 될 말을 듣지 못할 것이오.
이 악한 놈아, 넌 지금은 네 동생이 테바이에서 쥔
왕홀과 왕권을 네가 쥐고 있을 때에는   1355
네 아비인 나를 스스로 쫓아내
나라 없는 자로 만들었고, 이런 옷을 입게 만들었다.
그런데 나와 같은 비참한 고난 속에 빠지니 이제야
이 옷을 보면서 눈물을 흘리는구나.
슬퍼할 필요 없다. 내가 살아 있는 동안은 너를

살인자로 기억하면서 내가 감내해야 할 것이다.   1360
네가 나를 이런 고생 속에 살게 만들었고
네가 나를 추방했고 너로 인해 떠돌아다니며
다른 이들에게 일용할 양식을 구걸하고 있으니 말이다.
만일 나를 돌보는 이 딸들이 태어나지 않았더라면   1365
나는 네 도움 정도로는 살 수 없었을 것이다.
지금 이 아이들이 나를 지키고, 이들이 나를 먹인다.
이 아이들은 함께 고생할 때 여자가 아닌 남자이고
너희 둘[57]은 다른 이의 아들이지 내 자식이라 할 수 없다.
그리하여 어느 신이 널 노려보는 게다. 아직은 아니어도   1370
당장 군대가 테바이시로 이동하면.
너는 그 도시를 그렇게 파괴하지 못할 것이며
그 전에 네가 피로 오염되어 쓰러질 것이다.
그건 네 아우도 마찬가지다.
그러한 저주를 아까도 너희들 때문에 한 바 있으나   1375
지금도 저주의 말들로 내 동맹들을 불러오겠다.
낳은 자를 공경하는 법을 가치 있게 여기고
너희 같은 자식들을 낳은 아버지가 눈이 멀었다고 하여
무시하지 못하도록. 이 딸들은 그런 짓을 하지 않았다.
그래서 네 탄원의 자리와 왕좌를 이 저주가   1380
제압하는 것이다. 오랜 명성을 지닌 정의의 여신께서
여전히 제우스 곁에 앉아 계시다면, 그리고 옛 법이 유효
하다면 말이다.

57 오이디푸스는 마치 두 아들이 앞에 있는 것처럼, 단수 이인칭이 아닌 양수
dual 이인칭 대명사를 사용하고 있다.

꺼져 버려라. 침 뱉어 마땅한 자, 나는 너의 아비가 아니다.
악인 가운데서 가장 악한 자여, 내가 네게 퍼붓는
이 저주를 붙들고 친족의 땅을   1385
창으로 이기지 못할 것이며 아르고스 늘판으로
귀향하지도 못할 것이다. 너는 친족의 손에 죽고
너를 내쫓은 자를 죽이게 되리라.
이렇게 나는 널 저주한다. 아버지 타르타로스[58]의
저 무서운 어둠을 불러 너를 다른 곳으로 데려가도록   1390
또한 이곳에 계신 여신들을 부르리라, 너희 둘 사이에
끔찍한 증오를 불러일으킨 저 아레스도.
이 모든 것들을 들었으니 가거라, 가서 큰 소리로 전해라.
온 카드메이아 자손들과 네 믿음직한 동료들에게.
오이디푸스가 제 아들들에게   1395
이러한 일들을 명예의 선물로 주었노라고.

코로스

폴리네이케스여, 그대가 걸어온 여정을
내 지지하지는 못하겠으니, 이제 어서 돌아가시오.

폴리네이케스

아아, 내 헛되이 지나온 길들이여,
아아, 내 동료들이여. 아르고스에서 출발한   1400
그 길의 끝은 무엇인가, 오 불행한 나여.

---

58 타르타로스는 저승의 가장 깊은 곳에 위치한 공간을 가리키는 것으로 여기
서는 의인화되어 표현되고 있다.

그 어떤 동료에게도 말할 수도
되돌아갈 수도 없이
오직 말없이 운명에 따를 수밖에 없구나.
오 여기 계신 아버지의 자식들인 내 누이들이여,   1405
너희는 아버지의 이 가혹한 저주들을 들었으니
너희 신들의 이름으로 청한다. 만일 아버지의 기도들이
성취되고 너희가 집으로 돌아가면 부디 나를 수치스럽게
두지 말고 무덤에 매장하고 장례를 치러 다오.   1410
너희가 여기 이 아버지를 위해 수고함으로써
지금 얻은 칭찬에다, 나를 위해 애써 주는 일이
그에 못지않은 다른 큰 것을 가져다주리니.

안티고네

폴리네이케스 오빠, 나를 위해서도 무언가를 들어달라고
청할게요.

폴리네이케스

내 사랑하는 동생 안티고네야, 그게 뭔지 말해 봐.   1415

안티고네

가능한 한 빨리 아르고스로 군대를 되돌리고
오빠 자신과 도시를 파괴하지 말아요.

폴리네이케스

아니, 그럴 수는 없다. 일단 한번 두려움에 도망하면
내가 어떻게 같은 군대를 다시 지휘할 수 있겠느냐?

안티고네

오빠, 왜 오빠가 다시 분노해야 하나요? 대체 오빠가   1420
조국을 파괴해 얻는 이익이 뭔가요?

폴리네이케스

도망가는 것은 수치스러운 일이야. 형인 내가
이렇게 동생에게 조롱당하는 것도.

안티고네

아버지가 하신 예언을 오빠가 실현하고 있다는 것도
알고 있나요? 오빠들이 서로를 죽일 거라고 하셨다는 것   1425
말이에요.

폴리네이케스

그분이 원하시는 바니까. 그래도 우리는 양보할 수 없어.

안티고네

아아, 괴롭구나! 아버지의 그런 예언을 듣고서도 누가
오빠의 뒤를 감히 따르겠어요?

폴리네이케스

나쁜 소식을 전하지는 않겠다. 나쁜 소식이 아닌
더 좋은 소식을 전하는 게 훌륭한 장군의 일이니.   1430

안티고네

오빠, 정말 그렇게 하기로 결정했나요?

폴리네이케스

너는 나를 붙잡지 못해. 이 길을,
이 불행하고 사악한 길을 나는 가야만 한다.
아버지와 에리니에스들이 정해 놓은 그 길을.
하지만 너희에게는 제우스께서 축복을 내리시길, 그 일들
을 완수해 준다면 말이다.
[살아 있는 날 위해서는 해줄 게 없을 테니.]⁵⁹   1435
이제 날 놓아줘, 잘 지내거라. 이제 나를
다시 보지 못하게 될 테니.

안티고네

아 나는 비참하구나.

폴리네이케스

나를 위해 울지 마라.

안티고네

오빠, 예견된 죽음을 향해 가고 있는 오빠를
보면서 어떤 사람인들 탄식하지 않겠어요?   1440

폴리네이케스

그래야 한다면, 죽어야겠지.

---

59 장례를 치르는 것밖에 해줄 게 없다는 의미이다. 이 행은 후대에 가필되었다.

안티고네

그러지 말아요. 내 말을 들어요.

폴리네이케스

해서는 안 되는 일을 설득하려고 하지 말아라.

안티고네

오빠마저 잃게 되면 나는 정말로 불행할 거예요.

폴리네이케스

그렇게 되든 다른 결말이 나든
이 모든 일들은 신께 달려 있어. 그러나 나는
너희를 위해 신들께 기도하겠다. 너희는 절대 불행한 일들 1445
을 만나지 않도록.
어느 누가 봐도 너희가 불행을 겪는 것은 부당하니.

(폴리네이케스가 퇴장한다.)

애탄가 좌 1
코로스

보라, 이 새로운 재앙들이, 운명으로 무거워진 재앙이
저 눈먼 이방인으로부터 새로이 닥친 것이로구나.
혹여라도 운명이 찾아오지 않는다면. 1450
신들이 정하신 것을 아무도 헛되다 말할 수 없으니.
보는도다, 보는도다, 시간은 모든 것을 영원히.
어떤 것들은 넘어뜨리며

어떤 것들은 다음 날 다시 높이 일으켜 세우며.   1455
하늘이 울리는구나, 오 제우스여!

오이디푸스

오 아이들아, 내 아이들아, 만일 누가 여기 있다면
모든 면에 뛰어난 테세우스를 이리로 모셔오겠느냐?

안티고네

아버지, 그분을 청하시는 이유가 뭔가요?

오이디푸스

제우스의 날개 달린 이 천둥이 지금   1460
하데스로 인도하실 것이다. 그러니 빨리 사람을 보내 다오.

애탄가 우1
코로스

보라, 제우스께서 던지신 형언할 수 없는
천둥이 거대한 소리로 떨어지니, 두려움이
머리끝을 곤두세우고 마음을 위축시키는구나.   1465
하늘이 또다시 번개를 치니,
어떻게 되려는 것일까?
나는 두렵구나. 그것은 절대로 헛되이
시작하지 않으니, 재앙이 없지 않으리라.   1470
오 위대한 하늘이여, 오 제우스여!

오이디푸스

애들아, 신이 말씀하신 내 인생의 마지막 순간이
여기 이 사람에게 찾아왔구나. 더는 피할 수 없다.

안티고네

어떻게 아세요? 아버지는 그것을 어떻게 판단하신 건가요?

오이디푸스

잘 알지. 그러니 빨리 날 위해 누군가 가서   1475
이 땅의 왕을 모셔오도록 하라.

애탄가 좌 2
코로스

아아, 아아, 보라 또다시 저 귀를 찢는듯한
우리를 둘러싼 천둥소리를
자비를 베푸소서, 오 신이여, 자비를 베푸소서.   1480
만일 당신이 이 어머니 땅에
무언가 어둠에 잠긴 것을 가져다주시는 것이라면.
그대의 관대하심을 제가 얻기를. 제가 저주받은 자를 보았
더라도
이득 없는 대가가 제게 주어지지 않기를 바라나이다.
제우스왕이시여, 제가 당신께 부르짖나이다.   1485

오이디푸스

그분이 가까이 계시는가? 아이야, 아직 숨이 붙어 있고
정신이 맑은 동안 내가 그분을 만날 수 있을까?

안티고네

무엇인가요? 아버지께서 그 마음에 무슨 약속을 심으시려
는 건가요?

오이디푸스

그가 나를 선대하셨으니 이에 호의를 보답하고자 한다.
내가 그들에게 그것을 받았을 때 약속했던 것들을.   1490

애탄가 우 2
코로스

오 오 아들이여, 오십시오, 오십시오. 저 깊은
협곡에서 바다의 포세이돈 신께 소를 제물로 드리며
제단을 신성하게 하고 계시더라도, 오십시오.
이 이방인이 그대와 도시와 친구들에게   1495
자신이 받은 그 은혜를 정당하게 보답하고자 하오니.
왕이시여, 서둘러 달려오소서.

(테세우스가 등장한다.)

테세우스

왜 당신들은 또다시 다 함께 크게 소리치는 것인가?   1500
시민들은 분명하게, 그리고 이 이방인은 명백하게.
제우스의 번개였는가, 아니면 억수로 퍼붓는 폭우가
내리친건가? 신이 그러한 일들을 일으키시면
짐작할 수 있을 테니 말이오.

오이디푸스

왕이여, 드디어 고대하는 이에게 나타나셨구려. 그대를 위해   1505
신께서 이 길에 좋은 행운을 마련해 놓으셨소.

테세우스

무슨 일이오, 라이오스의 아들이여, 어떤 새로운 일이 또
생겼소?

오이디푸스

내 삶의 저울이 기울었소. 나는 내가 도시에 동의한 바를
그대에게 지키고 죽고 싶소.

테세우스

당신의 운명의 증거를 그대는 확신하시오?   1510

오이디푸스

신들께서 직접 전령이 되어 제게 알려 주셨소.
예정해 놓으셨던 징조들을 어느 것도 속이지 않으시고.

테세우스

오 노인장, 어떻게 그런 것들을 보이셨다는 말이오?

오이디푸스

계속해서 울리는 천둥소리와 아무도 이길 수 없는
팔에서 쏘아 보낸 많은 번개들이 그것이오.   1515

테세우스

그대가 나를 설득했소. 그대가 많은 것들을 예언하고
거짓을 말하지 않는다는 것을 압니다. 그러니 무엇을 해야
할지 말씀해 주시오.

오이디푸스

아이게우스의 아들이여, 그럼 말하겠소.
세월이 가도 당신의 도시를 고통스럽지 않게 만들 것이 무
엇인지.
저는 이제 곧 길잡이의 손을 빌리지 않고 스스로
죽어야 할 땅으로 당신을 인도할 것이오.   1520
당신은 누구에게도 말하지 마시오.
그곳이 어디에 숨어 있고 어느 지역에 자리 잡았는지를.
그 장소는 그대에게 이웃의 많은 방패와 창보다
더 큰 힘이 되어 줄 것이오.   1525
종교적인 것들과 말로 옮겨질 수 없는 것들은
그대가 그곳에 홀로 갈 때에 스스로 알게 될 것이오.
나는 시민들 가운데 어느 누구에게도, 내 사랑하는
자식들에게도 그것들을 발설하지 않을 것이오.
그대는 계속해서 지켜 주다가 삶의 종말에   1530
다다를 때에 장남에게만 알려 주고
그는 또한 자신을 이을 사람에게만 가르쳐 주게 하십시오.
그렇게 당신은 씨 뿌려진 사람들에게 유린되지 않고
도시에서 살게 될 것입니다. 설사 어떤 도시가
잘 다스려진다 해도 수많은 도시들이 쉽게 침략하는 법이오.   1535
신의 일들을 어떤 이가 무시하고 미치기 시작하면

신들은 뒤늦게라도 이것을 제대로 보시기 때문이오.

아이게우스의 아들이여, 그대는 그런 일들을 겪지 않기를.

우리는 그러한 일들을 이미 알고 있는 그대에게 말하는 것
이오.

신의 현현이 저를 재촉하시니 지체하지 말고   1540

그 장소로 이제 가도록 합시다.

애들아, 이리로 따라오너라. 이전에는 너희가 아버지의

인도자였지만, 이제는 내가 다시 너희들의 새로운 인도자
가 되었으니.

이리 오되 만지지는 말거라. 내가 직접 신성한 무덤을

찾도록 내버려 두어 다오. 그 땅에 묻히는 것이   1545

내 운명이니 말이다.

이 길로, 이리로, 아니, 이 길로 와라. 인도자 헤르메스와

지하의 여신께서 이 길로 나를 이끄시는구나.

오 빛 아닌 빛이여, 한때 너는 나의 것이었는데

이제는 내 피부가 네게 닿는 것도 마지막이로구나.   1550

나는 이제 내 인생 마지막을 하데스에 숨기려

걸어가고 있다. 그러나 내 가장 친애하는 이방인이여

당신과 이 땅, 그리고 그대와 함께 있는 자들이여

행복하시기를, 번영을 누리며 내가 죽더라도

나를 기억해 주기를, 그대들의 영원한 행복을 위해.   1555

(오이디푸스와 두 딸들, 테세우스 퇴장.)

코로스 좌[60]

보이지 않는 여신[61]을
그리고 그대 밤에 속한 이들의 왕[62]을
기도하며 경배하는 것이 합당하다면,
하데스여, 하데스여, 내 기도하오니   1560
저 이방인이 고통 없이 애통한 운명 없이,
그 아래 모든 것을 감추는
죽은자들의 평온, 스틱스[63]의 집에
이르게 하소서.
헛되이 수많은 고통들이   1565
그에게 이르렀으나
정의로운 신께서 그를 다시 높이시기를.

코로스 우

오 땅의 여신들이여, 정복되지 않는
짐승이여. 계속해서 전해져 오듯,
많은 손님 맞는 저 문들에   1570
거주하며 동굴에서 으르렁거리는
하데스의 길들일 수 없는 파수꾼[64]이여!
오 대지와 타르타로스의 자식이여,
그가 죽은 자들의 들판으로 내려가는 저 나그네에게

60 제4정립가.
61 페르세포네.
62 하데스.
63 저승을 흐르는 강 중의 하나. 스틱스 외의 주요한 강으로는 아케론, 코키토스, 플레게톤 등이 있다.
64 저승 입구를 지키는, 머리 셋 달린 개 케르베로스를 가리킨다.

정화되어 걸어가게 하시기를   1575
간절히 기도하오니,
영원한 잠을 주시는 그대를 제가 부릅니다.

(사자가 등장한다.)

사자

시민 여러분, 아주 간단히 소식을 전합니다.
오이디푸스께서 세상을 떠나셨습니다.   1580
하지만 무슨 일이 일어났는지, 그 이야기는 제가 간단히
말할 수도 없고 그 일 자체도 간단하지 않습니다.

코로스

그 불행한 분이 돌아가신 것입니까?

사자

그가 영원히 이 삶을 떠나셨다는 것을 알아 두십시오.

코로스

어떻게요? 그 불쌍한 사람이 신이 보낸 운명으로 고통 없이?   1585

사자

그것은 실제로 놀랄 만한 일이었습니다.
그분이 어찌 이곳을 떠나셨는지, 당신도 곁에 계셨으니
잘 아실 겁니다. 그는 친지들 중 어느 누구에게도
의지하지 않고 그분 스스로 우리 모두를 이끄셨지요.

그가 청동 계단들로 땅 속으로 깊이   1590
뿌리 내리고 있는 가파른 입구에 도착하였을 때,
그는 여러 갈래 길 중 한 곳, 움푹 팬 바위 근처에
멈춰 섰는데, 그곳은 테세우스와 페이리토오스의
영원한 맹약[65]의 증거가 세워진 곳이었습니다.
그는 그곳과 토리코스 바위[66] 사이   1595
속이 빈 배나무와 돌무더기 중간에 멈춰 서서는
자리에 앉아 더러워진 옷을 벗었습니다.
그런 뒤, 딸들을 불러서 흐르는 샘에서
목욕할 물과 제주를 가져오라고 명했습니다.
그러자 그들은 잘 보이는 푸른 신엽의 신 데메테르의 언덕[67]
으로 가,   1600
그곳에서 아버지가 명한 것들을 신속하게 실행했고
그에게 목욕물과 관습에 맞는 옷을 마련해 드렸습니다.
모든 일들이 그에 마음에 들게 행해지고
그가 요청한 것들이 빠짐없이 다 이뤄졌을 때   1605
대지의 제우스께서 천둥을 울리셨고, 소녀들은
그 소리를 듣고는 두려워 떨며 아버지의 무릎에
쓰러져 울고 한참을 통곡했습니다.
그들의 통곡 소리를 듣고서   1610

---

65 페이리토오스는 테살리아 지방 라피타이의 왕으로, 테세우스가 페르세포네
를 납치하기 위해 하데스로 내려가는 모험을 감행했을 때 그와 동행했던 친구였다.
둘 사이의 맹약이 정확히 어떤 내용이었는가는 알려진 바가 없다.

66 토리코스는 아티케 지방 도시이자 구역이다. 토리코스 바위의 정확한 위치는
불분명하나 당시 아테나이인들에게는 잘 알려진 장소였던 것으로 보인다.

67 데메테르의 언덕은 오이디푸스가 콜로노스 주민과 마주쳤던 장소로부터 북
쪽으로 조금 떨어진 곳에 위치하고 있었다.

그는 두 팔로 이들을 끌어안고 말했습니다. 〈오 딸들아,
아버지는 오늘로 너희 곁에 더는 있어 줄 수 없단다.
이제 내 모든 것이 소멸하니 너희는 더 이상
내 곁에서 수고롭게 날 부양할 필요가 없다.
아이들아, 나도 잘 안다. 그것이 힘든 일이었음을,   1615
하지만 한마디 말로 그 모든 수고가 다 풀릴 게다.
내가 너희를 사랑한 것보다 더 사랑할 사람은 아무도
없을 거다. 너희는 나 없이 남은 삶을 이어가야겠지.〉
그런 말들로 서로를 끌어안고   1620
모두가 흐느끼며 울었습니다. 그들이 울음을 그치고
아무런 소리도 내지 않자
침묵이 흘렀습니다. 그러자 갑자기 어떤 이의 음성이
그분을 불렀습니다. 모두가 두려움에
사로잡혀 머리카락이 곤두섰습니다.   1625
신께서는 그분을 여러 번 계속해서 부르셨습니다.
〈거기, 거기 오이디푸스여, 어째서 우리가 기다리고 있는
거지?
그대는 오래도 지체하는구나.〉
그분은 신께서 부르신다는 것을 깨닫고서,
이 땅의 왕 테세우스를 자신에게 다가오라 불렀습니다.   1630
그리고 그가 다가오자 말했습니다. 〈오 친애하는 친구여,
내 아이들에게 그대의 손을 오랜 신의를 표시로 내밀어 주
십시오.
아이들아, 너희도 이분께 그리해라. 약속해 주십시오.
절대로 자발적으로 내 딸들을 넘겨주지 말고 이들에게 유
익한 일들을

언제나 호의적인 마음으로 이뤄 주시기 바랍니다.〉   1635
그러자 그는 고귀하신 분답게 비탄을 자제하고
이방인에게 그리하겠다고 약속하셨습니다.
그가 그렇게 하자 오이디푸스는 즉시 보지 못하는
손으로 자신의 아이들을 어루만지며 말씀하셨습니다.
〈아이들아, 너희는 고결한 마음으로 견디며   1640
이 지역을 떠나라. 보아서는 안 되는 것을 보거나
들어서는 안 될 것을 들으면 안 되는 법이니.
너희는 가능한 한 빨리 떠나거라. 권한을 가진
테세우스만이 내 곁에 남아 일어나는 일들을 알도록.〉
그가 이런 말들을 하자 모두 그의 말에 복종했습니다.   1645
눈물을 흘리며 탄식하면서 소녀들과 함께
우리는 함께 걷기 시작했습니다. 그곳을 떠나고 잠시 후에
뒤를 돌아보았더니, 저 멀리서 볼 수 있었습니다.
그분이 더 이상 안 계시는 것을, 그리고
왕께서만 눈을 가리려고 얼굴에 손을 대고 계신 것을.   1650
마치 어떤 끔찍하고 견딜 수 없는 무서운 것이 나타나
그것을 볼 수 없는 듯이 말입니다.
잠시 후, 우리는 대지와 신들의 처소인 올림포스에
그가 동시에 제주를 드리는 걸 보았습니다.   1655
어떤 운명에 의해 그가 죽었는지는
존귀한 테세우스 이외에 아무도 말할 수 없을 겁니다.
불을 나르는 신의 번개가 그를 데려간 것도
바다의 소용돌이가 그때 일어난 것도 아니었습니다.   1660
그것은 신들이 보낸 어떤 인도자가, 아니면 죽은 자들의
빛 없는 대지의 토대가 친절하게 입을 연 것이었습니다.

그는 애도도 없이, 질병이나 고통도 없이
떠나셨고, 그것은 어떤 인간에게도 있을 수 없을 정도로
경이로웠습니다. 이런 말을 하는 것이
현명해 보이지 않는다면 그리 생각하는 사람에게 받아들
이라고 강요하지는 않겠습니다.   1665

코로스

소녀들과 그들을 인도하던 친구들은 어디에 있습니까?

사자

그들은 멀리 있지 않습니다. 곡소리가 희미하지 않고
분명하게 들리니 이곳으로 오고 있는 게 분명합니다.

(안티고네와 이스메네가 등장한다.)

애탄가 좌 1
안티고네

하나에서만이 아니라 다른 점에서도,   1670
아버지에게서 받아 저주받은 피를
비탄할 수밖에 없구나.
그를 위해 많은 노고를
아버지 생전에 계속해서 겪었는데,
최후에는 헤아릴 수 없는 것들을   1675
보고 겪어 말해야 한다니.

코로스

무슨 일인가요?

안티고네

친구들이여, 추측밖에 할 수 없어요.

코로스

그가 가신 건가요?

안티고네

그대가 바랄 수 있는 가장 좋은 방법으로요.
왜 아니겠어요, 아레스나
바다가 닥친 것이 아니라[68]   1680
헤아릴 수 없는 들판들이 데려가 버리셨으니.
보이지 않는 어떤 운명에 의해 이끌린 그를.
아아, 불행한 우리. 파멸의 밤이
우리의 눈에 내려왔구나.
어떻게 우리가 어느 땅을 혹은 파도 많은 바다를
헤매며 인생의 힘겨운 생계를 견딜 수 있을까?   1685

이스메네

나도 몰라요. 나도 저 무서운 하데스가
늙은 아버지와 함께 죽도록 데려가 주었더라면!
나에게 속한 이후의 삶을

---

68 전쟁에서나 바다에서 죽음을 맞이한 것이 아니라는 의미이다.

나는 살아 낼 수 없으니.   1690

코로스

오 훌륭한 너희 두 딸들이여,
신들로부터 주어진 것은 견뎌야 하오.
고통으로 자신을 태우지 말고,
비난받을 길을 가지 않았으니.   1695

애탄가 우 1
안티고네

불행에 대해서조차 어떤 그리움이 있군요.
결코 소중하지 않은 것이 소중했어요.   1700
내 두 팔로 그를 안아 드렸을 때
오 아버지, 내 사랑하는 아버지,
땅 아래 영원한 어둠 속에 계시는 분.
그곳에서도 결코 저의 그리고 동생의
사랑을 받지 못하는 일은 없을 거예요.   1705

코로스

그분은 결국 떠나셨지…….

안티고네

바라던 대로 떠나셨죠.

코로스

어떻게?

안티고네

바라셨던 대로 타지에서
세상을 떠나셨어요. 영원한 어둠이 덮은 지하의 침대를
차지하시고 슬픔과 애도 없음을 남겨두지 않으셨어요.
아버지, 제가 두 눈에서 눈물을 흘리며
당신을 애도하고 있어요. 어떻게 내가 당신의 불행을   1710
고통 없이 견딜 수 있을지 모르겠어요.
아아, 당신은 이국 땅에서 임종을 맞고 싶어 하셨고,
떨어져 제가 없는 곳에서 돌아가셨어요.

이스메네

아 불행한 언니, 대체 어떤 운명이 또다시 나에게   1715
또 언니에게 남아 있는 걸까요?
아 사랑하는 언니, 이렇게 아버지를 잃은 우리에게.

----69

코로스

그분이 행복하게 삶의 끝에   1720
이르렀으니, 소녀들이여,
이렇게 슬퍼하지 마시오. 불행에
사로잡히지 않는 자는 아무도 없으니.

69 이스메네의 대사 두 행이 소실되었다.

애탄가 좌 2

안티고네

동생아, 다시 돌아가자.

이스메네

뭘 하려요?

안티고네

어떤 그리움이 나를 사로잡는구나.   1725

이스메네

어떤?

안티고네

땅 아래 화덕을 보려는.

이스메네

누구의?

안티고네

아버지의. 아아, 참담하구나.

이스메네

어떻게 우리에게 그것이 허용되겠어요?
언니는 모르는 건가요?

안티고네

너는 왜 날 꾸짖는 거니?   1730

이스메네

이것도…….

안티고네

또다시 뭘 어쩌라고?

이스메네

아버지는 무덤 없이 모두에게서 떨어져 돌아가셨어요.

안티고네

나를 데려가 줘, 그곳에서 나를 죽여 줘.

이스메네

＿＿＿＿

안티고네

＿＿＿＿[70]

이스메네

아아, 불행하구나.
어디에서 다시 황량하게 사람 없이   1735

70 한 행이 소실되었다. 이스메네와 안티고네의 대사가 한 행에 함께 쓰였을 것
으로 추정된다.

계속해서 비참한 삶을 이어 가야 하는가?

애탄가 우 2
코로스
사랑스러운 이들이여, 두려워하지 마라.

안티고네
하지만 우리는 어디로 피할 수 있나요?

코로스
이전에도 너희는 피하지 않았는가?

안티고네
어떻게요?

코로스
너희의 상황이 불행으로 치닫지 않도록.　　　　　　1740

안티고네
알아요.

코로스
그러면 무슨 생각을 하고 있는 것이냐?

안티고네
우리가 어떻게 집으로 돌아갈지 모르겠어요.

코로스

떠나지 말아라.

안티고네

괴로워요.

코로스

이전에도 그랬었지.

안티고네

그때는 길이 없었고 이제는 그걸 넘어서셨어요.   1745

코로스

너희는 불행의 바다를 운명으로 받아들였구나.

안티고네

그래요. 그래요.

코로스

나도 동의한다.

안티고네

아이, 아이. 우리는 어디로 가야 하는가요, 제우스여.
신들은 지금도 여전히 희망을 가진 채
내게 어느 방향으로 가라 요구하시는 건가요?   1750

(테세우스가 등장한다.)

테세우스

아이들아, 통곡을 멈추어라. 땅 아래 어둠이
은총으로 주어진 이들을 위해서는
애곡해서는 안 된다. 신들이 노여워하실지도 모르니.

안티고네

오 아이게우스의 아들이여, 그대에게 부탁드립니다.

테세우스

아이들이여, 무엇이 필요를 채워 주겠느냐?　　　　　　　1755

안티고네

우리는 우리 아버지의 무덤을
직접 보길 원해요.

테세우스

그곳에 가는 것은 허락할 수 없다.

안티고네

왕이시여, 아테나이의 지도자시여, 어떻게 그런 말씀을 하
시는 건가요?

테세우스

아이들아, 나에게 그분께서 선언하셨다.　　　　　　　　1760

그 장소로 다가가서도 안 되고
그분이 차지하신, 돌아가신 분의 신성한 무덤을
아무에게도 절대로 발설해서는 안 된다고.
그리고 이것들을 행하면 이곳이
계속해서 해를 입지 않으리라고 말씀하셨다.   1765
우리의 신은 이것을 들으셨고
제우스신의 아들 맹세의 신[71]도 모든 것을 들으셨지.

안티고네

그것이 그분의 뜻이라면
그것으로 충분해요. 우리를 테바이로,   1770
저 오래된 도시로 보내 주세요. 혹시라도
오빠들에게 다가오는 살육을 막아 낼 수 있을지 모르니.

테세우스

그리하겠다. 너희에게 도움이 되는
이 모든 것을 나는 지금 막 세상을 떠나
땅 아래 계신 분께 행할 것이다.   1775

코로스

그러면 애도를 멈추고 더는 애곡하지 마시오.
이 약속은 어떠한 상황에서도 확고하니.

71 그리스어로 〈맹세〉를 의미하는 Horkos가 맹세가 지켜지는지를 감시하고 그
것을 깨는 자를 벌하는 신적인 존재로 의인화되고 있다.

안티고네

등장인물

안티고네 오이디푸스의 딸
이스메네 오이디푸스의 딸
코로스 테바이의 원로들
크레온 오이디푸스의 처남, 테바이의 왕
파수꾼 폴리네이케스의 시체를 지키는 자
하이몬 크레온의 아들, 안티고네의 약혼자
테이레시아스 눈먼 예언자
전령
에우리디케 크레온의 아내
사자

(테바이 궁전 앞. 안티고네와 이스메네가 궁전에서부터 걸
어 나온다.)

안티고네

아 같은 부모에게서 태어난 소중한[1] 동생[2] 이스메네야,
오이디푸스로 인해 생긴 불행 가운데 제우스께서 아직
살아 있는 우리 둘에게 이루시지 않은 것을 뭐라도 아느냐?
슬픔과 고난,
수치스러움과 불명예가   5
너와 나의 불행에 가득했지.
그런데 지금 또 사람들은 장군[3]께서 최근에 온 도시

---

1 원문에서는 〈이스메네의 머리여〉라고 되어 있다. 그리스어에서는 상대의 이
름에 〈~의 머리〉, 〈~의 힘〉을 덧붙여 부르기도 한다. 여기서는 문자적인 번역 대신
에 그 의미인 〈소중함〉을 살려 옮겼다.

2 안티고네와 이스메네 중 누가 언니인지에 대해서는 분명하게 드러나지 않으
나, 대부분의 학자들은 안티고네를 손위로 보고 있다.

3 오이디푸스 사후 그의 두 아들인 폴리네이케스와 에테오클레스마저 싸우다
서로를 찔러 죽게 되자, 오이디푸스의 처남 크레온이 왕위를 차지했다. 안티고네는

거주민들에게 무슨 포고를 내리셨다고 말하고 있는 거니?
그게 뭔지 들었니? 아니 넌 모르고 있었던가?
적들로부터 우리 친구[4]들에게로 불행이 다가오고 있다는
것을?

10

이스메네

안티고네 언니, 즐거운 것이든 슬픈 것이든
이들에 대한 이야기는 나에게 전혀 전해진 게 없어요.
우리 둘이 한날한시에 서로의 손에 죽은
두 오빠를 잃은 뒤,[5]
그리고 아르고스인들의 군대가 지난밤 퇴각한 뒤,

15

그 이후로는 나에게 행운이 있는 건지 오히려
고난에 빠진 것인지 전혀 알지 못하겠어요.

안티고네

그럴 줄 알았어. 그래서 너만 들을 수 있도록
너를 대문 밖으로 불러낸 거야.

이 작품에서 그를 〈왕basileus, tyrannos〉이라 부르지 않고, 〈장군strategos〉이라고
칭하거나 이름을 부르며 그의 왕권을 인정하지 않는 태도를 보인다.

4 여기서 사용되고 있는 단어는 philos로, 일반적으로는 〈친구〉로 번역되지만
가족과 친구 모두를 포함한다. 이 관계는 서로를 돕고 보호할 의무를 지닌다. 반면
폴리네이케스 및 아르고스의 군사들에 대한 크레온의 태도는 적에 대한 태도로 볼
수 있다. 안티고네는 자신의 philos인 폴리네이케스가 적으로 취급되는 것에 분개
하고 있다.

5 형제인 폴리네이케스와 에테오클레스가 서로를 동시에 살해한 행위가 강조
되고 있다.

이스메네

무슨 일인데요? 분명히 뭔가를 말하려고 궁리하는 듯 보여요.   20

안티고네

크레온께서 우리 오빠들의 장례를
한 사람은 치러 줄 만하지만, 다른 한 사람은 자격 없다고
했잖아?
그래서 에테오클레스 오빠는 정의와 관습에 따라
죽어서 내려간 자들 사이에서 명예를 누리도록
정당함을 따르며 땅 아래에 묻어 주었으면서,   25
비참하게 죽은 폴리네이케스 오빠의 시신은
무덤에 묻지도 말고 애도도 하지 말라고
시민들에게 선포하셨다는구나.
애도도 없이 무덤도 없이 놓아두도록, 신나게
내려다보는 새들에게 즐거운 먹이 창고가 되도록 말이야.   30
그런 것들을 훌륭한 크레온께서 너와 나에게,
— 그래 바로 나에게도 말이야 — 명령했다는구나.
그리고 이것을 알지 못하는 자들에게 선포하려고
이곳으로 온대. 게다가 그 일을 행하는 걸
가볍게 보지 않아서, 이 중 어떤 것이라도 행하는 자는   35
도시 안에서 시민들에 의해 돌에 맞아 죽도록⁶ 정했대.
상황이 이렇게 되었으니, 너는 곧 보이게 될 테지.

---

6 돌에 쳐서 죽이는 투석 형은 왕을 살해한 자에게 행해지는 형벌로, 비극에는
종종 등장하지만 실제 작품이 상연된 고전기 아테나이에서 행해지는 일은 거의 없
었다.

네가 좋은 혈통에서 태어난 자인지, 아니면 고귀한 이들의
나쁜 딸인지를.

이스메네
아 불쌍한 언니, 상황이 그러하다면 대체 내가 어떻게
묶인 것을 풀거나 더 묶을 수 있겠어요?   40

안티고네
함께 고통을 짊어지고 함께 행동할 것인지 생각해.

이스메네
어떤 일을 무릅쓰려고요? 대체 무슨 생각인 거죠?

안티고네
이 시신을 손으로 함께 들어 날라 준다면.

이스메네
그분을 묻을 작정인 거예요? 도시가 금지했는데도?

안티고네
내 오빠를, 그리고 네가 원치 않더라도, 네 오빠를.   45
최소한 나는 그를 저버렸다는 비난을 받지는 않을 테니.

이스메네
아 고집스러운 언니, 크레온이 금했는데도요?

안티고네

그에게는 내 것들[7]로부터 나를 막을 자격이 없어.

이스메네

아아, 생각해 봐요 언니. 아버지께서

어떻게 스스로 찾아낸 잘못들 때문에   50

자신의 손으로 두 눈을 찌르고

혐오의 대상이 되어 불명예스럽게 돌아가셨는지.

또 그분의 어머니이자 아내, 한 몸에 두 호칭을 가지신 분께서

꼬아서 만든 올가미로 삶을 저버리셨다는 것을.

세 번째로는 불행한 두 형제가 한날에 서로의 손으로   55

서로를 죽여 같은 운명을 만들어 냈다는 것도요.

이제 둘만 남은 우리를 한번 봐요.

법을 어겨서 지배자의 명령이나 권력을 넘어선다면

얼마나 끔찍한 파멸을 맞게 될지.   60

여자로 태어났기에 남자들을 이길 수 없고,

더 강한 자들에 의해 다스려지고 있다는 것을

생각해야 해요. 그러니

이 명령과 이보다 더 고통스러운 것들도 따라야 해요.

나는 땅 아래 계신 분들께 내가 어쩔 수 없이   65

이렇게 하고 있는 거라고 용서를 구하며

권력을 가진 분들을 따르겠어요.

과한 행동을 하는 것은 분별없는 일이니까요.

7 내가 속한 내 가족.

안티고네

명령하지는 않겠어. 그리고 나와 함께하기를
원한다 해도 이제는 달갑지 않아.   70
그러니 네 생각대로 해. 나는 그를
묻겠어. 이 일을 했다고 죽는다면 그건 좋은 일이지.
경건한 일을 범하면서[8] 그의 곁에, 사랑하는 이와 함께
사랑하는 이로서 눕겠어.[9] 이곳에 있는 이들보다는
더 긴 시간 지하에 있는 자들의 마음에 더 들어야 할 테니.   75
그곳에서 영원히 누울 테니 너는 원한다면
신들이 존중하시는 것들을 모욕하려무나!

이스메네

나는 모욕하려는 것이 아니라, 단지
도시의 권력에 맞서 싸우지 않으려는 거예요.

안티고네

너는 그것을 핑계로 내세우고 있을 뿐이고,   80
나는 가장 소중한 오빠를 위해 무덤을 쌓으러 갈 거야.

이스메네

아아, 불쌍한 언니. 너무나 걱정스러워요.

---

8 폴리네이케스를 매장하는 일이 안티고네에게는 경건한 일이지만, 크레온에게는 이 일이 범법 행위로 여겨진다는 것을 모순적으로 표현하고 있다.

9 이 구절은 안티고네와 폴리네이케스가 필리아philia로 견고하게 묶인 관계라는 것을 강조하고 있다. 여기서 필리아란 필로스 관계에서의 사랑을 의미한다.

안티고네

걱정할 건 없어, 네 운명이나 똑바로 가.

이스메네

적어도 이 일을 아무에게도 말하지 말아요.
비밀로 해두면, 나도 그렇게 할게요. ₈₅

안티고네

아아, 말해 버려. 이 일을 모두에게 알리지 않고
입 닫고 있는다면 널 더 싫어하겠어.

이스메네

차가운 일에 뜨거운 심장을 가지다니!

안티고네

가장 기쁘게 해야 할 이들에게 기쁨을 주고 있다는 걸 아
는 거야.

이스메네

그럴 수만 있다면요. 하지만 싸울 수 없는 일을 하려는 거
예요. ₉₀

안티고네

힘이 있는 한은 멈추지 않을 거다.

이스메네

잡을 수 없는 것을 사냥하는 것은 시작부터가 잘못이에요.

안티고네

그런 말을 하면, 나에게서 미움을 받을 거고
죽은 이에게서도 응당 미움을 사게 될 거다.
그러니 나를 내버려 둬, 그리고 내 어리석음이   95
끔찍한 일을 당하게 돼. 고귀하게 죽지 못하게 되는
정도의 일은 겪지 않을 테니.

이스메네

그러고 싶다면 가요. 분별없이 길을 간다 해도,
친족들에게는 올바르게 사랑하는 사람이기는 하겠지요.

(안티고네와 이스메네가 퇴장한 뒤, 테바이의 원로들로 구
성된 코로스가 등장한다.)

코로스 좌 1[10]

태양의 광채여,   100
이제까지 일곱 성문의 테바이를 비춘
빛 가운데 가장 아름다운 빛이여,
이제야 나타났는가.
오 황금빛 낮의 눈[眼][11]이여,

10 등장가.
11 태양의 광채.

그대는 디르케[12]의 강물 위로 오셔서,   105
아르고스에서 온 흰 방패의 인간[13]을
무장한 채 도망쳐 내달리도록
가혹한 고삐로 재촉하시는도다.
폴리네이케스[14]가 팽팽한 논쟁을 일으켰을 때,
그는[15] 들고 일어나 우리 땅으로 와서는   110
날카롭게 외쳤도다.
독수리가 땅 위로 날아갈 때와 같이,
눈처럼 흰 날개로 덮인
많은 무구와   115
말총 장식 투구를 하고서.

코로스 우 1

그는 지붕 위에 서서 부리를 벌리고서
피에 굶주린 창으로
일곱 성문의 입구를 에워쌌다가,
우리의 피로 입을 채우기 전에   120
그리고 탑들의 머리띠를
솔잎들의 헤파이스토스[16]가 차지하기 전에
떠나갔도다.
그토록 큰 아레스의 굉음이

12 테바이 서쪽에 있는 강.
13 지명인 아르고스는 〈빛나는〉이라는 뜻을 지녔다. 흰 방패의 인간이란 아르고
스 전사를 가리키며, 단수이지만 아르고스 군대 전체를 의미한다.
14 폴리네이케스는 〈다툼이 많은 사람〉이라는 의미를 지닌다.
15 단수 남성 대명사를 쓰고 있지만, 아르고스 군대 전체를 가리킨다.
16 헤파이스토스는 불의 신으로, 솔잎을 엮어 만든 횃불을 환유적으로 쓰고 있다.

등 뒤에서 울려 퍼졌도다.   125
용과 겨루는 것은 힘든 싸움이었으니,[17]
제우스께서는 시끄러운 혀의 자랑을
지극히 혐오하시니, 그들이
날카로운 황금 소리[18]의 거만함으로
큰 물결처럼 밀려오는 것을 보시고서
불을 내던져 맞혀 버리셨도다.   130
정상에 올라 벌써
승리의 환호성을 지르기 시작한 그를.[19]

코로스 좌 2

그는 비틀거리며 단단한 땅 위에 쓰러졌다네.
횃불을 들고, 광기에 찬 질주로   135
증오로 가득 찬 바람의 강풍으로
광란하며 숨을 내쉬던 그는.
하지만 일들은 그와 다르게 흘러가
위대한 아레스는 다른 이들에게
다른 운명을 가져왔다네.[20]
전차에 승리를 가져다주는 준마와도 같은 신께서.   140
일곱 장수[21]들이 일곱 성문 앞에서
같은 수가 같은 수를 향해 전열을 갖추고서

17 테바이를 세운 카드모스는 아테나 여신의 지시에 따라 우물가에서 용을 죽이고, 그 용의 이빨을 땅에 뿌려 거기서 나온 전사들과 함께 도시를 건립했다.
18 전사들의 황금 및 청동 무장들이 부딪치는 소리를 표현한 것이다.
19 카파네우스 218면 주 55 참고.
20 테바이를 공격했던 영웅들은 각기 다른 운명을 맞았다.
21 218면 주 54 참고.

전세를 뒤집는 제우스께 청동 무기들을 남겨 두었지.[22]
저 가혹한 운명을 지닌 두 사람, 한 아버지와
한 어머니에게서 난 그들은 서로를 향해   145
두 사람을 살해하는 창부리를 겨누다가
같은 죽음의 몫을 둘 다 나눠 갖고 말았구나.

코로스 우 2

하지만 영광스러운 이름을 지니신
승리의 여신[23]께서 전차가 많은 테바이[24]에
화답하며 오셨으니,
지나간 이 전쟁은   150
이제 잊도록 하세.
신들의 온갖 신전들을 밤새도록
춤추며 찾아갑시다.
오 테바이를 뒤흔들며
박키오스여,[25] 다스리소서.
저기 이 땅을 다스리시는 새로운 왕   155
메노이케우스의 아들 크레온 님께서
나오십니다.

22 전쟁에서 승리한 이들은 신께 봉헌하는 의미로 전리품을 신전 등에 걸어 두
었다.
23 니케Nike.
24 테바이는 전차로 유명한 도시였으며, 이를 처음 발명했다고 알려져 있다.
25 디오니소스신의 다른 이름으로, 여기서는 박코스·박키오스·박케우스·박케
이오스 등이 혼용된다. 그는 테바이에서 태어났고, 숭배되었다. 이 극은 아테나이
에서 행해진 디오니소스 제전에서 상연되었으며, 후반의 코로스는 그에게 헌정된
것이다.

신들이 보낸 최근의 사건들 속에서
무슨 급한 계획을 가지고 계시기에
원로들을 소환하여
공적인 공표로 회의를 열자고   160
제안하시는 것인가?

크레온

여러분, 신들께서는 도시의 일들을 험한 풍랑으로
뒤흔드셨고, 다시 안전하게 바로 세우셨소.[26]
나는 전령들에게 모두로부터 선택된 당신들을
불러오라 명했소. 그대들이 라이오스 왕좌의 힘을   165
언제나 존중해 왔다는 것을 알기 때문이오.
오이디푸스가 도시를 바로 세웠을 때나 파멸했을 때나,
그의 자녀들을 변함없는 마음으로 보좌했다는 것을
잘 알기에 그렇소.
그런데 그들은 이중의 운명에 의해   170
혈육의 손으로 행한 오염[27]으로
서로를 치고 또 맞아 한날에 파멸했소.
그래서 파멸한 이들과 가장 가까운 친족인 내가
모든 권력과 왕좌를 갖게 된 것이오.[28]

---

26 크레온은 도시를 여러 차례 배에 비유하고 있다. 이 비유는 비극뿐 아니라,
투키디데스의 『역사』나 플라톤의 『대화편』에도 종종 등장한다.

27 살인 자체도 오염이지만, 혈육을 살해한 것이기 때문에 이는 더 큰 오염이라
고 할 수 있다.

28 안티고네는 인정하지 않고 계속해서 〈장군〉으로 칭하고 있지만, 라이오스의
남자 후손이 더는 없기에 가장 가까운 친족으로서 정당하게 왕위를 차지했다고 볼
수 있다.

통치와 법률로 검증되기 전에,									175
한 사람의 영혼과 마음과 생각[29]을
완전하게 알 방법은 없소.
온 도시를 인도하는 자가
최선의 계획을 취하지 않고
두려움에 사로잡혀 혀를 잠그고 있다면,							180
그는 예나 지금이나 가장 나쁜 자일 것이오.
자신의 조국보다 친구를 더 중요하게 여기는 자[30] 역시
아무 가치 없는 존재라 하겠소.
— 언제나 만물을 보시는 제우스께서 알아주시길! —
시민들에게 구원 대신 파멸이 다가오는 것을 본다면					185
나는 침묵하지 않을 것이며,
이 땅에 적대적인 자를 친구로 두는 일도
결코 없을 것이오.
이 땅이 안전하고, 우리가 바로 선 배로 항해해야만
친구들을 사귈 수 있다는 것을 알기 때문이오.						190
나는 이러한 원칙으로 이 도시를 더욱 강하게 만들 것이오.
이에 나는 오이디푸스의 아들들과 관련하여 이 원칙과
그 형제 격인 포고를 전하고자 전령을 보낸 것이오.
에테오클레스는 도시를 위해 창으로 싸우다가
대단한 탁월함을 보이고									195
목숨을 잃었으니, 가장 훌륭한 망자들을 기리는

---

29 이에 해당하는 원문의 단어는 각각 psyche, phronema, gnome이다.
30 크레온은 자신이 폴리네이케스보다 도시를 더 앞세우고 있다고 말하며 자신의 행위를 정당화하고 있다.

모든 신성한 예식을 다 행한 뒤[31]
그를 무덤에 매장할 것이오.
반면 그와 혈육인 자, 폴리네이케스는
도망했다가 다시 쳐들어와 조국 땅과 가문의 신들을   200
완전히 불사르고 혈육의 피를 마시고자 했으며,
다른 이들은 노예로 끌고 가려 한 자이니,
장례를 치러 묻어 주지도, 애도하지도 말고,
묻히지 않은 시신이 새들과 개 떼에게
먹히고 훼손되는 것을 보도록   205
이 도시에 선포하는 바요.
내 생각은 이러하며, 악한 자들은 결코 정의를 행하는
자들보다 먼저 내게서 명예를 얻지 못할 것이오.
반면 이 도시에 좋은 뜻을 가진 자는 죽어서나
살아서나 동일하게 나에게서 존중받을 것이오.   210

코로스

메노이케우스의 아들이여, 도시에 적대적인 자와
호의적인 자에 대해 이렇게 하도록 결정하셨군요.
죽은 자에게든 살아 있는 우리에게든
그대는 무엇이든 행할 권한이 있습니다.[32]

---

31 여기에는 죽은 자들의 혼이 마실 수 있도록 제주를 바치는 것과 액체로 된 제
물들을 땅에 붓는 예식이 포함되어 있다.

32 코로스는 크레온의 결정을 받아들이는 것 같아 보이지만, 그의 절대 권력을
두려워해 마지못해 그에게 충성하고 있다.

크레온

이제 그대들은 이 포고령의 감시자가 되도록 하시오. 215

코로스

좀 더 젊은 사람에게 이 일을 감당하게 하시지요.

크레온

시신을 지키는 자들은 준비되어 있소.

코로스

그렇다면 다른 무엇을 명하시는 것입니까?

크레온

이에 불복하는 자들을 따르지 말라는 것이오.

코로스

죽기를 바랄 정도로 어리석은 자는 없습니다.[33] 220

크레온

바로 그것이 대가요. 그러나 이득에 대한 기대는
남자들을 자주 파멸하게 만들지.

(파수꾼이 등장한다.)

---

33 코로스의 이 말은 아이러니하게도 앞서 나눈 안티고네와 이스메네의 대화를
상기시킨다.

파수꾼

왕이시여, 제가 숨차게 빨리, 발을 가볍게

들어 올리며 이곳에 왔다고 말하지는 않겠습니다.

걱정으로 많이도 멈춰 서고,

되돌아가려고 하다가 몸을 돌려세웠습니다.   225

마음이 제게 많이도 말했으니까요.

〈딱한 이여, 왜 벌을 받겠다고 찾아가는 것인가?

불운한 이여, 또 멈춰 섰는가? 크레온이 이 일을

다른 이를 통해 듣는다면 어찌 고생을 당하지 않겠는가?〉   230

이런 생각을 머릿속으로 굴리며 발걸음을

천천히 옮겼고 짧은 길이 먼 길이 되었습니다.

결국 이곳으로 오자는 생각이 이겼습니다.

아무것도 아닌 걸 말하는 것이더라도 저는 말씀드리겠습

니다.

나에게 운명 지워지지 않은 일은 겪지 않으리라는   235

희망을 갖고 왔으니까요.

크레온

자네를 겁나게 하는 게 무엇인가?

파수꾼

저 자신에 대해 먼저 말씀드리고자 합니다.

그 짓을 하지도 않았고 그 짓을 한 자를 알지도 못하니,

나쁜 일을 당하는 것은 결코 정당하지 않습니다.   240

크레온

조심스럽게 과녁을 겨냥하면서, 방어벽을 둘러치는구나.
분명 새로운 소식을 가져온 것이겠지.

파수꾼

무서운 일은 많은 주저함을 가져오지요.

크레온

이제 말해 보아라, 아니면 그만 가버리거나.

파수꾼

그럼 당신께 말씀드리죠. 누군가 방금 시체를 제대로   245
묻고 떠나갔습니다. 목마른 먼지를 뿌리고[34]
필요한 장례 의식을 치르고서요.

크레온

무슨 소리인가? 어떤 놈[35]이 감히 그런 짓을 했다는 건가?

파수꾼

모르겠습니다. 도끼를 내리치거나
곡괭이로 파헤친 자국도 없이, 땅은 단단하고   250
메말랐고, 갈라진 곳도 수레바퀴 자국도

---

34 시신 위에 흙을 덮는 행위를 말한다. 그 이후에 애도(눈물)나 제주 붓기 등이
뒤따르기에 〈목마른〉이라는 표현을 쓴 것이다.
35 크레온은 이 일을 여자가 했으리라고 상상하지 못하고 있다. 관객은 안티고
네가 그 일을 했음을 짐작하게 되고, 여기에서 극적 아이러니가 발생한다.

없었으며, 범인은 아무런 흔적도 남기지 않았습니다.
주간의 첫 파수꾼이 우리에게 이 상황을 보여 주자
모두 놀라고 불안해했습니다.
그것이[36] 보이지 않았던 겁니다. 매장된 건 아니나,   255
죄짓지 않으려는 듯 흙먼지가 얕게 덮혀 있었지요.[37]
짐승이나 개가 왔던 흔적도
뜯어먹은 자취도 없었습니다.
파수꾼이 파수꾼을 심문하면서
서로 나쁜 말들을 퍼부었고, 주먹이 오갈 뻔하기도   260
했지만 말리는 자는 없었습니다.
각자가 그 짓을 저질렀고, 누구도 확실하지 않았고,
아는 바가 없다고 우겼으니 말입니다.
우리는 손으로 모루를 잡고 불 속을 지나며[38]
신들에게 맹세할 준비가 되어 있었습니다.   265
그 짓을 직접 하지도, 누가 그 일을 계획하거나
실행했는지 알지도 못한다고요.
결국 더는 발견할 것이 없자,
누군가 한 말에 모두가 두려움에 머리를 바닥으로
떨군 채 대꾸할 수도 없었고, 어떻게 행동해야   270
잘하는 것인지도 몰랐습니다.
그 말은 당신께 이 일을 보고하고

---

36 폴리네이케스의 시신.
37 고대 그리스인들은 시신을 흙으로 덮지 않은 채 두는 것을 불경한 행위로 보
았다. 안티고네는 폴리네이케스를 제대로 땅에 묻지 못하고, 그 위에 간단하게 흙
을 뿌려 장례를 대신했다.
38 맹세에 동반되는 관용구로 신명 재판의 흔적을 보여 준다.

숨겨서는 안 된다는 것이었지요.

이 의견이 우세하여, 제비뽑기가 나를 불운한 자로

선택했습니다. 이 좋은 일을 맡도록 말입니다.   275

그래서 원치 않는 사람들 곁에 마지못해 와 있습니다.

알고 있습니다. 나쁜 말을 전하는 자를 좋아하는 사람은

없다는 걸요.

코로스

왕이여, 아까부터 곰곰이 생각해 보니

이 일은 신께서 행하신 게 아닐까 싶습니다.

크레온

그만하시오, 말로 내 분노를 가득 채우기 전에.   280

아니면 당신은 늙은이일 뿐 아니라 어리석은 자임을 보이

게 될 것이오.

신들께서 이 시체에 마음 쓰고 계신다는 것은

참을 수 없는 말이오.

기둥이 둘러싸고 있는 신전들과

성물들을 태워 버리고,   285

자신들의 땅과 법을 흩어 버리려고 온 자를

선행을 했답시고 명예를 높이며

매장해 주었다는 것인가?

아니면 신들이 악한 자를 존중하는 것을 본 적이 있는가?

그럴 리가! 전부터 이 도시에 이것을 잘 못 견디고

나에게 원성을 가진 이들이 있었소.   290

그들은 몰래 머리를 흔들면서,

나를 존중하여 충성스럽게 목에 멍에를 매려 하지 않소.
누군가 이런 자들의 뇌물에 매수되어
그 짓을 했다는 것을 잘 알고 있소.
인간들에게 은화보다 더 큰 해가 되는 것은   295
없으니. 이것은 도시를 약탈할 뿐 아니라
사람들이 집을 나가게 만들기도 하오.
이것은 또한 인간들의 고귀한 마음을
수치스러운 짓 편에 서도록 가르치고 이끌지.
이것은 인간들에게 악한 짓을 저지르는 법을 보이고   300
온갖 일들의 불경함을 알게 하기도 하오.
돈을 벌자고 이런 짓을 하는 자들은 누구나
시간이 흐르면 언젠가 벌을 받을 것이오.
하지만 제우스께서 여전히 내 경배를 받고 계신다면,
이것을 잘 알아 두어라. 맹세컨대   305
제 손으로 이 무덤을 만든 자를 찾아
내 눈 앞에 데려오지 않는다면,
하데스만으로는 너희에게 충분치 않을 것이며
그전에 산 채로 매달려 오만함을 전시하게 될 것이다.
앞으로는 약탈하더라도 이익을 어디서 얻을 수 있는지를   310
알고 아무 데서나
이득을 취해서는 안 된다는 것을 배워야 할 것이다.
수치스러운 소득으로 안전하게 산 자들보다
손해를 입은 자가 더 많을 테니.

파수꾼

무언가 말씀드려도 되겠습니까, 아니면 이대로 돌아서서   315

갈까요?

크레온

지금도 괴롭게 떠들어 대고 있다는 것을 네놈은 모르겠는가?

파수꾼

괴로운 게 귀입니까, 아니면 마음입니까?

크레온

내 고통의 자리가 어딘지 따지려 드는 건가?

파수꾼

당신의 마음은 저지른 놈이, 귀는 제가 괴롭히고 있지요.

크레온

아, 타고난 수다쟁이인 게 분명하구나.   320

파수꾼

그 일만은 결코 제가 저저르지 않았습니다.

크레온

은전에 영혼을 팔아넘기고서 했겠지.

파수꾼

아아, 판단하는 분이 잘못 판단하시다니 참으로 무섭군요.

크레온

〈판단〉이라는 말을 트집 잡아 보든가! 그 일을
저지른 자를 내 앞에 데려오지 않는다면, 비열한 이익이
끔찍한 결과를 가져온다는 것을 고백하게 될 것이다.   325

(크레온이 퇴장한다.)

파수꾼

제발 그를 찾을 수 있기를! 하지만 그가
잡히든 아니든 그것은 운명이 결정하겠지.
당신은 내가 이곳으로 다시 오는 것을 보지 못할 겁니다.
지금도 내 기대와 생각 이상으로 구원을 받았으니   330
신들의 은혜를 입었구나.

코로스 좌 1[39]

무서운 것[40] 많기도 하지만
인간보다 더 무서운 것은 없도다.
겨울 남풍이 휘몰아칠 때   335
회색빛 바다 건너
두루 삼키는 파도 밑을 지나고,
신들 가운데 가장 고귀한,
쇠하지 않고 지치지 않는 대지를
해에 해를 이어 쟁기로 돌며   340

39 제1정립가로 〈인간 찬가의 합창〉으로 알려진 유명한 코로스다.
40 그리스어로 ta deina인 이 단어에는 〈놀라운〉이라는 의미도 있다.

말의 족속[41]을 써서 갈아엎으면서
끊임없이 파헤치는구나.

코로스 우 1

마음 가벼운 새들의
부족과 들판의 짐승 종족,
바다 물고기의 족속을
솜씨 좋은 인간은   345
잘 짜인 그물들을
둘러 던져 잡는다네.
들판에 살며 산을 오가는 짐승들을,
갈기 풍성한 말과   350
산에 사는 지칠 줄 모르는 소를
목에 멍에를 씌워서 지배하는도다.

코로스 좌 2

말소리와 바람 같은 생각과
도시를 이루어 살고자 하는 기질을
스스로 배웠도다.   355
살기 힘든 언덕의 서리와
폭우의 공격을 피하는 법도.
일어날 일들을 그 어떤 것도
대비 없이 맞지 않는도다.
하데스만은 피할 수 없으나   360

41 노새.

불가피한 질병의 도피처도
그는 생각해 내었도다.

코로스 우 2

기술의 교묘함에 있어서
그는 기대 이상으로 현명하지만   365
때로는 나쁘게, 때로는 선하게
길을 간다네. 법을, 그리고 땅의 신들에게
맹세한 정의[42]를 존중하는 자는
융성하는 도시를 누리게 되리라.
무모하게도 선하지 않은 것과   370
함께하는 자는
도시를 잃게 되리라.
그런 짓을 하는 자는
나와 함께 화롯가에 앉지도 않고
같은 생각을 나누지도 않기를.   375

(파수꾼이 안티고네를 데리고 들어온다.)

코로스

이것은 신이 보낸 기이한 일[43]이 아닌지 의심스럽구나.
저 소녀가 안티고네가 아니라고
어찌 알면서도 반박하겠는가.

42 혈족의 관습.
43 코로스는 그들이 이해 못 하는 일을 초자연적인 것으로 받아들이고 있다.

오 불운한 아버지 오이디푸스의
불운한 딸이여.   380
대체 무슨 일인가? 참으로 그대가 끌려온 것인가,
왕의 법에 불복하여 어리석은 짓을 하다 붙잡혀서?

파수꾼

이 여자가 바로 그 짓을 한 자입니다.
우리는 장례를 치르고 있던 그녀를 붙잡았습니다.[44]
그런데 크레온 님은 어디 계십니까?   385

코로스

때맞춰 집에서 다시 나오고 계시는군.

크레온

무슨 일인가? 무슨 때에 맞춰 정확히 도착했다는 건가?

파수꾼

왕이시여, 필멸의 인간이 분명하게 맹세할 수 있는 일은
없습니다.
이후의 생각이 판단을 거짓으로 만들어 버리니.
방금 그대의 위협에 시달려서   390
제가 여기로 결코 돌아오지 않으리라 확신했었는데.
하지만 예상을 벗어난 기쁨은

---

44 안티고네는 두 번째 장례를 치른다. 그녀가 다시 돌아와 장례를 치른 것은,
이전의 매장이 제대로 되었는지를 확인하기 위해서이거나, 흙만 뿌려 둔 시신 위에
제주를 붓기 위해서였을 가능성이 높다.

다른 즐거움과 어떤 크기로도 같지 않기에
다시 오지 않겠다고 맹세해 놓고도 왔습니다.
무덤을 단장하다가 붙잡힌 그녀를 끌고서 말입니다.   395
이번에는 제비를 던지지도 않았습니다.
이 일은 다른 누구도 아닌 바로 저 자신의 행운입니다.
왕이시여, 이제 그대가 바라셨던 대로 직접 그녀를
붙잡아 판결하고 심문하십시오. 저는 정당하게
자유로운 몸이 되어 이 괴로운 일들로부터 풀려나겠지요.   400

크레온

어디에서 어떻게 그녀를 붙잡았는가?

파수꾼

그녀가 그 남자를 매장하려 했습니다. 당신은 모든 걸 아
셨습니다.

크레온

말하는 바를 알고서 제대로 말하고 있는 건가?

파수꾼

당신이 금했음에도 그녀가 그 시신을 매장하는 것을
보았습니다. 분명하고도 명확하게 말하고 있는 건가요?   405

크레온

그러면 어떻게 발각되어 붙잡혔는가?

파수꾼

사정은 이러합니다. 그대에게서 그 무서운 말들로
위협을 받고 돌아가서는,
시신을 덮고 있던 모든 흙먼지를 쓸어 버리고[45]
축축해진 시신을 잘 드러나게 해놓고   410
언덕 꼭대기에서 바람을 등지고 앉아 있었지요.
그것에서 냄새가 날려 올까 봐 피했던 것입니다.
누가 이 임무를 소홀히 할까 봐
소란스럽게 이놈이 저놈을 욕설로 깨우면서,
이렇게 시간이 지나, 하늘 한가운데   415
태양의 빛나는 원이 자리 잡고
뜨거운 열기를 달구는 때가 되었습니다. 갑작스럽게
땅의 회오리가 모래 폭풍을 일으켜, 하늘의 고통이
들판을 채우고 숲의 모든 나뭇잎들을 망쳐 버리고는
광활한 하늘을 가득 채웠습니다.   420
저는 신이 보낸 질병을 눈을 감고 견뎌야 했습니다.
한참 만에 이것이 지나가고 나자,
어미 새가 새끼들 없이 비어 있는
둥지의 잠자리를 보며 날카로운 소리로 원통하게
울듯이 그녀가 통곡하고 있는 것이 보였습니다.   425
그렇게 그녀는 시신이 드러난 것을 보고는
눈물을 흘리며 통곡했고, 그 짓을 한 자들에게
심한 저주의 말을 퍼부었습니다.
그러고는 바로 목마른 먼지를 손으로 가져와

45 흙을 쓸어 버림으로써 매장 이전 상태로 되돌려 놓은 것이다.

잘 두드려 만든 청동 항아리를 높이 들어 올리고   430
제주를 시신 위에 세 번 부었습니다.[46]
우리는 이것을 보고 서둘러 가서 그녀를
즉시 체포했으나 선혀 놀라지 않더군요.
이전의 행위들과 지금의 행위들을 따져 묻자
전적으로 부정하지 않았는데,   435
이것은 동시에 기쁘기도 괴롭기도 했습니다.
자신을 불행으로부터 벗어나게 하는 것은 가장 기쁜 일이
지만
친구들을 불행으로 이끄는 것은 고통스러운 일이니까요.
하지만 이 모든 것들도 나의 구원에 비하면 사소한 일입니다.   440

크레온

너, 바닥으로 고개를 숙이고 있는 너 말이다.
말해 봐라, 그 짓을 했다고 시인하겠는가? 아니면 아니라
고 부인하겠는가?

안티고네

내가 했음을 시인합니다. 부인하지 않겠어요.

크레온

(파수꾼에게) 너는 이제 무거운 혐의에서 벗어나
자유의 몸이니 원하는 곳으로 가도 좋다.   445

---

46 대개 죽은 이에게는 꿀을 섞은 우유와 포도주, 물을 바치는 것으로 되어 있
다.(『오디세이아』 10권) 그러나 여기서는 세 번 다 포도주를 올린 것으로 보인다.

（안티고네에게）하지만 너는 나에게 장황하게 말고 간략하게 말해 보거라.

이 행위를 금하는 포고령을 알고 있었느냐?

안티고네

알았지요. 어떻게 모를 수가 있겠습니까? 분명했으니.

크레온

아니, 그런데도 감히 이 법을 위반한 것인가?

안티고네

그것을 명하신 분은 제우스가 아니며,　　　　　　　　　　450
하계에 계신 신들과 함께 거하시는 정의의 여신도
인간들을 위해 그러한 법을 제정하지 않으셨겠지요.
당신의 포고령이 그러한 힘을 지녔다고
생각지도 않습니다. 기록되지 않은, 그러나 분명한
신들의 법령[47]을 죽을 수밖에 없는 인간이 넘어설 수는 없　455
습니다.
이 법령은 어제오늘만이 아니라 영원히 살고 있어서
언제 이것이 생겨났는지 알 수 있는 이는 아무도 없지요.
나는 어느 남자의 생각이 무섭다 해서
신들로부터 벌 받을 짓은 하지 않을 겁니다.
죽는다는 것을 분명히 압니다. 모를 리가 있나요?　　　　460
당신이 포고령을 선포하지 않았다 하더라도요. 하지만 때

47 죽은 이의 시신을 매장하는 일.

가 되기 전에
　죽는다면 이것 또한 이득이라고 말하겠습니다.
　저처럼 이토록 많은 불행 속에 사는 자라면
　죽는 것보다 더 큰 이득이 어찌 있을 수 있겠습니까?
　그러니 이 운명을 맞는 것은 내게 결코 고통이
　아닙니다. 내 어머니에게서 태어난 이가 죽었는데도　　465
　장례가 치러지지 못하는 것을 견뎌야 한다면
　그런 일들은 고통스럽겠지요.
　하지만 이런 일들[48]은 고통스럽지 않아요.
　당신이 지금 내가 어리석은 짓을 하다 잡혔다 여긴다면
　어리석은 이에게 어리석게 보이는 것일 테지요.　　470

코로스

거친 아버지에게서 난 거친 딸인 것이 분명하구나.
불행 속에서도 굽힐 줄 모르는 것 같으니.

크레온

(코로스를 향해) 그러니 그대는 알아 두시오. 지나치게 굳
은 의지는 쉽게 꺾이며,
　대단히 단단한 쇠도 불 속에서 지나치게 달궈지면
　쪼개지고 부서지는 것을 자주 볼 수 있을 것이오.　　475
　작은 재갈로도 날뛰는 말들을 길들일 수 있다는 것을
　나는 알고 있소. 누군가의 노예인 자가
　자신을 대단하다고 여겨서는 안 되는 법이오.

48 죽음을 맞는 것.

이 아이는 그때, 이미 정해진 법률들을 어기면서
오만한 짓을 저질렀다는 것을 잘 알고 있었소.   480
그런데도 그 짓을 한 뒤 두 번째 오만을 저질렀소.
이러한 일들을 저질렀다고 자랑하며 즐거워한 것이오.
그녀가 아무 처벌 없이 이런 짓을 하도록 놓아둔다면   485
내가 아니라 저 여자가 남자일 거요.[49]
내 누이의 딸이건, 가정의 보호자 제우스께 속한
모든 사람보다 더 가까운 핏줄이건 간에
그녀 그리고 그녀와 한 핏줄인 아이[50]는 끔찍한 운명을
피하지 못할 것이오. 그녀도 똑같이
이 장례를 계획했다고 고발하는 바요.   490
그녀를 불러오거라. 방금 그녀가 마음을 잡지 못하고
흥분해 날뛰는 것을 나는 보았다.
어둠 속에서 옳지 않은 일을 꾸미는
도둑 심보는 먼저 잡히는 법이지.
악한 행위를 하다가 잡힌 자가   495
그것을 미화하려 한다면 나는 이를 더욱 증오할 것이오.

안티고네

날 잡아 죽이는 것 이상의 더 큰 무언가를 바라나요?

크레온

아니. 그걸 가지면 모든 것을 다 가진 것이다.

49 크레온은 안티고네의 행위를 성별의 권력 구도로 보고 있다.
50 이스메네.

안티고네

그러면 지체할 이유가 뭔가요? 당신의 어떤 말도
내 마음에 들지 않고, 앞으로도 결코 그러하지 않을 것처럼,
내가 당신의 마음에 들 일도 없을 테니.   500
오빠의 장례를 치르는 것 외에 어디서
더 높은 명성을 얻겠습니까?
여기 계신 모든 이들도 그것이 좋다고 하실 거예요.
두려움이 그들의 혀를 막아 버리지만 않았다면요.   505
하지만 왕권은 많은 것들을 누릴 수 있고
특히나 원하는 바를 행동하고 말할 수 있지요.

크레온

카드메이아인들 가운데 너만이 그렇게 생각하고 있다.

안티고네

이 사람들도 그렇게 생각하지만, 당신으로 인해 입을 닫아
버린 거예요.

크레온

넌 부끄럽지 않은가? 이들과 다른 생각을 하면서도?   510

안티고네

한 배에서 난 사람을 존중하는 것은 수치스러운 일이 아니
에요.

크레온

그에게 맞서다 죽은 이[51]도 혈육 아닌가?

안티고네

한 어머니와 같은 아버지에게서 난 혈육이지요.

크레온

그러면 어떻게 그[52]에게 불경하게 보일 호의를 베푸는 것이냐?

안티고네

죽은 시신은 이 일에 대해 증언하지 않을 거예요.[53]   515

크레온

네가 그를 불경한 자와 똑같이 존중하는데도?

안티고네

노예가 아니라, 형제로 죽었으니.

크레온

그자는 이 땅을 파괴하다가, 다른 이는 지키다가 죽었지.

안티고네

그렇다 해도 하데스는 이런 법들을 요구하지요.

51 에테오클레스
52 에테오클레스
53 이미 죽었기 때문에 불만을 보일 이유가 없을 것이라는 의미로 볼 수 있다.

크레온

이익을 주는 이와 해로운 이는 같은 몫을 가질 수 없다.   520

안티고네

하계에서는 이 일이 정결한 일일지 누가 알겠어요?

크레온

적은 죽어서도 결코 친구가 될 수 없어.

안티고네

모두를 미워하도록 타고난 적은 없지만, 서로 사랑하도록
타고난 사람은 있어요.[54]

크레온

사랑해야 한다면 당장 내려가서 그들을 사랑하든가.
내가 살아 있는 한 여자가 지배하는 일은 없을 거다.   525

코로스

보라, 여기 문 앞에 이스메네가 나와서
언니를 사랑하는 마음에 눈물을 쏟고 있구나.
이마를 덮은 구름이
벌겋게 상기된 얼굴을 일그러뜨리네.
고운 볼을 적시며.   530

---

54 비록 에테오클레스와 폴리네이케스가 서로 대적하다 한날한시에 목숨을 잃
었다 하더라도 그 자신은 두 오빠를 각기 사랑하지 않을 수 없다는 의미이다.

크레온

네가 내 집을 독사처럼 기어다니며
몰래 내 피를 빨아먹고 있었는데 나는 알지도 못했구나.
두 재앙을 키우면서, 왕좌를 위협하는 자들을 키우면서도.
자, 나에게 고하라. 너는 이 장례를 함께 치렀다고
말할 것인가, 아니면 몰랐노라고 맹세하겠는가?   535

이스메네

저도 그 일을 했어요. 여기 제 언니가 동의해 준다면요.
가담도 했고, 책임도 지겠어요.

안티고네

아니, 정의는 네게 그것을 허용하지 않을 거야.
너는 원치 않았고 나는 함께하지 않았으니.

이스메네

하지만 난 언니의 불행 속에 나 자신을   540
함께 항해하도록 만드는 것이 부끄럽지 않아요.

안티고네

그것이 누가 한 일인지는 하데스와 지하에 계신 분들이 증
인이시지.
말로만 아끼는 사람을 나는 친구로 사랑하지 않아.

이스메네

제발, 언니, 함께 죽고, 죽은 이를 같이 공경하도록

해주지 않아서 나를 불명예스럽게 하지 말아요. 545

안티고네

나와 같이 죽을 생각도 말고, 네가 건드리지 않은 일을
너 자신의 일로 삼지도 마. 죽는 것은 나로 충분해.

이스메네

언니가 떠나고 나면 어떤 삶의 낙이 나에게 있겠어요?

안티고네

크레온에게나 물어 봐! 너는 이분이 아끼는 사람이니.

이스메네

왜 그렇게 날 괴롭게 하는 거죠? 아무 이득도 없는데? 550

안티고네

만약 널 비웃는 거라면, 고통스러워하면서 비웃는 거다.

이스메네

이제 내가 언니를 어떻게 도울 수 있을까요?

안티고네

너 자신이나 구해. 나는 네가 피해 가는 것에 유감이 없어.

이스메네

아아, 불행하구나. 언니의 죽음을 나눠 가질 수조차 없다니.

안티고네

너는 살기를 선택했고, 나는 죽기를 선택했으니까.   555

이스메네

적어도 내가 아무 말도 안 한 것은 아니에요.

안티고네

하지만 너는 한쪽에, 나는 다른 쪽에 현명하다고 여겨졌지.[55]

이스메네

과오는 우리 둘에게 똑같아요.

안티고네

용기를 내. 너는 살아 있지만, 내 영혼은 이미 오래전에
죽었어. 죽은 이들을 돕도록 말이야.   560

크레온

단언컨대 두 여자아이 중 하나는 이제 막 정신이 나갔군.
다른 하나는 애초에 나면서부터 그랬고.

이스메네

왕이시여, 불행한 일을 겪은 이에게는
타고난 분별력조차 남지 않고 떠나 버리니까요.

---

55 이스메네는 크레온에게, 안티고네 자신은 하데스와 죽은 자들에게 현명하게
여겨졌다는 의미이다.

크레온

적어도 네가 불행한 이들과 악한 짓을 하기로 선택했을 때
부터 그렇게 되었지.[56]   565

이스메네

언니 없이 저만 홀로 남는다면, 어떻게 살 수 있겠어요?

크레온

아니, 언니라고 말하지 말아라. 그녀는 더 이상 없다.

이스메네

정말 당신 아들의 신부가 될 이를 죽이실 건가요?

크레온

그가 경작할 만한 다른 여자의 밭도 있다.

이스메네

그에게 언니만큼 잘 맞는 사람은 없어요.   570

크레온

나는 아들을 위해서 악한 여자들을 증오하는 것이다.

56 원문은 같은 형용사 kakos를 써서 〈불행〉과 〈악〉을 표현하고 있다.

이스메네[57]

오 친애하는 하이몬, 아버지가 당신을 얼마나 모욕하고 있
는지.

크레온

너도 네 결혼 침대[58]도 벌써 나를 너무나 괴롭히고 있다.

이스메네[59]

당신 아들을 그녀로부터 정말 빼앗으려는 건가요?

크레온

하데스가 날 위해 이 결혼을 끝내실 것이다.   575

이스메네

그녀가 죽는 것은 결정되었나 보군요.

크레온

너에게도 나에게도 그러하다. 이제 너희 시종들은 지체하
지 말고,

그녀를 안으로 끌고 가라. 이제부터 이들은

여인답게 굴어야 하니, 풀어놓아서는 안 된다.

---

57 이 대사를 안티고네가 한 말로 보는 학자들도 있으나, 안티고네가 이후 하이
몬에 대해 별다른 언급을 하지 않는 점을 볼 때, 안티고네의 대사로 보는 것은 적합
하지 않다.

58 〈네 결혼 침대〉란 〈네가 말하는 안티고네의 결혼〉을 의미한다.

59 이 구절과 이후 576행을 코로스가 하는 말로 보는 학자들도 있다.

하데스가 그들의 삶 가까이에 다가오는 것을 보면   580
용감한 자들조차 도망치기 때문이지.

코로스 좌 1[60]

행복하도다, 긴 세월 불행한 일들을 맛보지 않은 이들은.
신들께서 그들의 집을 흔들어 놓으실 때면, 가솔들에게
기어들지 않는 어떤 재앙도 남겨 놓지 않으시기 때문이라.   585
저 깊은 바다의 너울이
트라케 돌풍의 거친 숨결로
바다 밑 어둠을 넘어갈 때,
저 바닥에서부터 검은 모래를 굴리고
파도가 계속 치는 곳들은   590
거친 바람을 맞아
신음하며 울부짖듯이.

코로스 우 1

랍다코스 가문의 죽은 자들의 재앙이
재앙 위에 떨어지는 것을 나는 보아 왔노라.   595
한 세대가 다른 세대를 풀어 주지 못하고
어느 신께서 그들을 던져 버리시니,
벗어남이 없도다.
이제 오이디푸스 가문의
마지막 뿌리 위에[61] 빛이 비치니   600

---

60 제2정립가.

61 마지막 뿌리가 가리키는 것은 이 집안의 마지막 자손인 안티고네와 이스메
네이다. 〈위에hyper〉 대신 〈~인hoper〉으로 읽을 수도 있다.

이를 다시 저승 신들의
피묻은 칼[62]이, 말의 어리석음과
광란하는 생각이 베어 버리는도다.

코로스 좌 2

제우스여, 인간의 어떤 오만이
그대의 능력을 막을 수 있겠나이까?   605
모든 것을 사냥하는 잠도 결코 잡지 못하며
신들의 지칠 줄 모르는 달들도 그러하며,
세월을 모르는 시간 동안 당신은 권능자로
올림포스의 빛나는 광채를 차지하고 있나이다.
잠시 뒤에도, 먼 훗날에도   610
이전에도 그랬듯 이 법은 유지될 것이며,
과도함이 필멸하는 이들의 삶을
재앙에서 벗어나게 하는 일은 결코 없으리라.

코로스 우 2

멀리 방황하는 희망은
많은 인간들에게 즐거움이 되어도,   615
다른 많은 이들에게는 경박한 욕망의 속임수라네.
그것은 어떤 이가 뜨거운 불로 발을 데기 전에
모르는 자에게 다가온다네.
현명함으로 이 유명한 말을 한 자 있으니   620
〈신이 미망[63]으로 그 마음을

---

62 칼kopis 대신 먼지konis로 보는 학자들도 있다.
63 그리스어 ate로, 재앙·과오·범죄라는 의미로도 볼 수 있다.

이끄는 자에게는
악이 선으로 보이지만
그는 짧게만 재앙 없이 그 삶을 살아가는 법이다.〉   625

(하이몬이 등장한다.)

코로스

저기 당신의 막내 아들
하이몬이 오셨군요. 약혼녀 안티고네의 운명을
슬퍼하면서, 결혼의 좌절에
괴로워하며 온 것인가요?   630

크레온

곧 예언자들보다 더 잘 알게 되겠지.
(하이몬에게) 아들아, 네가 결혼하기로 한 여인에 대한 최
후의 판결을 듣고
아버지에게 격분해서 온 것은 아니겠지?
내가 무엇을 행하건 간에, 우리는 같은 편이겠지?

하이몬

아버지, 저는 당신의 것입니다. 당신은 저를 이로운   635
판단으로 인도하고 계시며, 저는 그것들을 따를 것입니다.
저는 아버지께서 훌륭하게 이끄시는 것보다
더 가치 있는 결혼은 전혀 없다고 여기기 때문입니다.

크레온

아들아, 그러하다. 그렇게 마음먹어야 한다.
아버지의 판단을 전적으로 따라야 한다고 말이다.   640
이를 위해 사람들은 순종적인 자식을 낳아
그들이 집 안에 있기를 기도하는 것이지.
적에게는 나쁜 것들로 갚아 주고,
친구에게는 아버지를 대하듯 존중하면서 말이다.
하지만 쓸모없는 자식을 낳은 자라면   645
고통 외에 다른 무엇을 낳았다고 말할 수
있겠느냐? 적들에게는 크나큰 비웃음거리가 되고 말이다.
아들아, 지금은 여인으로 인한 쾌락에
정신을 내던지지 말아라.
나쁜 여자와 집 안에서 잠자리를 하게 되면   650
그 품 안의 것이 차가워진다는 것을 알고서.
나쁜 친구보다 우리에게 더 큰 상처를 주는 것이 무엇이겠
느냐?
그러니 저 여자를 적으로 여겨 뱉어 버리고
하데스에서 아무나 그녀와 결혼하도록 내버려 두어라.
이 온 도시에서 유일하게 대놓고 나에게 맞선   655
그녀를 내가 붙잡았으니.
온 도시에 거짓된 자로 서지 않기 위해서라도
그녀를 죽일 것이다. 혈족을 보호하는 제우스나
찬양하게 하라. 가족으로 태어난 자를 질서 없이
키운다면, 가족 밖의 사람들은 더욱 그러할 것이다.   660
누구든 집안에서 유익한 자라면
도시에서도 정의로운 자로 드러날 것이기 때문이지.

법을 위반하거나 폭력을 일삼거나
지배자들에게 명령하려고 계획을 세우는 자를
나는 결코 칭찬하지 않을 것이다.   665
하지만 도시가 세운 자라면 그의 말을,
그것이 사소하든 정의롭든 반대되는 생각이든
들어야 할 것이다. 이러한 사람이 제대로 통치하며
제대로 통치받으려 할 것이라고 확신하는 바다.
그런 자는 창의 폭풍 속에서도 굳건히 서 있는   670
정의롭고 훌륭한 전우일 테지.
통치자가 없는 것보다 나쁜 것은 없다.
그것은 도시를 파괴하고
가정을 뒤엎으며 동맹군의 창을 꺾어
전열을 무너뜨려 버리는 반면, 복종은   675
바로 선 자들의 많은 목숨을 구원하는 법이다.
그렇기에 질서를 가져다주는 것을 지켜야 하며
여자에게 결코 제압되어서는 안 된다.
만약 그래야 한다면, 남자에게 쫓겨나는 것이 더 낫다.
여자보다 못하다고 불릴 수는 없다.   680

코로스

만일 우리가 세월에 의해 지혜를 빼앗긴 것이 아니라면
당신의 말씀은 사려 깊은 것으로 보입니다.

하이몬

아버지, 신들께서는 인간들에게 현명함을 심어 주셨고
그것은 모든 재산 가운데 가장 소중한 것입니다.

저는 아버지께서 옳게 말씀하지 않으셨다고
말할 힘도 없고, 말할 방법도 알지 못합니다.[64]
다른 사람도 좋은 생각을 할 수 있습니다.
당신이 사람들이 말하고, 행하고, 비난하는 바를
모두 살필 수는 없습니다
당신의 얼굴이 평범한 사람들을 두렵게 해
그들은 당신이 들어서 즐겁지 않을 말들을 할 수 없으니.
그러나 저는 어둠 속에서 도시가 이 소녀에 대해
안타까워하는 소리를 들을 수 있었습니다.
모든 여인 가운데 가장 칭찬받을 만한 여인이
가장 비참하게, 가장 명예로운 행위 때문에 죽는다고요.
〈그녀는 자신의 친오빠가 살육 속에 스러져
매장되지 않은 채 날고기를 먹는 개 떼나 어떤 새들의
먹이가 되도록 내버려 두지 않는구나. 그런 여인이야말로
황금 같은 명예를 받을 만하지 않은가?〉
이런 소문이 어두운 침묵 속에 퍼져 나가고 있습니다.
아버지, 제게는 당신의 행복보다
더 소중한 재산은 없습니다.
아버지의 명예가 높아지는 것보다
자식들에게 더 큰 영광이 무엇이겠습니까?
그대가 말씀하셨듯이, 당신만이 옳고, 다른 사람들은
그렇지 않다는 이 한 가지 생각만은 품지 마십시오.
자신만이 현명하며, 다른 이들에게는 없는
혀와 지성을 가지고 있다고 생각하는 자는 누구든

64 하이몬은 의도적으로 모호한 표현을 쓰고 있다.

실상 열어 보면 텅 비어 있다는 것이 드러날 것입니다.
지혜로운 사람이라 해도, 많이 배우고 710
과하게 고집부리지 않는 것은 부끄러운 일이 아닙니다.
겨울철 강물에 굽히는 많은 나무들이
어떻게 그 줄기들을 보전하는지를 보시잖습니까?
저항하는 나무들은 뿌리째 뽑혀 버립니다.
이처럼 돛 아래 줄을 팽팽하게 잡아당기며 715
늦추지 않는 사람은 배와 함께 뒤집혀,
남은 항해를 뒤집힌 의자에 앉아 하게 됩니다.
그러니 분노를 거두고 마음을 바꿔 주십시오.
젊은 저에게도 어떤 분별력이 있다면
사람이 완전히 지식으로 가득 찬 채 태어나는 것이 720
단연 최고라 하겠지만, 만일 그렇지 않다면
─사실 그러기는 어려우니까요─
좋은 조언을 해주는 이에게 배우는 것도 좋은 일입니다.

코로스

왕이시여, 그가 뭔가 적절한 말을 한다면,
당신도 배워야 마땅합니다. 그대도 이분에게 그러시오. 양
쪽 모두 잘 말씀하셨으니. 725

크레온

이렇게 나이 먹은 우리가 저렇게 어린 자에게서
지혜로움을 배워야 한다는 것인가?

하이몬

올바르지 않은 것은 말고요. 제가 젊다 해도
나이가 아니라 행위를 보셔야 합니다.

크레온

질서를 해치는 자들을 존중하는 그 행위 말이냐? ₇₃₀

하이몬

악한 이들을 잘 섬기라고 말씀드린 게 아닙니다.

크레온

그녀가 그런 병에 걸려 있는 게 아니라는 것이냐?

하이몬

테바이의 백성들은 그렇게 생각하지 않습니다.

크레온

내가 어떻게 다스릴지를 나라가 지시해야 한다는 것이냐?

하이몬

방금 무척 아이처럼 말씀하셨다는 것을 아십니까? ₇₃₅

크레온

내가 아닌 다른 사람을 위해 이 땅을 다스려야 한다는 것이냐?

하이몬

한 사람에게 속한 것은 나라가 아닙니다!

크레온

나라는 통치자의 것이 아니냐?

하이몬

버려진 땅이라면 아버지 혼자서도 잘 다스리시겠지요.

크레온

보아하니, 이 녀석은 여자 편에서 싸우는 것 같군.   740

하이몬

아버지께서 여자라면 그렇지요. 아버지를 걱정하고 있으니까요.

크레온

이 고약한 놈아! 아버지에게 옳다고 덤비는 것이냐.

하이몬

옳지 않게 당신이 과오를 저지르시는 것을 보고 있으니까요.

크레온

나의 통치권을 존중하는 것이 과오라는 것이냐?

하이몬

신들의 명예를 짓밟는 것은 존중하는 것이 아닙니다.   745

크레온

네 성품도 오염되어 버렸구나. 여자보다 못한 놈!

하이몬

제가 수치스러운 일에 지는 것은 못 보실 겁니다.

크레온

그 말은 모두 저 여자를 위한 것이구나.

하이몬

당신과 저 자신을 위한 것이기도 하고, 하계의 신들을 위한 것이기도 합니다.

크레온

그 아이가 살아 있는 동안에는 결코 그 아이와 결혼하지 못할 것이다.   750

하이몬

그러면 그녀는 죽을 것이고, 죽음으로써 누군가를 파멸시킬 겁니다.[65]

---

65 하이몬은 자신의 죽음을 암시하고 있다.

크레온

위협하면서까지 무례하게 대드는 것이냐?

하이몬

제 생각을 당신께 말하는 것이 무슨 위협입니까?

크레온

자신은 비어 있으면서 가르치려 들다니, 나를 가르치고 울게 될 것이다.

하이몬

당신이 아버지가 아니셨다면, 제정신이 아니라고 말씀드렸을 겁니다.

크레온

여자의 노예인 주제에 나에게 지껄이지 말거라.   755

하이몬

말하려고만 하시고, 들으려고는 하지 않으시는군요?

크레온

말 다했느냐? 올림포스에 맹세코, 알아 두어라.
나를 비난하고 꾸짖으면서 무사할 수는 없을 것이다.
그 가증스러운 아이를 끌고 오너라. 당장 눈앞에서   760
제 신랑감 곁에서 죽도록 말이다.

하이몬

꿈도 꾸지 마십시오. 그녀가 제 곁에서 죽는 일은
절대로 없을 것입니다. 당신은 앞으로 결코
제 얼굴을 눈으로 보지 못할 겁니다.
친구들 가운데 원하는 자들 사이에서나 미친 짓을 계속하
시지요.   765

(하이몬이 퇴장한다.)

코로스

왕이시여, 아드님이 분노해서 뛰쳐나갔습니다.
저 나이 젊은이는 고통을 당하면 심각한 생각을 하게 되지요.

크레온

내버려 두시오. 가서 인간의 한계를 넘어서는 것을 생각하
라 하시오.
그렇더라도 그 두 여자아이는 운명에서 벗어나지 못할 것이니.

코로스

두 명 다 죽일 작정이십니까?   770

크레온

손대지 않은 그녀는 아니오. 말 잘했군.

코로스

어떤 죽음으로 그녀를 죽이고자 하십니까?

크레온

사람들이 없는 곳에 끌고 가서

도시가 오염을 피할 수 있도록

산 채로 바위 동굴에 가둘 것이오.   775

그리고 음식은 죗값을 받지 않을 정도로만 줄 것이오.[66]

그녀가 유일하게 섬기는 신인 하데스[67]에게나 기도해서

혹여라도 죽지 않게 되든지,

하데스에 속한 자들을 섬기는 것이 쓸데없는

짓이라는 것을 그제야 깨닫게 될 것이오.   780

(안티고네가 끌려 나온다.)

코로스 좌 1[68]

에로스여, 싸워 이길 수 없는 신이여,

에로스여, 그대는 재산을 덮치시고[69]

소녀의 부드러운

뺨 위에 잠들고,

바다 위에도, 거친 들판 위에도   785

두루 거니시는도다.

불멸하시는 신들 가운데 누구도 그대를 피할 수 없고

---

66 크레온은 처음의 포고령과는 달리 돌로 쳐서 죽이지 않고, 안티고네가 서서히 자연사하도록 하여 그 자신의 손에 피를 묻히지 않고, 그럼으로써 오염을 피하려 하고 있다.

67 테바이를 공격하러 온 폴리네이케스는 테바이의 신전을 파괴하려 했으니, 그와 하데스를 존중하는 것은 테바이의 다른 신들을 존중하지 않는다는 의미이다.

68 제3정립가.

69 애정 관계 때문에 재산에 손해를 입힌다는 뜻이다.

하루살이 인간들 가운데 누구도 그대를
피할 수 없으니
그대를 가진 자는 광분하는도다.   790
그대는 정의로운 이들의 마음도 무너뜨려
불의한 것으로 벗어나게 하시네.
그대는 여기 이 인간들의 혈족 간의 싸움도
부추기시는도다.
저 고운 신부의 눈에서 비치는   795
욕망이 승리하고,
위대한 법규들의 통치에
나란히 자리를 하는도다.
아프로디테, 맞설 수 없는 신께서
데리고 노시기 때문이니.   800
그러나 이 상황을 보니, 지금 나 자신도 법의 테두리
바깥으로 이끌려 가고, 더 이상
눈물이 흐르는 것을 막을 수 없구나.
저 안티고네가 모두가 잠들
신방을 향하는 것을 보고 있기에.   805

애탄가 좌 1
안티고네

나를 보세요. 조국 땅의 시민들이여,
마지막 길 가는 나를.
마지막 태양 빛을,
다시는 보지 못할
그 빛을 보고 있는 나를.   810

이제 모두를 재우시는 하데스께서
아케론의 강기슭으로,
살아 있으나
결혼의 몫도 누리지 못하고
아직 축혼가도 듣지 못한 나를   815
데려가시니
나는 이제 아케론과 결혼하게 되겠구나.

코로스

그대는 영광되게 칭송받으며
죽은 자들의 깊은 처소로 떠나가고 있지 않은가?
쇠약하게 하는 질병에 쓰러진 것도 아니고
검의 대가를 얻은 것도 아니니,   820
스스로의 법에 따라, 인간들 중 유일하게
산 채로 하데스로 내려가겠구나.

애탄가 우 1
안티고네

프리기아의 이방인
탄탈로스의 딸[70]이 시필로스산[71] 정상 근처에서   825
가장 슬프게 죽었다는 것을 들었지요.

---

70 니오베Niobe. 테바이의 왕 암피온왕과 결혼하여 각각 열 명(혹은 일곱 명)의
아들딸을 낳았다. 그녀는 자신이 아폴론과 아르테미스신의 어머니인 레토보다 더
낫다고 자랑하다가 아폴론과 아르테미스에 의해 모든 자식을 잃고 시필로스산 근
처에서 아이들을 위해 울다가 바위가 되었다고 한다.
71 리디아에 있는 산이다.

달라붙어 자라는 아이비처럼
바위들이 자라나 그녀를 제압해 버렸고[72]
스러져 가는 그녀를 비도 눈도
결코 떠나지 않는다고
사람들은 말하지요.   830
하염없이 울면서 눈썹 아래 산등성이를
그녀는 적시고 있다지요. 그녀와 꼭 같이
신께서는 나를 누워 잠들게 하시는구나.

코로스

그녀는 신이고 신의 자손이지만[73]
우리는 인간이고 죽을 운명으로 태어났소.   835
그러니 죽은 그녀가 신과 같은 이들과
같은 몫을 받았다는 말을 듣는 것은 큰일이오.
살아서도 이후에 죽어서도.

애탄가 좌 2
안티고네

아아, 조롱받고 있구나.
선조의 신들의 이름을 걸고 말하건대
왜 나를, 왜 아직 떠나지 않고   840
빛 속에 있는 나를 모욕하십니까.

72 바위가 되었다는 의미이다.
73 니오베의 아버지는 제우스의 아들인 탄탈로스Tantalos이며, 어머니는 아틀
라스의 딸인 플레이아데스 중 하나로 타이게테Taygete 혹은 역시 아틀라스의 딸인
디오네Dione이다.

오 도시여, 오 도시의
부유한 이들[74]이여!
아아, 디르케의 샘이여,[75]
훌륭한 마차로 이름난 테바이의 성역이여,   845
내가 어떻게 친구들의 애도도 없이,
어떤 법들에 의거해
들어 본 적 없는 무덤의 돌로 둘러싸인 감옥으로
가고 있는지에 대해 그대들을 증인 삼으리라.
아아, 불행하구나.   850
나는 인간들과도 시신들과도
산 자들과도 죽은 자들과도
함께 사는 운명을 나눠갖지 못하는구나.

코로스

그대는 대담함의 한계를 넘어
디케의 저 높은 왕좌 앞에 나아갔다가
발에 걸려 넘어져 버린 것이오.   855
아버지의 죗값을 치르는 것이겠지.

애탄가 우 2
안티고네

나의 가장 고통스러운
근심을 건드리시는군요.

74 도시의 원로들인 코로스를 가리킨다.
75 테바이의 샘으로, 그리스 문학에서는 간청할 때 고향에 있는 샘의 이름으로
호소하는 모습이 종종 등장한다.

계속 반복되는,

아버지의 운명,   860

소문난 랍다코스의 자손들인 우리의 운명을.

아아, 어머니의 결혼 침대로 인한 재앙들이여,

불운한 어머니와 제 자식인

아버지와의 잠자리여!

그분들에게서 저주받은 내가 태어나   865

결혼도 못 한 채 그분들과

함께하기 위해 내려가고 있어요.

아아, 불운한 결혼을 했던 오빠는[76]   870

죽어서 살아 있는 나를 죽게 하시는군요.

코로스

어떤 경건일지 몰라도, 경건함을 보이는 것도

권력자는 누가 그 권력을 넘어서는 것을

결코 용납하지 않지. 그대를 파멸시킨 것은

자신의 뜻을 굽히지 않는 성격[77]이오.   875

애탄가 종가
안티고네

애곡 없이, 친구 없이, 결혼 축가 없이

---

76 폴리네이케스는 테바이를 떠나 아르고스에서 아드라스토스왕의 딸인 아르게이아와 결혼하고, 이후 장인 및 아르고스 군대와 함께 자신의 조국인 테바이를 공격했다. 결국 이 결혼으로 인해 아르고스와 테바이 사이에 전쟁이 일어났으며, 폴리네이케스 자신이 목숨을 잃고 이제 안티고네마저 죽게 되는 것이다.

77 그리스어로는 autognontos로, 〈스스로 생각하는〉, 혹은 〈자기 생각대로 행하는〉이라는 의미로도 볼 수 있다.

준비된 길을 따라
불행한 나는 끌려가는구나.
불운한 나에게 태양의 성스러운
눈을 보는 것이 더는 허용되지 않고   880
울어 주는 친구 없는 내 운명을
슬퍼해 주는 이 아무도 없구나.

크레온

죽기에 앞서 노래와 통곡을 쏟아 내는 것이 득이 된다면,
통곡을 그칠 자 없으리라는 것을 알지 못하는가?
어서 빨리 끌고 나가시오. 내가 말한 대로   885
지붕이 있는 무덤에 가두어
죽고 싶어 하든, 그런 집에 산 채로 갇히고 싶어 하든
고립되어 혼자 있게 두시오.
이 소녀에 대해 우리는 정결하니
땅 위에서 함께 살 권리를 빼앗겠소.   890

안티고네

오 무덤이여, 오 신방이여,
오 언제나 감시당하는 깊게 파인 집이여, 내 사람들 곁,
그곳으로 내려갑니다. 파르세파사[78]께서는 많이도 죽은
그들을 죽은 자들 사이에 받아들이셨지요.
나는 그들 가운데 마지막으로, 더없이 불행하게   895

---

78 아테나이 주변 지역에서는 하데스의 아내인 페르세포네를 이렇게 지칭하기
도 했다.

내려갑니다, 내 생명의 몫을 다 끝내기도 전에.
아버지에게 사랑받고, 어머니, 당신께도 사랑받는,
또 사랑하는 오빠에게 사랑받는 자로
그곳에 이르리라는 희망을 크게 가지고서.
내가 내 손으로 돌아가신 당신들을   900
씻겨 옷을 입히고, 무덤에 제주를 바쳤어요.
그런데 이제는, 폴리네이케스 오빠, 당신의
시신을 매장했다고 이런 일을 겪고 있네요.
나는 현명한 이들에게는 당신을 제대로 존중한 것으로 보
일 거예요.
죽은 아이들의 어머니였더라면, 아니면 남편이 죽어
부패하고 있었더라면, 시민들에 맞서   905
이러한 노고를 감수하지는 않았을 거예요.
어떤 법에 따라 이런 말을 하느냐고요?
남편이 죽으면 다른 남편을 대신 얻을 수 있고
아이를 잃으면 다른 남자에게서 다시 낳을 수 있지만   910
어머니와 아버지는 하데스에 숨어 계시니
오빠는 다시 태어날 수 없지요.
이런 법에 따라 나는 당신의 명예를 지켰는데,
크레온에게는 이 일이 과오를 저지르는 것으로, 끔찍한
일을 저지르는 것으로 보였나 봐요, 사랑하는 오빠.   915
그가 이렇게 나를 잡아 끌고 가고 있어요.
결혼식도 하지 못한, 결혼 축가도 듣지 못한, 결혼도
아이를 키우는 몫도 얻지 못한 채,
이렇게 친구들에게서 버림받아 불운하게도
산 채로 죽은 자들의 굴로 가고 있어요.   920

내가 신들의 어떤 정의를 어긴 거죠?
불행한 내가 왜 신들을 바라봐야 하지요?
경건하게 행함으로써 불경한 자로 판결받았으니
어느 신을 동맹자로 불러야 하나요?
이 모습이 신들에게 좋게 보인다면   925
고통을 겪고 나서 과오를 저질렀다는 것에 동의해야겠죠.
하지만 이들이 과오를 범한 것이라면,
더도 말고 나에게 저지른 부당함만큼 나쁜 일을 겪기를!

코로스

여전히 영혼 안에서 같은 바람의 같은 휘몰아침이
그녀를 붙들고 있구나.   930

크레온

그러니 끌고 가는 자들은
꾸물거리다 곤경을 겪게 될 것이오.

안티고네[79]

아아, 이 말은
죽음에 가까이 가 닿았단 것이구나.

크레온

그런 운명을 맞게 되지 않으리라고

---

79 이 구절과 다음 구절을 안티고네와 코로스, 혹은 코로스와 크레온의 대사로
보는 학자들도 있다.

용기를 주는 말은 절대로 하지 않겠다.

안티고네

오 테바이 땅 조상들의 도시여,

내 선조의 신들이여,

나는 이제 끌려가니 더 이상 존재하지 않을 거예요.

테바이의 지배자들이여,

왕가의 마지막 남은 후손을 보세요.

경건함에 경건했던 내가

어떤 남자들에게서 어떤 일들을 당하고 있는지.

(안티고네가 끌려간다.)

코로스 좌 1[80]

다나에[81]의 육신도 하늘의 빛을 떠나,

청동 빗장 걸린 방에서 견뎌 내었지.

무덤 같은 신방에 숨겨져 갇힌 채.

오 아이여, 아이여, 그녀는 고귀한 신분을 타고나서,

황금으로 흐르는 제우스의 씨를 품었다네.

그러나 운명의 힘은 무서운 법이니,

부도 용맹함도,

80 제4정립가.
81 아르고스의 왕인 아크리시오스의 딸이다. 아크리시오스왕이 외손자에 의해
자신이 죽을 것이라는 신탁을 듣자, 딸을 성탑에 가두고 남자를 가까이하지 못하게
하지만, 제우스가 황금의 비로 변신해서 그 안으로 들어가 그녀를 임신시킨다. 다
나에는 이후 메두사를 처치하는 영웅 페르세우스를 낳는다.

성탑도, 바다를 내리치는
검은 배들도, 그것을 피하지 못하리라.

코로스 우 1

화 잘 내는 드리아스의 아들,[82] 에돈인[83]들의 왕도   955
길들여졌지. 조롱 섞인 분노로 인해
디오니소스의
바위 감옥 속에 갇혀.
그렇게 무섭게 번성하던 광기의 힘이
사그라들고, 그는 광기와 조롱하는 혀로   960
신을 건드린 것을 뒤늦게 알게 되었도다.
신들린 여인들[84]과
〈에우이오이〉를 외치는 횃불을 멈추려다 피리 소리를
좋아하는 무사 여신들[85]을 분노케 한 것임을.   965

코로스 좌 2

키아네아이[86] 옆, 두 바다[87] 사이에
보스포로스 해변과 방문자를 반기지 않는 트라케인들의

82 리쿠르고스Lykourgos. 그는 이후 디오니소스신을 숭배하는 것을 금지했다가 판가이온산의 동굴에 갇혔다. 다른 판본에 따르면 말에 의해 사지가 찢겨 죽거나, 혹은 미쳐서 자기 아들을 죽였다고 한다.
83 트라케의 스트리몬강 동쪽에 거주하는 사람들이다.
84 디오니소스신의 추종자들로, 마이나데스 또는 박카이 여신도들이라 불린다.
85 예술을 관장하는 아홉 여신들로, 디오니소스신과 동행한다. 피리 역시 디오니소스를 위해 사용된 악기이다.
86 보스포로스 해협 입구의 바위 한 쌍.
87 헬레스폰토스와 흑해.

살미데소스가

있다네. 근처에 사는 아레스가 그곳에서   970

피네우스[88]의 두 아들들에게 가해진,

잔인한 아내가 피묻은 손과 북의 뾰족한 끝으로   975

파내어 눈을 멀게 한 저주받은 상처를,

복수를 울부짖는 눈들의 구멍을 보았다네.

코로스 우 2

잘못된 결혼을 한 어머니[89]에게서 태어나 불행한

그들은 녹아내리며 불행한 재앙을 통곡했다네.   980

에렉테우스 자손의 오래된 가문의 씨앗[90]이었음에도

그녀는 멀리 떨어진 동굴에서 아버지의 질풍 속에

보레아스의 딸로 자랐다네.

가파른 언덕 너머 말처럼 빠른   985

신들의 아이로. 그런 그녀에게도

운명의 여신, 오래 사시는 신들이 들이닥쳤지, 오 아이여.

(테이레시아스가 소년에게 인도되어 등장한다.)

88 트라케의 왕으로 북풍 보레아스의 딸인 클레오파트라와 결혼해 아들 둘을
얻었다. 이후 그는 클레오파트라는 감옥에 가둬 버리고, 카드모스의 누이인 에이도
테아(다른 판본에 따르면 이다이아)와 재혼한다. 그녀는 전처 소생 아이들의 두 눈
을 베틀의 북으로 찔러서 파낸 뒤 감옥에 가둬 버렸고, 피네우스도 이 일을 방조한
벌로 눈이 멀게 되었다고 한다.
  89 피네우스의 전처인 클레오파트라.
  90 클레오파트라는 아테나이의 시조인 에렉테우스의 손녀이다.

테이레시아스

테바이의 왕들이여, 우리는 둘이 한 사람을 통해 보면서
이 길을 걸어 왔소. 보지 못하는 자들은
인도자와 함께 걸어야 하니 말이오.   990

크레온

테이레시아스 노인장, 무슨 새로운 일이 있소?

테이레시아스

내가 알려 주리니, 그대는 예언자의 말을 따르시오.

크레온

나는 이전에도 당신의 조언을 떠난 적이 없었소.

테이레시아스

그렇기에 이 도시를 똑바로 운항할 수 있었던 것이오.

크레온

실제로 겪었기에 그 유익함을 증언할 수 있소.   995

테이레시아스

다시 운명의 칼날 위에 서 있다는 것을 아시오.

크레온

무슨 일이오? 나는 당신의 말에 떨리는구려.

테이레시아스

내 예언의 전조를 들으면 알게 될 것이오.

온갖 새들이 모여드는, 새들을 관찰하는 오래된 자리에

앉아 있을 때 어느 알 수 없는 새들의 소리를 들었소.

괴상하고도 이해할 수 없는 광기로 울어 대는 것을.   1000

그리고 피 묻은 발톱으로 서로를 찢어 죽이는 것도 알았소.

날개들의 퍼덕임이 알아차리게 한 것이오.

나는 두려워져 바로 타오르는 제단에서 타버린 것들을 살

펴보았소.   1005

제물들에서는 헤파이스토스[91]가 빛나지 않았고,

타다 남은 장작에서는

허벅다리의 기름이 떨어지며 녹았고

연기가 나며 튀고 있었소, 쓸개들도   1010

터져 나가며 높게 치솟았소. 넓적다리들은

그것을 덮은 얇은 지방이 녹아내려 드러나 있었소.[92]

드러나지 않은 제사로부터 점괘들이 사라지고 있다는 건

이 아이를 통해 알게 되었소.

내가 다른 이들에게 그러하듯 그가 나에게 인도자이니.

도시가 이런 병에 걸린 것은 당신의 생각 때문이오.   1015

우리에게 있는 제단들과 화덕들이 모두

불행에 빠진 오이디푸스의 자손으로부터 새들과 개들이

가져온 먹이로 가득하기 때문이오.

그래서 신들께서는 제사와 함께 드리는 기도들도

---

91 불을 의미한다.
92 고대 그리스의 종교 관습에 따르면 신들에게 제물을 드릴 때 넓적다리뼈를
기름 조각으로 두른 후 태워 바쳐야 했다.

넓적다리뼈들의 불꽃도 우리에게서 받지 않으시고,　　　　1020
새들도 죽은 이의 피와 기름을 먹어 치웠기에
지저귀는 것으로 전조를 보여 주지 않는 것이지.
그러니 아들이여, 모든 인간은
마찬가지로 과오를 저지른다는 것을 알아 두시오.
설령 과오를 범했더라도 이를 시정하고　　　　1025
변하지 않은 채 남아 있지 않는다면
그는 결코 생각 없고 불운한 사람이 아닐 것이오.
하지만 완고함은 알다시피 어리석다는 평가를 받을 뿐이오.
그러니 죽은 자에게 양보하고 이미 죽은 자를
찌르지 마시오. 죽은 자를 다시 죽이는 게 무슨 용기이겠소?　　1030
호의를 가졌기에 좋게 말하는 것이오. 만일 이득이 된다면,
좋게 충고하는 자의 말을 듣는 것이 최선이오.

크레온

오 노인장, 궁수가 과녁을 맞추듯
모두 나에게 화살을 날리고 있고, 나는 당신들의
예언으로도 다치지 않을 수 없구려. 그러나
당신 종족은 오래전에 나를 거래하여 팔아넘겼소.　　　　1035
이득이나 취하고, 원한다면 사르데이스[93]에서
엘렉트론[94]을, 인디아로부터 황금을 들여오시오.
그런다 해도 그를 무덤에 감추지 못할 것이오.
제우스의 독수리들이 그를 먹이로 낚아채　　　　1040

---

93 금이 많이 나던 리디아의 수도.
94 기원전 7세기 리디아에서 주조된 금과 은을 7:3의 비율로 섞은 주화.

제우스의 왕좌로 데려간다 한들,
나는 오염이 두려워 그를 매장하는 것을
허용하지 않을 것이오. 어떤 인간도
신을 오염시킬 힘이 없다는 것을 잘 알기 때문이오.
테이레시아스 노인장, 가장 영리한 인간일지라도   1045
수치스러운 말들을 이득을 바라며 아름답게 말하면
대단히 수치스럽게 추락하는 법이오.

테이레시아스

아아, 누가 지식이 있고, 누가 이해하겠는가?

크레온

무슨 뜻이오? 너무 일반적인 말을 하시니 말씀이오.

테이레시아스

제대로 생각하는 것이란 얼마나 뛰어난 재산인가?   1050

크레온

어리석음이 가장 큰 해가 되는 그만큼일 것이오.

테이레시아스

그대는 바로 그 병에 걸린 것이오.

크레온

예언자에게 거친 말로 맞서고 싶지 않소.

테이레시아스

하지만 그렇게 하고 있지 않은가? 내가 거짓을 예언하고 있다고 말하면서.

크레온

예언한다는 족속은 모두 돈을 밝히는 자들이니.   1055

테이레시아스

참주들에게서 난 종족도 수치스러운 이득을 밝히는 건 마찬가지요.

크레온

지금 자신이 통치자를 비난하면서 말하고 있다는 것을 알고나 있는가?

테이레시아스

알고 있소. 내 덕에 이 도시를 안전하게 지켜 왔으니.

크레온

그대는 지혜로운 예언자요. 하지만 불의를 행하기를 즐기지.

테이레시아스

내 마음속에 묻어 둔 것을 말하도록 부추기는군.   1060

크레온

어서 해보시오. 이득만을 위해서 말하지는 말고.

테이레시아스

그럴 생각이었소. 그대의 몫과 관련해서는.

크레온

내 생각을 가지고 거래하지는 못하리라는 건 알아 두시오.

테이레시아스

그러면 그대도 잘 알아 두시오.
이제 태양의 회전을 여러 번 채우기도 전에,[95]   1065
당신의 몸에서 난 이들 중 한 명이
시신이 되어 저 시신들에 대한 대가로 바쳐지리라는 것을.
지상에 속하는 자를 아래로 던져
그 영혼은 욕되이 무덤 속에서 거주하도록 하고,
하계의 신들에게 속한, 당신에게 몫이 없는 그 시신은   1070
장례도 치르지 않은 채 불경하게 이곳에 붙들어 두었기 때
문이오.
그대에게도 저 위에 계신 신들께도 이들에 대해서는
몫이 없는데도, 그들은 당신의 횡포에 희생되고 있소.
나중에라도 벌하고야 마는 파괴자들, 하데스와 신들이
보낸 에리니에스[96]들은 당신이 이와 같은 재앙 속에   1075
붙잡히기를 숨어 기다리고 있을 것이오.
잘 생각해 보시오. 내가 은전에 매수되어
이런 말을 하는지. 얼마 지나지 않아 집안에서

---

95 며칠이 지나지 않아.
96 복수의 여신들.

남자들과 여자들의 통곡이 일어나면 분명해질 것이오.
또한 모든 도시들이 적대하며 일어날 것이오. 1080
개들이나 짐승들, 날개 달린 새들이
불경한 냄새를 도시의 화덕으로 나르며
찢긴 조각들로 장례를 치르게 되면.
그대가 나를 분노하게 하니, 나는 궁수처럼
이러한 말들을 쏘아 당신의 심장을 명중하였고, 1085
당신은 찔린 고통을 피하지 못할 것이오.
애야, 나를 집으로 인도해 다오.
그가 분노는 젊은이들에게나 퍼붓도록,
하지만 혀는 더 조용하게 놀리고
지금보다는 마음에 더 나은 정신을 가질 수 있도록.

코로스

왕이시여, 저분이 무서운 예언을 하고 가버리셨습니다. 1090
내 머리가 검었을 때부터 하얗게 셀 때까지 그는
결코 이 도시에 거짓된 말을 한 적이 없다는 것을
알고 있습니다.

크레온

나 자신도 잘 알고 있어서 마음이 혼란스럽소. 1095
굴복하는 것은 끔찍한 일이지만, 저항하는 것은
재앙의 그물에 나의 기개를 갖다 박는 일이겠지.

코로스

메노이케우스의 아드님이여, 잘 판단하셔야 합니다.

크레온

무엇을 해야겠는가? 말해 보시오. 내가 따르겠소.

코로스

가셔서 소녀를 지하 암굴에서 구출하시고,   1100
누워 있는 그에게 무덤을 만들어 주십시오.

크레온

그 일에 동의하는가? 굴복해야 한다고 생각하는가?

코로스

왕이시여, 가능한 한 빨리! 신들이 보내시는 해악은
빠른 발로 나쁜 생각을 하는 자들을 끊어 내 버리시니.

크레온

아아, 괴롭도다. 그렇게 하기로   1105
마음을 바꾸겠소. 필연에 맞서 싸울 수는 없으니까.

코로스

지금 가서 그렇게 하시고, 다른 이에게 맡기지 마십시오.

크레온

지금 바로 가겠소. 가자, 가자, 하인들이여,
여기에 있든 없든 손에 도끼를 들고서
저기 보이는 곳으로 가도록 하라.   1110
마음을 바꾸기로 결심했으니

감금한 내가 직접 가서 풀어 주리라.
정해진 법들을 삶이 끝날 때까지 지키는 것이
최선인지 두렵기 때문이니.

(크레온이 퇴장한다.)

코로스 좌 1[97]

많은 이름을 가지신 이여,[98]   1115
카드모스 신부[99]의 자랑,
천둥을 치시는 제우스의
자손이여, 저 유명한 이탈리아[100]를
두루 살피시는, 모두를 반기는
엘레우시스,[101] 데메테르의 들판[102]을   1120
다스리시는 이여, 오 박코스여,
그대는 이스메노스의 흐르는 강가
용의 이빨에서 생겨난
박코스 여신도들의 어머니 도시
테바이에 거하시는 이로다.   1125

97 제5정립가.
98 디오니소스신.
99 카드모스의 딸인 세멜레로 디오니소스의 어머니이다. 그녀는 제우스와의 사
이에서 아이를 임신했을 때 그의 본모습을 보았다가 벼락에 타서 죽고, 태중에 있
던 디오니소스는 제우스의 허벅지에서 남은 달을 채우고 태어난다.
100 이탈리아 남부는 포도 생산지로 유명하고, 포도주의 신인 디오니소스 숭배
로도 알려져 있다.
101 데메테르 비의로 유명한 곳이지만 디오니소스도 숭배되었다.
102 직역하면 〈데오의 품〉이다. 데메테르는 이악코스의 어머니로 불리고, 이악
코스는 엘레우시스에서 디오니소스를 지칭하는 말로도 사용되었다.

코로스 우 1

두 개의 바위 봉우리[103] 너머

빛나는 불꽃으로 그대를 알아보오니

그곳에서 박코스 섬기는

코리키온[104]의 요정들이 거닐고

카스탈리아 샘[105]이 흐르도다.   1130

니사의 언덕[106]들의

담쟁이 덮인 비탈과

포도송이 가득한 초록빛 해안이

그대를 전송하는도다.

테바이의 거리들을 방문하시는 그대를   1135

신들린 목소리들이

환호하는 동안.

코로스 좌 2

당신은 번개를 맞은 그대의 어머니[107]를, 그리고

모든 도시 가운데 이 도시를 가장 높이 경배하시는도다.

그러나 지금, 사나운 역병으로   1140

온 도시가 사로잡혀 있으니,

파르나소스산 기슭을 넘어

103 파르나소스산의 두 봉우리.
104 파르나소스산의 동굴.
105 델포이로 흘러내리는 샘.
106 니사라는 이름의 산이 여러 곳이 있지만, 에우보이아섬 북서쪽의 산일 가능성이 높다. 〈니사의 제우스〉라는 디오니소스신의 이름과도 연관이 있다.
107 세멜레.

신음하는 해협[108]을 건너
정결한 발로 오시기를.   1145

코로스 우 2

아아, 불을 뿜는 별들의
지휘자여, 밤의
목소리들을 지키는 이여.
제우스의 아들이시여, 임재하소서.
왕이시여, 당신의 추종자   1150
티이아이들,[109]
주인 이악코스를 밤새도록
광란하며 칭송하는 이들과 함께.

(전령이 등장한다.)

전령

카드모스와 암피온[110]의 가문 곁에 사시는 이들이여,   1155
인간의 삶이 어떠한 상황에 있든지
결코 칭송하지도 비난하지도 않겠습니다.
운명은 행복한 이들도, 불행한 사람도 끊임없이
바르게 세우기도 하며, 넘어뜨리기도 하니
정해진 것들을 인간들에게 예언해 줄 예언자는 없지요.   1160

---

108 에우보이아와 보이오티아 사이의 에우리포스 해협.
109 디오니소스 여신도들로, 여기서는 디오니소스신을 수행하는 요정들을 가
리킨다.
110 테바이의 왕으로 형제 제토스와 함께 테바이의 성벽을 건설했다.

크레온 님은 제게 예전에는 부러운 상대였습니다.
적들로부터 카드모스의 땅을 구해
끝없는 권력을 취하시고 이 땅을
이끄시며 고귀한 혈통의 자식들로 번성하셨으니.
하지만 지금은 모든 것을 잃으셨습니다. 1165
사람이 즐거움을 잃는다면, 그는 살아 있는 자가 아니라
숨만 붙은 시체라고 저는 생각하니까요.
원하신다면 집안에 많은 부를 쌓아 놓고
왕 같은 모습으로 살아 보십시오. 그러한 것들에서도
즐거움을 누릴 수 없다면, 나는 즐거움 외에 1170
연기의 그림자도 값을 치르기 아까운 다른 것들은 사지
않을 겁니다.

코로스

또 어떤 왕가의 고통의 소식을 가져온 것이오?

전령

그들이 죽었습니다. 살아 있는 자들이 그들의 죽음에 책임
이 있고요.

코로스

누가 죽었다는 거지? 누워 있는 자는 또 누구인가? 말하
시오.

전령

하이몬이 죽었습니다. 자기 집안의 손으로 피를 뿌렸습니다. 1175

코로스

아버지의 손으로? 아니면 그 자신의 손으로?

전령

아버지의 살인에 분노하여 자신의 손으로 그랬습니다.

코로스

예언자여, 그대는 예언을 제대로 이루셨나이다.

전령

상황이 이러하니, 남은 일들을 생각하셔야 합니다.

코로스

불행한 에우리디케, 크레온의 아내가 다가오는 것이   1180
보이는구나. 집에서 아들에 대한 소식을 듣고서
나오는 것인가, 아니면 우연인가?

(에우리디케가 등장한다.)

에우리디케

오 모든 시민들이여, 팔라스 여신[111]께
기도하며 간청하려고 문밖으로 걸어 나오다가
당신들의 말을 듣게 되었어요.   1185
마침 문을 열기 위해 빗장을 풀려고 하자

---

111 아테나 여신.

이 집안의 불행의 소리가
내 귀를 때렸고, 나는 공포에 질려 하녀들의 팔에
쓰러져 정신을 잃고 말았어요.
그래도 그 이야기를 다시 해주세요.   1190
불행에 대해서는 경험이 없지 않으니 듣겠습니다.

전령

친애하는 여주인이여, 제가 그곳에 있었으니 말씀드리겠
습니다.

사실을 빼놓지 않고 전하겠습니다.

제가 당신에게 왜 돌려 말하겠나이까. 이후에라도
거짓말은 드러날 것이며, 진실은 언제나 옳으니 말입니다.   1195
저는 당신의 남편을 모시고 저 들판 높은 곳으로
갔습니다. 그곳에는 폴리네이케스의 시신이
그때까지 개들에게 무자비하게 찢긴 채 누워 있었습니다.
교차로의 여신[112]과 플루톤[113]에게 자비를 베풀어
분노를 그치시라 간청하면서,   1200
그를 정결한 물로 씻겨 드리고는, 갓 꺾은 가지들 위에
남아 있는 것들을 함께 놓고 태웠습니다.
그리고 우리 땅의 흙으로 무덤을 높게
쌓아 올리고 나서는, 다시 돌로 덮인 처녀의 신방
하데스의 동굴로 들어갔습니다.   1205
저 멀리 장례 의식을 치르지 않은 신방 근처에서

---

112 헤카테 여신.
113 하데스의 다른 이름.

들리던 날카로운 울부짖음을 누군가 듣고는
주인 크레온 님께 가서 알렸습니다.
더 가까이 다가가는 그에게 이해할 수 없는 소리의
비참함이 들려오자, 그는 신음하며 비탄의 말들을   1210
내뱉으셨습니다. 〈아 나는 비참하구나.
내가 예언자인가? 이전에 다닌 길들 가운데
가장 불행한 길을 걷고 있는 것일까?
아들의 소리가 나를 맞이하는구나. 하인들아,
어서 가까이 무덤 가까이 다가서서   1215
봉분의 돌무더기 틈 사이
바로 그 입구로 들어가, 하이몬의 소리를
들은 건지, 신들에게 속은 건지 살펴보아라.〉
낙심한 주인의 명령에 저희는
그것들을 살펴보았고, 무덤 맨 안쪽에서   1220
리넨을 끈으로 꼬아 올가미를 만들어
목을 맨 그녀를, 그리고 그녀의 허리를
두 팔로 끌어안은 채 누워
하계로 가버린 결혼의 상실을, 아버지의 행동과
불행한 결혼 침대를 애곡하고 있는 그를 보았습니다.   1225
그는 아들을 보자마자 비통하게 신음하면서 안으로
들어가 흐느끼며 불렀습니다.
〈오 불쌍한 것, 무슨 짓이냐? 무슨 생각을
한 것이냐? 재앙 속에서 네가 망가졌구나.
나가자, 아들아, 네게 탄원하며 간청하니.〉   1230
하지만 아들은 그를 사나운 눈으로 노려보고서
얼굴에 침을 뱉고, 대꾸조차 않고 양날의 칼을

뽑았습니다. 아버지가 재빨리 움직여
피하는 바람에 실패하자, 불행한 그는
스스로에게 화가 나서 자신의 칼에 기대   1235
옆구리에 칼을 반이나 밀어 넣었습니다. 그러고는 아직
정신이 있는 동안 힘없는 팔로 처녀를 끌어안았습니다.
그러더니 하얀 얼굴에 핏방울의
날카로운 흐름을 뿜어냈습니다.
시신으로서 시신 곁에 누워, 불행하게도 그는
하데스의 집에서 결혼식을 치른 것이지요.   1240
어리석음이 인간들에게 얼마나
큰 해악인지를 사람들에게 보여 준 것입니다.

(에우리디케가 말없이 안으로 들어간다.)

코로스

이 일을 어떻게 생각하는가? 도로 들어가 버리셨네.
좋다 나쁘다 말도 하기 전에.   1245

전령

저도 놀랐습니다. 하지만, 아들의 불행을 듣고서
도시를 향해 애곡하는 것이 합당치 않아
집 안으로 들어가 하녀들에게 집안의 고통을
애도하도록 명하시리라는 희망을 저는 품고 있습니다.
과오를 저지르실 정도로 판단력이 미숙한 분이 아니니.   1250

코로스

모르겠소. 나에게는 너무 무거운 침묵도
너무 많은 외침도 모두 위험하게 여겨지오.

전령

어떤 격한 마음을 비밀스럽게 숨기고 있는지
  우리가 집으로 들어가 보면 알게 될 것입니다. 말씀 잘하
셨습니다.   1255
  어떤 지나친 침묵의 무거움이 있는 것 같으니까요.

(전령은 안으로 들어가고, 크레온이 하인들과 하이몬의 시
신을 들고 나온다.)

코로스

왕께서 직접 들어오고 계시는구나.
팔로 너무나 분명한 증거[114]를 가지고서.
이렇게 말해도 된다면, 그것은 다른 이들에게서 난
재앙이 아닌 그 자신의 과오로다.   1260

애탄가 좌 1
크레온

아아,
생각 없는 생각들의
죽음을 가져오는 과오들이여!

---

114 하이몬의 시신.

오 살인자와 살해된 자가
한 혈족이라는 것을 보는 이들이여!
아아, 나의 판단들의 재앙이여!   1265
아 아들아, 너는 젊어서 때 이른 죽음을 맞았구나.
아아, 아아,
너는 죽어 떠나가 버렸구나!
네가 아닌 나의 어리석음으로 인해.

코로스

아아, 정의를 너무 늦게 깨달으셨군요.   1270

크레온

아아,
나는 불행해져서야 깨달았구나!
그때, 바로 그때 신께서 내 머리 위에서
큰 무게로 나를 잡아 내리치시고
거친 길에 나를 내던지셨구나.
아아, 즐거움을 뒤엎어 짓밟아 버리셨도다.   1275
아아, 아아, 오 인간들의 고된 노고들이여!

전령

주인이시여, 당신은 이미 불행을 가지고, 소유하고
팔로 들어 나르고 계시건만, 이제 집 안에서
또 다른 불행들을 보게 되실 겁니다.   1280

크레온

이 재앙에 무슨 재앙이 더해질 수 있는가?

전령

부인께서 돌아가셨습니다. 죽은 이의 친어머니 말입니다.
불행하신 분, 새로이 받은 타격 때문에.

애탄가 우 1
크레온

아아,

아아, 정화할 수 없는 하데스의 항구여!

왜 나를, 왜 나를 파괴하십니까?   1285

오 나에게 재앙을 전하는 자여,

고통을 가져오는 이여, 그대는 무슨 말을 하려는가.

아아, 나는 죽은 자를 다시금 죽였구나.

아들아, 무슨 말인가? 또다시 무슨 새로운 것을 나에게 전
하는 것인가?

아아, 아아.   1290

아내의 죽음이 그의 파멸에 더해져

날 에워싸고 있는 것인가?

코로스

이제 집 안에 있지 않으니 직접 보실 수 있습니다.

크레온

아아,

또 다른 두 번째 재앙을 보고 있구나, 불행하여라.   1295
대체 어떤, 어떤 운명이 나를 여전히 기다리고 있는가?
나는 아직 내 손에 아이를 온전히 들고 있는데,
불행하여라, 또 다른 시신을 보고 있구나.
아아, 아아, 불쌍한 어미여, 불쌍한 아들이여.   1300

사자

그녀는 제단 옆에서 날카로운 칼로
자신을 찌르시고는, 눈꺼풀이 어두워지셨습니다.
먼저 죽은 메가레우스[115]의 고귀한 운명을,
다음으로 이분의 운명을 비탄하면서, 아들을 죽인
당신에게 불행한 일들을 있기를 비셨습니다.   1305

애탄가 좌 2
크레온

아아, 아아,
두려움으로 떨리는구나. 왜 아무도 나를 마주하여
양날의 칼로 찌르지 않는가?
나는 비참하구나, 아아,   1310
비참한 고통 속에 뒹굴고 있구나.

사자

돌아가신 그분께서는 이 사람과 저 사람의
죽음[116]을 당신 탓으로 돌리셨습니다.

115 크레온의 다른 아들로, 아르고스 군대가 침입했을 때 목숨을 잃었다.
116 두 아들인 하이몬과 메가레우스의 죽음.

크레온

어떤 방식으로 피 흘리며 죽었는가?

사자

아들이 겪은, 높은 소리로 애곡할 일을 들으시고서   1315
자신의 손으로 자신의 간 아래를 찔렀습니다.

크레온

아아, 인간들 중 어느 누구에게도
나의 이 탓을 돌릴 수가 없구나.
내가, 바로 내가 너를 죽였으니, 오 불행한 이여.
내가 진실을 말하노라. 아아, 하인들이여   1320
나를 데려가라,
가능한 한 빨리,
나를 데려가 길에서 치워 버려라.
아무것도 아닌 것에 불과한 나를.   1325

코로스

유익한 조언을 하시는군요. 불행 속에서도 어떤 이득이 있
다면.
앞을 막아서는 불행은 가장 짧은 것이 가장 좋은 법이니.

애탄가 우 2
크레온

오게 하라, 오게 하라.
운명 가운데 가장 아름다운 것이

336

나타나게 하라,
나에게 최후의 날, 가장 최고의 것이   1330
오게 하라, 오게 하라.
내가 더 이상
다른 날을 보지 못하도록.

코로스

그것은 나중 일입니다. 지금은 당면한 일들을 해야 하니.
그러한 것들은 돌볼 사람이 돌볼 것입니다.   1335

크레온

그러나 내가 말한 것에 대해 이러한 것들을 나는 기도했소.

코로스

지금은 아무것도 기도하지 마십시오, 운명 지워진 재앙에
서 벗어날 길은
죽을 운명을 가진 인간들에게는 없으니.

크레온

이 쓸모없는 인간을
길 밖으로 데려가라.
오 아들아,   1340
본의 아니게 너를 죽였구나.
그대 또한,
아아, 불쌍한 이여, 내가 죽였소.
어느 쪽을 바라봐야 할지,

어느 쪽으로 기대야 할지 모르겠구나.   1345
손안에 있던 것들은 놓쳐 버리고,
내 머리 위로는 견디기 어려운 운명이 덮쳤도다.

코로스[117]
단연코 현명함이 행복의 으뜸이라네.
신들에 대해서는 불경한 어떤 행동도 하지 말지어다.
오만한 자들의 큰 소리들은   1350
큰 타격들을 갚고서야
노년에 현명함을 가르쳐 준다네.

117 퇴장가.

인간의 성격과 운명을 탐구한 비극

1. 소포클레스의 생애와 작품 세계

소포클레스는 기원전 495년경, 아테나이 근교 콜로노스의 한 부유한 가문에서 태어났다. 페르시아 전쟁이 한창이던 시기였다. 그가 15세 무렵이던 기원전 480년 살라미스 해전과 플라타이아이 싸움에서 그리스 연합군은 페르시아인들을 몰아내는 데 성공한다. 살라미스 해전의 승리 기념행사에서 소포클레스는 소년 합창단원으로 무대에 섰다고 전해진다. 이 해전에 그리스 3대 비극 작가 중 가장 선배인 아이스킬로스(기원전 525~기원전 455년)가 참전했다고 하고, 그해 살라미스에서 에우리피데스(기원전 480~기원전 405년경)가 태어났다고 하니, 소포클레스는 나이로 보면 이 두 작가 사이에 위치하는 셈이다. 소포클레스는 자신이 사랑했던 아테나이가 페르시아 전쟁 이후 성장하며 황금기를 누리던 시기를 거쳐, 긴 펠로폰네소스 전쟁으로 인한 아테나이의 쇠망을 목격한 증인이었다. 그는 아테나이가 전쟁에서 패배할 기색이 확실해 보이던 기원전 405년경 아테나이에서 사망한다. 전쟁이 끝나기 바로 한 해 전이었다.

그는 당대 가장 성공적인 비극 작가였을 뿐만 아니라 공적으로도 활약한 정치인이었다. 기원전 443~기원전 442년에는 델로스 동맹의 재무관을 역임했고, 기원전 441~기원전 440년 사모스 반란 사건 때는 당대 최고의 정치인이었던 페리클레스와 함께 10인의 장군strategos 가운데 한 명으로 선출되기도 했다. 아테나 이 군대가 시켈리아 원정에서 참패하고, 이로 인해 아테나이가 큰 위기에 처했던 기원전 412~기원전 411년에는 10인의 조언자 proboulos 중 한 명으로 뽑히기도 했다. 그는 〈필아테나이오타토스Philathenaiotatos〉[1]라는 별명이 붙을 정도로, 가장 아테나이를 사랑하는 사람이면서 동시에 아테나이인들의 사랑을 받는 인물이었다.

소포클레스는 장수한 만큼 오랜 기간 작품 활동을 하면서 많은 작품들을 남겼고, 상당한 성공을 거뒀다. 아테나이에서는 매년 디오니소스제(祭)에서 총 세 명의 작가들이 각각 비극 세 편과 사티로스극 한 편을 무대에 올리는 비극 경연 대회가 열렸는데, 소포클레스는 기원전 468년경 처음 경연 대회에 출전하여 단번에 대작가인 아이스킬로스를 누르고 우승을 거머쥐었다. 이후 그가 약 120여 편의 작품들을 남겼다는 것을 고대 기록들을 통해 알수 있다. 이는 그가 비극 경연 대회에 약 30회가량 참여했다는 사실을 말해 준다. 소포클레스는 이 중 20회 가까이 우승했으며 3등을 한 경우는 한 번도 없었다. 이토록 많은 작품들을 썼음에도 불구하고 현재 우리에게 전승되는 작품은 「아이아스」, 「트라키스 여인들」, 「안티고네」, 「오이디푸스왕」, 「엘렉트라」, 「필록테테스」, 「콜로노스의 오이디푸스」, 총 7편뿐이다.

이 7편의 작품 중 「아이아스」, 「트라키스의 여인들」, 「안티고

---

1 아테나이를 가장 사랑하는 사람.

네」가 대략 기원전 440년대 상연된 초기 작품으로, 「엘렉트라」
와 「오이디푸스왕」이 중기의 작품으로 간주된다. 말년의 작품으
로는 상연 연대가 분명하게 알려진 기원전 409년의 「필록테테
스」와 기원전 405년에 집필되고 사후인 기원전 401년 그의 손자
에 의해 상연된 「콜로노스의 오이디푸스」가 있다.

앞서 언급한 대로 경연 대회에 나가는 작가들은 비극 작품 세
편을 무대에 올리게 되는데, 아이스킬로스는 이 세 편을 하나의
주제로 연결되는 3부작으로 구성하여, 가문의 저주나 제도의 성
립 등 큰 주제들을 다뤘다. 반면 소포클레스는 내용적으로 연결
되지 않는 독립적인 작품들을 썼다. 그가 어떤 원칙에 따라 작품
들을 구성했는지는 남은 작품이 적어 알기 어렵다.

소포클레스는 아이스킬로스와 다른 초기 비극 작가들이 만들
어 온 극적 형식과 구조를 계승하면서 변화를 시도했다. 그는 처
음으로 제3의 배우를 등장시켰고(초기에는 배우의 숫자가 한두
명이었다) 무대 배경을 도입하기도 했다.

소포클레스는 내용적으로 연결되는 3부작을 쓰는 대신 각 작
품을 더 정교하고 정제된 형태로 만들었다. 그는 플롯을 더 치밀
하고 복잡하게 구성하고, 대립과 대조를 부각하는 복합적인 대화
장면들을 탄생시켰다. 특히 그는 등장인물들의 감정과 성격을 깊
이 탐구하고 드러낸다. 번역으로는 담아 내기 힘든 놀라운 어휘
표현과 중의적 의미, 극적 아이러니 등이 그의 특징이라고 할 수
있다.

고전학자 버나드 녹스Bernard Knox는 소포클레스의 주인공
들을 이해하는 중요한 열쇠로 그들에게서 발견되는 〈영웅적 기
질heroic temper〉을 꼽는다.

영웅은 가능한 (혹은 확실한) 재앙과 타협 사이의 선택 상황에 직면한다. 타협을 선택하면 그것은 영웅 자신의 자아관, 권리와 의무 등을 배반하는 것이 된다. 영웅은 그 타협과 맞서 싸우기로 결정한다. 그 결정은 충고와 위협과 실제적인 힘들에 의해 공격받게 된다. 하지만 영웅은 굴복하기를 거부한다. 그는 그 자신에게, 본성에 충실한 채로 남는다. 그 본성은 그가 부모로부터 물려받은 것이자 자신의 아이덴티티를 구성하는 것이다.

그와 마주하는 사람에게 영웅은 거의 광기에 가까울 정도로 비합리적이고, 자해적으로 대담하고, 논증에 무관심하고, 비타협적이고, 분노로 가득 차 있는 듯 보인다. 그는 오직 시간만이 치유해 줄 수 있는 구제 불능의 개인이다. 하지만 영웅 자신에게 다른 사람의 의견은 아무 상관도 없다. 자신의 자아관에 충실한 것, 그 자아관이 부과하는 행위를 반드시 수행해야 한다는 필연성이 다른 모든 고려 사항을 압도한다.

오이디푸스와 안티고네는 녹스가 묘사하고 있는 영웅적 기질의 대표적인 사례라고 할 수 있다.

2. 오이디푸스 신화의 극화

이 번역 선집에서는 현재 전승되는 소포클레스의 작품들 가운데서 테바이 신화, 즉 오이디푸스 가문의 이야기를 극화한 〈테바이 3부작〉인 「오이디푸스왕」, 「콜로노스의 오이디푸스」, 「안티고네」를 수록하고, 저작 연도가 아닌 신화의 진행 순서에 따라 배치하였다. 오이디푸스 가문, 즉 테바이 랍다코스왕의 후손들인 라이오스, 오이디푸스, 그의 후손들이 겪은 운명에 대해서는 소포클레스가 이 작품들을 저술하기 이전부터 잘 알려져 있었다. 현재는 유실된 서사시권Epic Cycle에도 이 집안과 관련한 이야기가 존재했으며, 호메로스의 『오디세이아』에서는 오이디푸스가 자기 아버지를 죽이고 어머니와 결혼했으며 신들이 이 사실을 곧 드러내서 오이디푸스가 고통을 받게 된다고 간략하게 언급된다. 전승된 오이디푸스 신화 및 극화된 오이디푸스 비극은 각 전승·작가·작품 등에 따라 차이가 있으나, 기본적인 이야기의 뼈대는 다음과 같다.

테바이의 라이오스왕은 아이를 낳으면 그 아이에 의해 목숨을 잃을 것이라는 신탁을 듣는다. 아이가 태어나자 라이오스와 그의 아내 이오카스테는 사람을 시켜 갓난아기를 내다 버린다. 목자가 버려진 아이를 구한 덕분에 코린토스의 왕인 폴리보스와 그의 아내 메로페에게 입양된다. 이 아이는 오이디푸스라는 이름으로 불리게 되고, 폴리보스의 아들로 자란다.

이후 오이디푸스는 자신의 친부모에 대한 신탁을 구하고자 델포이에 갔다가 돌아오는 길 교차로에서 자신의 친부인 라이오스를 만나 서로 알아보지 못한 채 시비가 붙고, 오이디푸스가 아버지를 살해하고 만다. 그는 고향 땅이라고 여겼던 코린토스로 돌아가는 대신 테바이로 가게 된다. 테바이는 당시 스핑크스에 의해 사람들이 죽어 나가고 혼란스러운 상황에 처한 터였다. 오이디푸스는 스핑크스의 수수께끼를 풀고, 얼마 전 죽은 왕의 자리에 왕으로 추대되어 그의 아내였던 이오카스테와 결혼하고 자식들을 낳는다. 그러나 오이디푸스가 부친을 살해하고 모친과 결혼했다는 사실이 곧 드러난다.

현존하는 32편의 그리스 비극 가운데 오이디푸스 및 그의 후손들의 이야기들을 다룬 것은 총 여섯 편이다. 이 중 세 편이 소포 클레스의 〈테바이 3부작〉이고, 나머지는 오이디푸스 아들들 간 의 권력 쟁탈 전쟁과 시신 반환 및 장례 문제를 다룬 아이스킬로 스의 「테바이를 공격하는 일곱 영웅들」, 에우리피데스의 「탄원 하는 여인들」, 「포이니케 여인들」이다. 이 작품들에서 오이디푸 스의 운명이 드러난 후의 사건들은 각기 달리 그려진다.

소포클레스의 〈테바이 3부작〉은 오이디푸스 가문 신화를 극화 했다는 점에서 묶여 이야기되지만, 앞서 말했듯 아이스킬로스의 비극 3부작처럼 내용적으로 연결되어 한 번에 상연된 작품은 아 니다. 이 작품들은 소포클레스 생애의 여러 시기에 걸쳐 쓰였다. 이 중 가장 앞선 것으로 추정되는 작품은 「안티고네」(기원전 442년 혹은 기원전 441년)이며, 「오이디푸스왕」의 상연 연대는 불확실하나 기원전 430년에서 기원전 420년대 사이일 것으로 추 정된다. 그리고 「콜로노스의 오이디푸스」는 기원전 405년에 쓰 였고, 사후 그의 손자에 의해 기원전 401년에 무대에 오른다. 이 세 개의 작품에 겹쳐서 등장하는 인물들도 있으나 각 작품마다 다른 성격을 보여 주기도 하고, 이야기의 세부가 달라지기도 한다.

3. 「오이디푸스왕」

「오이디푸스왕」은 아리스토텔레스의 특별한 찬사를 받은 작 품으로 유명하다. 『시학』에서 아리스토텔레스는 발견과 반전을 비극 구성의 두 요소로 꼽는데, 발견은 모르고 있던 진실을 깨닫 는 것을, 반전은 사건의 진행이 반대 방향으로 바뀌는 것을 의미 한다. 아리스토텔레스는 이 두 요소가 결합된 것을 가장 탁월한 작품으로 간주하면서 그 대표적인 예로 「오이디푸스왕」에서 오이디푸스가 자신이 집요하게 쫓던, 라이오스의 살해자가 다름 아닌 자기 자신이었음을 발견하는 장면을 든다.

이 작품이 언제 만들어져 상연되었는지는 알려진 바가 없다. 많은 학자들은 이 작품이 기원전 430년에서 기원전 420년대 중반 사이에 상연되었을 것으로 추정한다. 기원전 430년 아테나이를 휩쓸었던 대역병이 이 작품의 역병 묘사에 영향을 끼쳤을 것으로 보이기 때문이다. 그러나 연대를 확증할 만한 분명한 증거는 없다. 재미있는 사실은 이 작품이 당시에 우승을 하지 못했다는 것이다. 그러나 오래지 않아 이 작품은 가장 널리 알려진 인기 있는 작품이 되었다.

「오이디푸스왕」의 그리스어 제목은 〈오이디푸스 티라노스 Oedipus Tyrannos〉이다. 〈왕〉으로 번역되는 〈티라노스〉는 오이디푸스가 왕위를 혈통으로 승계한 것이 아니라 왕으로 추대된 것임을 알려 준다. 소포클레스는 널리 알려진 이 신화를 극화하면서, 오이디푸스가 자신의 운명을 발견하는 과정을 일종의 수사극 형식으로 보여 준다. 역병으로 고통에 시달리는 백성들이 오이디푸스에게 탄원하는 것으로 시작되는 이 작품에서, 그는 이 문제를 해결하기 위해 민첩하게 움직이며 노력한다. 이 역병이 선왕인 라이오스의 살해자 때문인 것을 알게 되자, 그는 테이레시아스와 코린토스에서 온 사자, 라이오스 살해 사건의 생존자를 차례로 만나 대화하며 살해자를 찾기 위해 애쓴다. 그러다 라이오스의 살해자가 자신이라는 사실, 그리고 그가 자신의 아버지이고 부인 이오카스테가 곧 자신의 어머니라는 사실을 깨닫게 된다. 이 과정에서 테이레시아스와 그의 부인이자 아내인 이오카스테와 라이오스의 하인은 오이디푸스의 정체를 먼저 깨닫고 그에게 이 사건을 캐지 말 것을 강권하지만, 진실을 알고자 하는 오이디푸스의 열의를 그들은 막지 못한다. 자신이 누구인지, 무슨 일을 저질렀는지, 자신의 운명이 어떠한지를 깨달은 오이디푸스는 스스로 자신의 눈을 멀게 하고 만다.

소포클레스는 이 작품에서 이전 신화에 없던 많은 부분들을 새로이 집어넣었다. 아폴로의 신탁과 테이레시아스의 개입, 코린토스의 전령과 하인의 등장 등은 소포클레스가 창조한 부분인 것으로 보인다. 오이디푸스의 진실에 대한 집념, 그러나 진실에 대한 무지가 만들어 내는 아이러니는 여러 인물들과의 대화 속에서 큰 비극적 긴장감을 만들어 낸다. 오이디푸스는 운명을 피하고자 하였으나 결국 그 운명을 실현한다. 라이오스의 살해자가 자신이 아닐까 두려워하는 오이디푸스를 누그러뜨리려 신탁의 무용함을 이야기하는 이오카스테의 말에 오이디푸스는 사실에 한발 더 다가간다. 그리고 코린토스의 사자는, 아버지를 죽이고 어머니와 결혼하게 될 것이라는 신탁에 대한 두려움으로 코린토스로 돌아가지 않겠다는 오이디푸스를 안심시키면서, 폴리보스와 메로페가 그의 친부모가 아니며 자신이 키타이론산에서 테바이의 목자로부터 갓난아기인 오이디푸스를 받아 그들에게 주었음을 밝힌다. 오이디푸스는 이 사건을 더 추적하는 것이 자신을 파멸시킬 것을 알면서도 진실을 알기를 주저하지 않는다. 그리고 사건이 밝혀진 뒤 그는 그 운명의 희생자로 주저앉는 것이 아니라, 스스로 두 눈을 찌름으로 스스로를 처벌하며 자신의 운명을 직접 결정한다.

4. 「콜로노스의 오이디푸스」

「콜로노스의 오이디푸스」는 소포클레스의 마지막 작품이자 그가 상연을 직접 보지 못한 유일한 작품이다. 이 작품은 그의 사후 4년이 지난 기원전 401년에야 그의 손자에 의해 비로소 무대에 올라갈 수 있었다. 「콜로노스의 오이디푸스」는 여러 차원에서 마지막ending의 의미에 관한 성찰로 해석될 수 있다. 작품 내적으로 이 작품은 오이디푸스라는 캐릭터의 삶의 마지막 순간을 묘사한다. 동시에 이 작품은 90세에 가까워진 소포클레스가 자기 삶의 마지막을 바라보면서 그 의미를 작품을 통해 탐색하고 있는 것으로도 읽힐 수 있다. 다른 한편으로, 이 작품이 저술된 것이 펠로폰네소스 전쟁의 막바지, 소포클레스가 너무도 사랑했던 위대한 도시 아테나이가 그 힘을 잃어 가고 있던 시기였음을 기억할 필요가 있다. 소포클레스와 아테나이인들에게 「콜로노스의 오이디푸스」는 위대한 도시의 마지막과 그것의 의미에 관한 성찰이기도 했을 것이다.

오이디푸스의 말년에 대해서는 여러 다양한 전승들이 존재한다. 호메로스가 쓴 작품에서 오이디푸스는 자신의 아버지를 죽이고 어머니와 결혼한 사실이 드러난 이후에도 계속해서 테바이를 다스리다가 전쟁 중 전사한다. 에우리피데스의 「트라키스의 여인들」에서도 그는 아들들이 번갈아 나라를 다스리는 동안 테바이에 계속 거주한다. 반면 「오이디푸스왕」에서는 그가 크레온에게 어린 딸들을 보호해 달라고 청하며, 자신을 추방해 줄 것을 요구한다.

「콜로노스의 오이디푸스」는 이미 세월이 흘러 눈멀고 지친 노인인 오이디푸스가 딸인 안티고네의 도움을 받으며 떠돌다가 아테나이 근교 콜로노스에 도착하는 것으로 시작된다. 오이디푸스는 그들이 도착한 곳이 자비로운 여신들의 성역인 것을 듣고는 그곳이 자신이 받은 또 다른 신탁의 장소, 즉 자신이 최후를 맞이할 곳이라는 것을 깨닫고 그곳에 머물고자 한다. 한편 자신들의 성역을 침범한 사람이 그 끔찍한 운명의 소유자인 오이디푸스인 것을 안 콜로노스 주민들은 오이디푸스를 쫓아내려고 하지만, 오이디푸스는 자신의 운명이 자기 탓이 아니었음을 항변한다. 이 문제를 해결하기 위해 아테나이의 테세우스왕을 청해 기다리는 동안, 오이디푸스의 다른 딸인 이스메네가 새로운 소식을 가지고 온다. 테바이에 있던 오이디푸스의 두 아들 폴리네이케스와 에테오클레스가 서로 권력 싸움을 하고 있고, 크레온이 오이디푸스를 데려가려고 이곳으로 오고 있다는 사실이다. 아들을 만나기를 거부하며 분노하는 오이디푸스의 말을 통해, 그의 두 아들과 크레온이 모두 오염된 자인 오이디푸스를 보호하길 거부하고 내쫓았다는 것이 드러난다. 그의 곁을 지켰던 것은 딸들뿐이다. 그러나 이제 새로운 신탁이 내려졌다. 오이디푸스가 죽은 뒤 오이디푸스의 무덤을 차지한 도시가 전쟁에서 승리하고 복을 받을 것임이 알려지자, 테바이의 통치자들이 그를 자신의 경계 안에 두고자 서로 데려가려고 온 것이다. 오이디푸스는 이들을 거부하고, 자신을 받아들여 주고 보호하겠다고 약속한 아테나이의 테세우스왕에게 감사하며, 자신이 큰 이익이 될 것임을 알려 준다. 이어서 폴리네이케스가 등장하여 자신을 추방한 에테오클레스와의 전쟁에서 승리하고 싶으니 자신의 편에 서달라 요구한다. 오이디푸스는 격노하며, 자신을 내쳤던 두 아들 모두에게 저주를 내린다. 폴리네이케스가 자신의 운명을 받아들이고 떠난 후, 갑자기 천둥이 친다. 오이디푸스는 자신에게 최후의 날이 다가왔음을 깨닫고 테세우스와 딸들과 함께 숲으로 들어간다. 그리고 테세우스만 보는 가운데, 신의 부름에 따라 오이디푸스는 신비롭게 사라진다. 신들이 내린 운명으로 인한 고통의 생애를 보냈던 오이디푸스는 종국에는 그 고통의 세월을 넘어 안식을 누리고, 아테나이를 보호해 주는 신적인 존재로 변모한다. 아버지의 죽음을 슬퍼하던 안티고네와 이스메네는 오빠들의 싸움을 말리러 아테나이로 돌아간다.

「콜로노스의 오이디푸스」는 여러 에피소드들이 느슨하게 연결되어 있으면서도 더없이 아름다운 작품이다. 비극이라고 보기 어려운 작품이기도 하다. 소포클레스는 자신이 젊은 날 썼던 「오이디푸스왕」의 주인공을 자신의 말년에 다시금 불러내어 위로한다. 모두가 기피하는 인물로 떠돌아다니던 노인 오이디푸스가 다시금 힘을 회복하고 결국 신의 반열에 오르는 모습이 찬란하고 장엄하게 그려진다. 특히 작중 소포클레스의 고향이기도 한 콜로노스에 대한 찬가와 자신의 조국 아테나이에 대한 축복은, 펠로폰네소스 전쟁에서 국운이 기울어 가던 아테나이 시민들에 대한 위로와 희망의 노래라고 볼 수 있을 것이다.

5. 「안티고네」

철학자 헤겔은 「안티고네」를 역사상 〈가장 숭고하고 모든 면에서 가장 탁월한 예술 작품 중 하나〉라고 평가했다. 그는 이 작품에서 묘사되는 안티고네와 크레온의 충돌을 인륜성의 두 측면 간의 충돌로 설명했다. 크레온이 국가의 원리, 인간의 법, 남성의 영역을 대표한다면 안티고네는 가족의 원리, 신의 법, 여성의 영역을 대표한다는 것이다. 안티고네라는 강렬한 여성 캐릭터를 전면에 내세워 등장인물들 간의 첨예한 대립을 연속적으로 배치하는 구성 방식, 그 대립을 묘사하는 생생한 표현들 덕분에 「안티고네」는 다양한 해석을 불러일으키는 흥미로운 작품, 그래서 모든 그리스 비극 작품들 중 가장 자주 무대에 오르는 작품으로 손꼽힌다. 소포클레스가 관직을 가질 수 있었던 것도 「안티고네」가

당대에 선풍적인 인기를 끈 덕분이라고 전해진다.

〈테바이 3부작〉 가운데서 시기적으로 가장 앞선 「안티고네」는 오이디푸스 신화의 마지막 부분인, 오이디푸스 사후의 이야기를 다룬다. 오이디푸스의 두 아들인 폴리네이케스와 에테오클레스는 왕권을 두고 서로 다투고, 에테오클레스가 폴리네이케스를 추방한다. 폴리네이케스는 아르고스로 가서 결혼하고, 이후 아르고스 군대를 이끌고 와서 왕위를 되찾기 위해 전쟁을 벌인다. 이 전쟁에서 폴리네이케스와 에테오클레스는 서로를 겨눈 창날에 한날한시에 목숨을 잃는다. 이어 왕위를 차지한 크레온은 침략자인 폴리네이케스의 매장을 포고령으로 금한다. 그러나 폴리네이케스의 누이인 안티고네는 포고령보다 가족의 법을 우선시할 수밖에 없다. 소포클레스는 오이디푸스 신화에서 잘 부각되지 않던 안티고네의 성격을 새로이 창조해 낸다. 아버지와 같은 성격의 안티고네는 위협 속에서도 타협할 줄 모른다. 그녀는 자신이 옳다고 생각하는 가족의 법, 자연의 법을 지키기 위해 기꺼이 목숨을 내놓는다. 예언자 테이레시아스가 등장하여 폴리네이케스의 장례를 금하고 안티고네를 동굴에 가둬 죽이고자 한 행동은 옳지 않았으며, 가족의 죽음과 전쟁으로 그 대가를 치르게 될 것이라고 경고한다. 이에 자신이 저지른 일들을 돌이키기 위해 크레온이 달려가지만, 아버지의 판결에 분노한 하이몬이 아버지와 갈등하다 스스로 목숨을 끊고 그 소식을 들은 크레온의 아내 에우리디케마저 목숨을 끊는다.

이 작품은 소포클레스 초기 작품의 특징인 양분 구성을 보여 주는데, 전반부는 안티고네의 파멸을, 후반부는 크레온의 파멸을 다루고 있다. 안티고네는 가족의 법을 지키고 영웅적 죽음을 선택하는 반면, 크레온은 자신이 옳다고 생각하는 국가의 법을 지키기 위해 종교와 가족의 법을 어기고 아들과 아내를 잃은 채 결국 살아 있지만 죽은 것과 다름없는 운명을 맞게 된다.

6. 마치며

이 번역은 로이드존스H. Lloyd-Jones와 윌슨N.G. Wilson이 편집한 옥스퍼드사의 비판 정본(*Sophoclis Fabulae*, 1990)을 기본으로 하였으나, 본문 비평 각주apparatus criticus에 따라 다른 독법을 선택하기도 하였다. 대체로는 원문을 가능한 한 훼손하지 않고 번역하고자 하였으나, 우리말의 자연스러움도 유지하고자 하였다. 행갈이의 경우는, 우리말과 그리스어 문장의 구조상 불가피하게 차이가 나지만 가능한 한 문장 단위는 일치하도록 하였다. 특히 코로스의 행갈이는 학자들마다 출판사마다 많은 차이를 보이는데, 이 경우에도 자연스럽게 읽히도록 행갈이를 했다. 독자들의 양해를 구한다.

2023년 10월
장시은

소포클레스 연보

기원전 495년경 출생 아테나이 근교 콜로노스에서 출생.

기원전 480년 15세 살라미스 해전 및 플라타이아이 싸움에서 그리스 연합군이 페르시아군을 물리침. 전쟁 승리 축하 공연에서 소포클레스가 소년 합창단원으로 참여함. 이해에 에우리피데스Euripidēs가 살라미스에서 태어남.

기원전 468년 27세 소포클레스의 첫 작품이 디오니소스제에서 행해진 비극 경연 대회에서 상연되고, 이 작품으로 아이스킬로스Aiskhylos를 누르고 우승을 차지함.

기원전 456년 39세 아이스킬로스 사망.

기원전 440년대 초반 40대 후반 현존하는 소포클레스의 작품 중 초기에 쓰인 것으로 추정되는 「아이아스Aias」가 상연됨.

기원전 443~기원전 442년 52~53세 델로스 동맹 재무관을 역임함.

기원전 441년 54세 「안티고네Antigonē」를 상연한 것으로 추정. 상연 연대는 분명하지 않으나 「트라키스의 여인들Trachiniai」도 비슷한 시기에 상연되었을 것으로 보임. 이때까지의 작품들은 양분 구성을 보임.

기원전 441~기원전 440년 54~55세 사모스 반란 진압을 위한 10인의 장군 중 하나로 선출됨.

기원전 431년 ^{64세}　펠로폰네소스 전쟁 발발함.

기원전 430년대 ^{65~75세}　「오이디푸스왕」을 상연함. 정확한 상연 연대는 알 수 없으나, 역병에 대한 묘사 등은 펠로폰네소스 전쟁 초기인 기원전 429년 아테나이에 창궐했던 역병을 반영한 것일 가능성이 높음. 작품이 포함된 3부작이 그해 디오니소스제 비극 경연 대회에서 2위를 차지함.

기원전 415~기원전 413년 ^{80~82세}　아테나이군이 시켈리아 원정을 시도했다가 실패함.

기원전 412~기원전 411년 ^{83~84세}　시켈리아 원정 실패 후에 아테나이에서 10인의 조언자 중 하나로 활동함.

기원전 410년경 ^{85세}　「엘렉트라 Elektra」를 상연한 것으로 추정됨.

기원전 409년 ^{86세}　「필록테테스 Philoktētēs」를 공연하여 그의 생전 마지막 우승을 함.

기원전 405년 ^{90세}　소포클레스 사망함. 소포클레스보다 몇 달 먼저 에우리피데스 사망함.

기원전 404년　펠로폰네소스 전쟁이 끝나고, 아테나이는 스파르타와 테바이에 패함.

기원전 401년 ^{사후 4년}　사망하기 직전에 써둔 「콜로노스의 오이디푸스 Oidipous epi Kolōnōi」가 동명의 손자 소포클레스에 의해 상연되고, 비극 경연 대회에서 우승을 거둠.

열린책들 세계문학 286 오이디푸스왕 외

옮긴이 장시은 서양 고전학 박사. 이화여자대학교 사학과를 졸업하고 서울대학교 서양 고전학 협동 과정에서 아이스킬로스의 「자비로운 여신들」 연구로 석사 학위를, 투키디데스의 『역사』 연구로 박사 학위를 받았다. 주로 기원전 5세기 그리스의 비극과 희극, 역사 문헌을 연구하며 번역하는 일을 한다. 지은 책으로 『고전의 고전』(공저), 『문명의 발자국』(공저), 옮긴 책으로 『그리스의 위대한 연설』(공역) 등이 있다.

지은이 소포클레스 **옮긴이** 장시은 **발행인** 홍예빈·홍유진
발행처 주식회사 열린책들 **주소** 경기도 파주시 문발로 253 파주출판도시
전화 031-955-4000 **팩스** 031-955-4004 **홈페이지** www.openbooks.co.kr
Copyright (C) 주식회사 열린책들, 2023, *Printed in Korea.*
ISBN 978-89-329-2369-7 04890 **ISBN** 978-89-329-1499-2 (세트)
발행일 2023년 10월 20일 세계문학판 1쇄

열린책들 세계문학
Open Books World Literature